Silke Urbanski

Safrantod

Die promovierte Historikerin Silke Urbanski, geboren 1964, ist als Lehrerin am Albert-Schweitzer-Gymnasium und zeitweise als Dozentin am Historischen Seminar der Universität Hamburg tätig. Ihre historischen Romane sind im norddeutschen Raum verankert. Zuletzt erschien „Für die Freiheit von Hamburg".

Hamburg im Jahre 1353:
Seit sechzehn Jahren liegt die Geistlichkeit mit dem Rat im Streit. Der Papst hat den Bannfluch über die Stadt verhängt, so dass kein Gottesdienst gehalten werden darf – auch keine Taufen, Trauungen oder Beerdigungen, was die Bürger in Zeiten der Pest verzweifeln lässt. Als die Nonne Reymburg Ryben im Kloster in Harvestehude erfährt, dass ihr Bruder, der Domvikar Diederik Ryben, ermordet wurde und ihr beträchtliches Erbe verschwunden ist, will sie den Täter selbst stellen. Sie stößt auf eine geheime Botschaft des Toten im Reliquienkreuz ihres Vaters, so dass sie um die Hilfe des Gewürzhändlers Hannes Michaelis bittet, eines Freundes aus Kindertagen. Während Reymburg sich heimlich aus dem Kloster schleicht, um in Hamburg zu ermitteln, begibt sich Hannes auf eine gefährliche Reise, die ihn über das Kloster Lilienthal in die Hansestadt Stade führt.

Ein historischer Kriminalroman

Silke Urbanski

Safrantod

Verlag Friedrich Schaumburg

Umschlaggestaltung unter Verwendung einer Ansicht der Stadt Stade aus Nord-Nord-West, Holzschnitt auf drei Stöcken von Martin Weigel, um 1550

Gestaltungskonzeption: Verlag Friedrich Schaumburg, Stade
Satz und Druck: Günter Druck GmbH, Georgsmarienhütte
Buchbindearbeiten: Rahe-Rohling, Münster
Schrift: Stempel Garamond
Papier: RecyStar Natur, 80 g/m²

Die erste Auflage erschien 2005 im Verlag Die Hanse.
Zweite, komplett überarbeitete Auflage

1. Nachdruck 2016
ISBN 978-3-87697-020-2
www.schaumburg-buch.de

Dem Erzengel in der Diaspora

In Valle Virginum –
Im Kloster Jungfrauenthal in Harvestehude
Gertrud Stacius – Äbtissin
Reymburg Ryben – Celleraria
Willekin – Propst
Heinrich Biscop – Klosterstadtvermögensaufseher
Mette(ke) – Küchenmagd
Die Lütte aus Farmsen – Kleinmagd
Gertrud Schene – Äbtissin des verschwisterten Klosters Lilienthal bei Bremen

In Hamburg
Hannes Michaelis – Gewürzhändler
Susana – Großmagd des Hannes Michaelis
Heyne Cletzen – Sohn eines Reitedieners
Johann Miles – Bürgermeister
Nicolas Franzoyser – Bürgermeister
Hermann Hardeneck – Ratsherr und Verwalter der frommen Spenden
Johannes de Beverstede – Domherr, aus dem Exil in Lübeck zurückgekehrt
Diederik Ryben – Domvikar
Marie Ryben – stumme Halbschwester von Diederik und Reymburg
Tybbe – Magd der Familie Ryben
Berend – Knochenhauergeselle

In Stade
Hinrich de Stadis – Bürgermeister
Andreas Buck – Ratsherr
Hinrich Buck – dessen Bruder, Ratsherr in spe
Hinnerk Ossenborch – Knochenhauermeister
Walburg Ossenborch – Gattin des Knochenhauermeisters

Oswald Bömmelbrugg – Knochenhauermeister
Hardexe – Magd des Ältermanns der Knochenhauerzunft
Rieken – Baderin
Frederik Schauenburg – Scholar

In Avignon
Hinrich Bucgland – Vertreter des Hamburger Rates
Johannes Wunstorp – Ratssekretär
Heinrich Tyge – Notar an der päpstlichen Kurie

Auf Seite 257 schließt sich ein Glossar an, dem ab Seite 263 ein Anhang mit Rezepten aus der mittelalterlichen Küche folgt.

Avignon, Anno Domini 1348

Prolog
Von der Käuflichkeit

Hinrich Bucgland mühte sich aus dem Bett. Schweiß stand auf seiner Stirn. Er öffnete die Fensterläden mit zitternden Händen und ließ die heiße Sonne Avignons hinein. Die Luft war trocken und voller Blütenduft. Der Blick auf rote Schindeldächer und von Buchsbaumhecken umzirkelte Gärten versöhnte Bucgland nicht mit dem Wissen, dass er fern der Heimat sterben würde. Er sehnte sich nach dem wispernden Reet der Alster vor den Toren der Stadt, den Werdern im grauen Elbstrom, nach wildem Wind in den Gassen Hamburgs. Seine Stunde war nah, die Krankheit schwächte ihn. Er bat die Himmelskönigin, ihn bei dem beizustehen, was er noch zu tun hatte. „Maria beim Schartore, hilf", flüsterte er, dann griff er zum Federmesser und spitzte einen Gänsekiel. Langsam, mit schwachen Händen schrieb er, Buchstabe nach Buchstabe floss auf das Pergament.

„Sicher ist der Tod, doch unsicher ist die Stunde des Todes. Mit krankem Körper und klarem Verstand übergebe ich mein Wissen und meine Bedenken denen, die diese Zeilen lesen werden. Die Pestilenzia, die Gott als Strafe über diese verworfene Stadt schickte, wird mich dahinraffen. Meine Seele befehle ich Gott, meine weltlichen Dinge möge der Rat der Stadt Hamburg richten. Stets ehrenhaft habe ich die Seite der Hamburger Bürger im Streit mit dem geistlichen Domkapitel der Stadt vor dem päpstlichen Gericht vertreten. Denn die Sache des Rates und der Bürger ist gerecht in den Augen Gottes – auch wenn es ein Prozess gegen die Domherren, Diener der heiligen Kirche, ist. Ich habe Vorlagen verfasst, habe mit großen Herren verhandelt und bei hohen Richtern vorgesprochen.

Auch habe ich Advokaten gekauft und Prälaten beschenkt, der Herr möge mir vergeben. All meine Mühen waren bis zu diesem Tage vergebens: Seine Heiligkeit hat nichts entschieden. Wenn ich diese Welt verlasse, hinterlasse ich die Finanzen unserer Vertretung geordnet und den Schriftverkehr sorgsam verzeichnet. Nur eines kann ich nicht in gottgewollter Ordnung hinterlassen: Die Leitung dieser Kanzlei. Mein Nachfolger Vrackel ist schwächlich und krank. Ihm wird nicht gelingen, worin ich versagte. Darum ersuche ich alle, die dies lesen, einen jungen, gottesfürchtigen und mutigen Mann mit den Aufgaben hier zu betrauen, und zwar meinen Scholasten Johannes Wunstorp, der zur Zeit in Hamburg weilet. Er kennt Avignon und die Kurie. Schickt ihn hierher zurück und ziehet ihn dem vor, der dem Unwissenden erfahrener scheint, dem Heinrich Tyge, einem hier ansässigen Notarius. Er wäre unser Untergang, auch wenn er jeden glauben macht, der richtige Mann zu sein. Es sind große Makel an seiner Seele. Er ist verdorben wie ein fauler Apfel, giftig wie das Ei der Schlange. Sein Geist ist nicht gefestigt gegen die Verführungen des unerblühten Weibes und des unehrlich verdienten Geldes. Seine Hand ist offen für Geschenke von allen Seiten, er betreibt Geschäfte der dunklen Art. Daher traut ihm nicht, denn er ist Diener des Mammon und der unheiligen Venus. Gott sei seiner Seele gnädig. Diesen Rat, meine Herren und Freunde, nehmt von mir. Wenn Ihr ihn erhaltet, bin ich nicht mehr auf dieser Erde. So bitte ich Euch, bei unseren mutigen, frommen Franziskanern für meine Seele jeden Mittag eine Messe lesen zu lassen, von dem Tage an, da Euch dies Breve erreicht, bis zur Aufhebung des Bannes über die Stadt Eurer und meiner Väter."

Bucgland siegelte den Brief mit letzter Kraft. Schon morgen sollte er nach Hamburg abgehen. Schweiß rann ihm über die Stirn. Die Hitze in Avignon war unerträglich. Er knickte das Pergament, band es mit einem Faden zu und siegelte es nochmals. Dann adressierte

er das Schreiben an den ehrwürdigen Ratsherrn Johann Miles, einen Freund aus alten Tagen, und stopfte es tief in einen Packen mit Berichten an den Rat zu Hamburg. Seine Hand zitterte. Unter Schmerzen verschloss er die Papiere in der Botenschatulle.
Er legte den Kopf auf das Schreibpult und weinte. Er fühlte sich elend wegen des Verrats, den er so kurz vor seinem Eingang in die Gefilde des Herrn begangen hatte. Eine Sünde mehr. Doch er konnte Tyge die Verfehlungen nicht nachsehen. Bucglands Treue und seine Arbeit galten hier, im Leben, immer noch der Sache der Stadt.

Die Magd, die Hinrich Bucgland morgens tot auffand, öffnete das Schloss des Botenkästchens mit einer Kleidernadel. Sie suchte nicht nach Schmuck, denn sie war des Lesens mächtig und wusste, dass sich Geheimes besser verkaufen ließ als altes Geschmeide. Akribisch und geschwind sortierte sie die Schriftstücke. Dann ließ sie den Brief an den Ratsherrn Miles in ihrem Rock verschwinden. So langsam beginnt sich die harte Klostererziehung auszuzahlen, dachte sie, als sie sich auf den Weg zum Haus des Vertreters des Hamburgischen Domkapitels vor dem päpstlichen Gericht zu Avignon machte. Sie würde ihre Beute gegen viele gute Florentiner Goldstücke eintauschen.

Hamburg, Stade und das heilige Kloster Jungfrauenthal in Harvestehude, Anno Domini 1353

Caput I
Von der Fresslust

Ich bin gekommen, meine Schwester, liebe Braut, in meinen Garten. Ich habe meine Myrrhe samt meinen Gewürzen gepflückt; ich habe meine Wabe samt meinem Honig gegessen; ich habe meinen Wein samt meiner Milch getrunken. (Hohelied Salomos V, 1)

„Welch wunderbares Mahl! Was hast du nur mit diesem Lammfleisch gemacht?“ Der Gewürzhändler Hannes Michaelis wischte sich den Mund ab und blinzelte seiner Magd zu. „Das war bestimmt nicht christlich.“ Susana verzog peinlich berührt das Gesicht. Sie mochte es nicht, wenn ihr Herr auf ihre Vergangenheit anspielte. Einst war sie Muslima gewesen und Sklavin eines verkommenen Venezianers.

„Was du tust, Hannes, ist unchristlicher als meine Kochkunst. Es ist Todsünde: Völlerei, Hannes. Aus Fresslust lässt du den Boten aus Lübeck warten. Das ist weitaus schlimmer, als gut zu kochen“, sagte sie, stach ihm mit dem Finger in die Schulter und schob ihm dann das Pergamentbriefchen zu, das er neben seinem Brot hatte liegen lassen. Hannes Michaelis stopfte sich den letzten Löffel Lammeintopf in den Mund, brach das Siegel des Briefes, las und lachte.

„Schau an, der ehrsame Martin Jordan, Ratsmann zu Lübeck, bittet mich, ihm Safran zu verkaufen.“

„Der reiche, mächtige Großkaufherr? Hat er selbst keinen?“

„Angeblich sind seine Tiegel leer. Weil Ostern vor der Tür steht, offeriert er mir die Summe von fünf Mark Hamburgischer Pfennige pro Unze, und das für alles, das ich liefern kann.“

„Kein schlechtes Angebot. Mehr als du in Hamburg bekommen kannst."

„Stimmt, Susana", Michaelis ließ der Magd einen anerkennenden Blick zukommen. „Doch wenn er so versessen darauf ist, soll er den Safran holen kommen. Ich reite ums Verrecken nicht vor Ostern aus, nachdem ich so lange fort war."

Er lehnte sich zurück und lächelte Susana zufrieden an. Sie kannte ihn gut genug, um seine zarten Momente zu nutzen, und setzte sich auf die Lehne seines geschnitzten Stuhles. Vorsichtig legte sie einen Arm um ihn und kuschelte ihre Nase in seine Halsbeuge.

„Lang, lang warst du weg, Hannes Michaelis", seufzte sie. Ihre Finger glitten in den Ausschnitt seines Kittels.

„Doch du hast mein Haus wohlgehütet, meine treue Susana. Hast das Geld zusammengehalten, die Vorräte abverkauft, meinen Reichtum gemehrt." Er schob sie beiseite. „Und gerade deshalb sollte ich gleich wieder gute Geschäfte machen!"

Er stand auf und ging in die Schreibstube hinüber zu dem Lübecker Boten. Der Handelsgehilfe war besser gekleidet, als Hannes selbst es an Weihnachten und Ostern zusammen sein konnte. Pelzfutter im Mantel, Bordüren aus gestickten Bändern an Ärmeln und Kragen, Stiefel aus feinem Hirschleder. Er grüßte trotzdem äußerst ehrerbietig. Hannes reichte ihm die Hand zum Kaufmannsgruß.

„Sag deinem Herrn, ich hätte noch dreißig Unzen des gelben Goldes. Er soll das Geld schicken, wenn er die Ware haben will."

„Mein Herr hat darauf gerechnet, dass Ihr Safran von Eurer Reise mitbringt."

Der Mann griff unter sein Wams und zog eine prall gefüllte Geldkatze hervor. Er schüttete schwungvoll einen Berg Schillinge auf den Tisch des Hauses Michaelis. Susana setzte sich ans Zählbrett und ließ die Schillinge über die Reihen fliegen wie Blätter im Sturm.

„Tausendvierhundert. Das reicht nicht!"

Da zog der Bote die Stiefel aus, kippte den Inhalt der Schäfte dazu. Schließlich löste er mit seinem feinen Gürtelmesserchen noch das Futter des Wamses auf. Dann lagen zweitausendvierhundert Münzen vor dem Hamburger Spezereienhändler. Hundertfünfzig Mark in Silber.

„Ein Glück, dass du nicht in einen Fluss gefallen bist. Wärst ersoffen wie ein Kater", sagte Hannes bewundernd.

Er griff in seine Gürteltasche und legte ein rotes Wachspaket auf den Tisch. Der Lübecker öffnete es vorsichtig, rieb ein wenig von dem orangefarbenen Staub zwischen den Fingern, spuckte sich in die andere Handfläche, strich das Pulver darein, roch daran. Dann leckte er an der Paste. Die Haut der Hand war gelb gefärbt.

„Reiner Safran", murmelte der Handelsbote.

„Unverfälscht und edel. Aus Egyptien, wo das Volk Israel in Gefangenschaft lag, gekauft in der Stadt des Heiligen Markus, an meinem Leib über die Berge und Meere getragen", sagte Hannes.

„Redet nicht so hochtrabend, Michaelis. Das Haus Jordan weiß wohl, dass Ihr Eure Ware trotz der Pestgefahr höchstselbst aus dem Süden holt, statt in Brügge zu kaufen. Der Preis, den ich Euch zahle, ist trotzdem mehr als gut."

Hannes nickte. Der Gewinn war üppig, trotz der Pestgefahr, der Mühen der Ritte und Seepassagen. So viel hatte er noch nie mit einer Reise verdient.

Seit vor fünf Jahren die Pest mit Gewürzschiffen ins Abendland gekommen war, war sein Geschäft heftigen Schwankungen unterworfen. Zuerst würzte niemand mehr sein Mahl. Dann lechzten die Gaumen aber nach Pfeffer und Kaneel. Alle Ware, die eigenhändig importiert wurde, war doppelt wert. Das war Hannes' Aufstieg gewesen, denn er ging gerne fort von Hamburg.

Er wies Susana mit einer Handbewegung an, die Münzen vom Tisch zu räumen, und versiegelte den Safran wieder. Nachdem sie mit einem Handschlag das Geschäft abgeschlossen hatten, verabschie-

dete er den Lübecker. Michaelis Hände zitterten, als er den Riegel vorschob.
Er war ein gemachter Mann.
Ihm war nicht aufgefallen, dass der Lübecker seine Ware nicht gewogen hatte.

Am Morgen war Hannes schwer beladen von einer Schnigge gestiegen, hatte die Träger mit dem Pfeffer, Kaneel, Zimt und Majoran angetrieben, ohne zu ahnen, ob sich seine Mühen lohnen würden, denn er wusste nicht, wie es um den Handel und die Menschen in Hamburg stand. Immer noch ging die Pestangst um. Falls die guten Bürger wieder dachten, die Pest käme mit dem Gewürz, wären die Mühen der Reise umsonst gewesen. Müde und verängstigt war er dem Trägertross hinterhergetrabt – auf den Cremon, nach Hause. Susana hatte Hannes kaum erkannt, so zerzaust und bärtig wie er war, als er an seine eigene Tür klopfte, hoffend, dass sie lebte, dass die Pest nicht seine tüchtige Magd geholt hatte.
Nun, nach heißem Bad, gutem Essen und einem unheimlich vorteilhaften Geschäft war er wieder ein reicher Hamburger Handelsherr. Das Abenteuer war weggewaschen, die Gefahr durch einen Münzberg gebannt. Und eine schöne Frau war für ihn da. Doch Hannes war müde, viel zu müde für das, was von ihm erwünscht wurde. Am liebsten wäre er wieder auf Reisen, weit weg, in Brügge oder in Venedig. Wie ein beladener Greis stieg er die Treppe hinauf. Susana wartete in der Schlafkammer auf Hannes. Die Münzen hatte sie auf dem Bett ausgebreitet. Im Licht der Kerze glänzte das Silber, und ihre braune Haut schimmerte wie Samt. Michaelis lächelte verhalten, als er sich neben sie setzte. „Komm, komm schnell“, raunte sie.
„Du hast hier alles so gut verwaltet. Ohne dich würde ich alles verlieren“, flüsterte Hannes, als sie ihre Hand unter sein Wams gleiten ließ.
„Belohn mich!“

Zum Widersprechen war er zu müde, zu Widerstand zu willig. Erschöpft gab er sich ihren Küssen hin. Er konnte sich ihr nicht entziehen, auch wenn sie nicht in seinem Herzen war.

Am Morgen nach einer hitzigen Nacht, in der sie die Münzen vom Bett geliebt hatten, stand Hannes in der Diele. Er strich Susana zärtlich über das schwarze Haar.
„Bleibst du länger fort?“, fragte sie.
„Ich geh nur zum Rathaus. Und ich versprech dir, ein Jahr fahr ich nicht mehr aus, denn das gestrige Geschäft war gut.“
Hannes war nie lange zu Hause geblieben, und die Fahrten zu Pestzeiten hatten ihn wohlhabend gemacht. Aber das Sterben und die Trauer, die er aller Orten gesehen hatte, lagen schwer auf seiner Seele, trieben ihn nach Hause. Hier, in Hamburg, lebten die Menschen, an denen er hing – aber auch die Frau, die ihn forttrieb.
Er brach zum Markt am Rathaus auf, bepackt mit Beutelchen von grünem und rotem Pfeffer, Zimt und Muskatnüsschen. Er ging gern, denn wie immer nach einer Nacht mit Susana, war er bedrückt. Er sehnte sich nach der Aufregung des Handels, nach dem Rausch des Marktes, der Vielfalt der Stimmen, dem Wirbel der Farben und Gerüche. Doch ebenso verlangte es ihn, seine Hände an den Beischlagwangen der Häuser entlanggleiten zu lassen und die Namen ihrer Bewohner, der Handelsherren und Handwerker, zu rezitieren: von Hove, Bremer, Cernentin, van Eytzen, Hutlem, Uppemperde, Tzeven, Schreye. Nach der langen Reise wusste er nicht, wer lebte, wer tot war. Was war mit seinen Freunden Johann Miles und Hermann Hardeneck? War Bürgermeister Nicolas Franzoyser noch gesund, munter und kämpfte gegen die Geistlichkeit? Sammelte sein Freund seit Kindertagen, Hermann Hardeneck, immer noch Spenden für den Prozess des Rates mit den Domherren zu Hamburg? Und was war mit Diederik Ryben, dem ehrgeizigen Domvikar, der auf der anderen Seite stand, – dem Bruder

seiner Reymburg? Wie war es ihr selbst in ihrem Kloster an der Alster ergangen? Er schritt die Katharinenstraße entlang. An vielen Türen fanden sich noch Pestzeichen, hohle Fenster gierten ihm entgegen – neue Häuser, schon wieder unbewohnt. Schnell lief er über die Katharinenbrücke, bekreuzigte sich vor dem Portal der großen Seefahrerkirche und bog in den Grimm ab. Vom Hafen kamen ihm Träger entgegen, Männer, die er nie zuvor gesehen hatte. Ihre Kinder würden die dahingerafften Bürger ersetzen. Befremdet ging er über die Zollbrücke und überquerte den Markt, vorbei am Zollhaus, dem Kran, der einen großen Pram entlud. Er grüßte ein bekanntes Gesicht, Kaufmann Wetberge, der bei der Stadtwaage stand. Doch kaum hatte der ihn erkannt, drehte er sich weg. Pestangst, dachte Hannes und fluchte innerlich. Er nahm sein Warenbündel ab und atmete den Geruch des Alsterfleets ein, da wurde sein Name gerufen: „Michaelis, Hannes, willkommen!" Vom Rathaus her kam Johann Miles gelaufen, sein bester Freund. Seit zwei Jahren war er einer der vier Bürgermeister der Stadt. Er umarmte und küsste Hannes. Lächelnd trat der elegante Ratsherr Hermann Hardeneck hinzu. „Heimgekehrt aus Venedig, Hannes?", fragte er mit seiner ruhigen Stimme und schloss den Jüngeren in die Arme.

„Ja, Hermann, aber die Reise war bitter. Ich bin der Pest hinterhergeritten. Viele Städte liegen brach, so wie der Cremon hier."

„Und das Kirchspiel St. Jacobi, wo die Armen wohnen", setzte Hardeneck hinzu.

„Gott sei Dank, dass dich der schwarze Tod nicht erwischt hat. Sag mal, hast du Safran mitgebracht, Hannes?", erkundigte sich Miles und legte den Kopf schräg wie ein bettelnder Hund.

Hannes lachte: „Was wollt ihr alle mit dem Safran? Backt ihr Kuchen, häusergroß?"

„Die Hanse ist wie leergekauft. Und das jetzt kurz vor Ostern. Die Lübschen und die Bremer zahlen acht Mark pro Unze", sagte Miles.

Hannes würgte es. Er hatte von dem Lübecker neunzig Mark zu

wenig bekommen. Ein Jahreseinkommen eines Kaufmanns zu wenig. Ihm war so schwindlig, dass er sich auf ein Fass setzen musste. Dann spie er aus und fluchte den Lübecker Jordan in die Hölle.

„Ist dir nicht wohl?“, fragte Hardeneck.

„Lasst uns ein Bier trinken gehen, mein Tag fängt schlecht an“, antwortete Hannes.

„Können wir dir beispringen?“, fragte Hardeneck sanft, aber Hannes winkte nur ab.

„Kommt mit, Bier trinken!“

„Immer doch, und wenn's hilft, besonders gerne“, meinte Miles und schlug den Weg zum Ratsweinkeller ein.

Im teuersten Gasthaus Hamburgs bestellte Hannes vom besten Stadtbier und kippte schnell zwei Humpen hinunter. Miles sprach nicht mehr von Safran, aber er löcherte ihn mit Fragen nach Venedig, nach Brügge, den Bergen und Flüssen, doch Hannes schüttelte den Kopf und starrte in sein drittes Bier. Hardeneck warf dem Bürgermeister einen scharfen Blick zu, um ihn zum Schweigen zu bringen. Hannes war unter Freunden, er würde schon erzählen.

Nach dem sechsten Bier begann er heiser zu lachen. Er schlug Hardeneck auf die Schulter. „Mann, was ein Glück, dass Reymburg ihren Safran fürs Kloster schon hat! Den hab ich ihr gestern vom Hafen geschickt, sowie ich festen Boden unter den Füßen hatte. Stell dir vor, das war eine Geschichte.“

Hannes' Stimme war um einige Grade zu laut. Hardeneck schaute auf seine sauberen Fingernägel, doch er ließ den Freund gewähren.

„Ich wollte Reymburg überraschen, stolpere grad an Land und schau mich nach einem Boten um. Aber immer, wenn ich einen von den Stadtreitern anspreche, drehen die sich weg. Pestangst. Doch so ein schlaksiger Bengel kommt mit einem Pferd am Zügel auf mich zu und bittet um den Botengang. Kennst du den Weg nach Harvestehude, frag ich, und er sagt, er kenne alle Wege, denn er sei Heyne Cletzen, der Reitedienersohn. Warum sein Vater nicht reite, frag ich, und dann sagt er, den habe die Pest dahingerafft. Da konnte ich nicht anders und geb dem Kleinen Reymburgs Safranpäckchen. Zehn Unzen. Natürlich wusste der nicht, dass das zwei Pferde wert ist. Ich würd ihm einen halben Schilling geben, wenn er zurückkommt, mit Reymburgs Zeichen auf dem Papier, sag ich. Und er: Da hätte ich lieber ein Päckchen von Eurer Ware, Herr, und sei es auch nur ein Viertel so groß wie dies hier, egal was drin ist. So ein Schlauberger. Ich schlug ein. Hab gut gelacht. Am frühen Abend war er zurück. Susana hat ihm schwarzen Pfeffer gegeben. Er wird ein reicher Mann. Und Reymburg wird sich freuen, wo sie doch Celleraria geworden ist." Hannes lachte über seine eigene Geschichte und kippte das siebte Bier.

Hermann Hardeneck nahm die Hand des Freundes. „Ich glaub nicht, dass sie sich wirklich freuen kann", sagte er mit belegter Stimme.

„Warum nicht, du Heide?"

„Weißt du denn nicht, was heut morgen geschehen ist? Reymburgs Bruder Diederik ist tot – der junge Domvikar", sagte Hardeneck ruhig. „Ich fahr noch heute ins Kloster, muss es ihr mitteilen, gemeinsam mit Bürgermeister Franzoyser."

Hannes war sofort wieder nüchtern.

„Heiliger Markus, bitte für uns. Was hat den Diederik dahingerafft?"

„Man hat ihm die Kehle durchtrennt."

Michaelis' Hände zitterten, als er nochmals den Bierkrug hob. Der alte Handelsherr Ryben war sein Lehrmeister, Diederik ihm wie ein Bruder gewesen. Marie, das stumme Nesthäkchen der Familie Ryben, hatte er geliebt, als sei sie sein eigen Kind. Und Reymburg, nun Reymburg war mehr als alles auf der Welt.

„Man fand ihn bei Sonnenaufgang in der Cloaca des Domkapitels", sagte Miles.

Hannes schloss die Augen. Alles in ihm krampfte sich zusammen.

„Und was ist mit der Kleinen?"

Johann Miles rieb sich die Schläfen. „Ja, Hannes, das weißt du ja auch noch nicht. Die Kleine ist nicht mehr da. Ist ganz plötzlich gestorben, das Kröpelchen, vor einem Monat ungefähr. War wohl ein Fieber."

Hannes erbleichte, als wäre ihm der Leibhaftige erschienen, stand auf und wankte. Er warf einen Schilling auf den Tisch und rannte aus dem Wirtskeller.

Caput II
Vom Zorn

Meiner Mutter Söhne zürnten mit mir. Sie haben mich zur Hüterin der Weinberge gesetzt; aber meinen eigenen Weinberg habe ich nicht behütet. (Hohelied Salomos I, 6)

„Der rechte Tiegel, nein, der linke, nein, doch der rechte."

Die junge Celleraria des Klosters Jungfrauenthal in Harvestehude lachte über ihre eigene Fusselköpfigkeit. „Welcher denn nun?", knurrte Mette, ihre Küchenmagd. Die große Hamburgerin reichte der Nonne die Gewürze zu. Seit einer Woche war sie im Kloster angestellt und hätte zufrieden sein können, aber ihre neue Herrin schien ihr nicht der Ordnung mächtig.

„Ich sollte draufschreiben, welcher Pfeffer drin ist", sagte Reymburg Ryben. „Gib mir beide."

„Ist doch ein Pfeffer wie der andere", schimpfte die Magd.

„O nein, o nein", wehrte Reymburg ab. „Den langen Pfeffer braucht man für das Hypocras, den hellen für Suppen und diesen teuren grünen, den nehmen wir für das grüne Huhn!"

Grün zu grün, das leuchtete der Magd ein, aber es passte ihr nicht, von der Jüngeren belehrt zu werden.

„Ihr wisst aber arg viel über Würzungen, Schwester Celleraria. Habt Ihr wohl von einem Gewürzhändler", schnarrte sie.

Das immer freundliche Gesicht der Celleraria wurde ernst. „Von meinem Vater, der mit Spezereien reich wurde. Aber auch von Hannes Michaelis, falls du das meinst."

„Ich mein gar nichts!" Die Magd grinste. Sie wusste, was man in Hamburg und in Harvestehude wisperte.

Reymburgs Hand schoss vor und schloss sich hart wie eine Fessel um ihren Arm. Die Celleraria drehte die Magd zu sich hin. „Bei Gott, antworte ehrlich, Metteke", sagte sie scharf. „Dass

ich von Michaelis so manches lernte, das sagt jede hier, nicht wahr?"
Die Magd nickte. Der Griff der Celleraria war schmerzhaft. „Nun, was wird geredet?"

„Sie sagen, er liebe Euch", antwortete sie und versuchte, der Nonne ihre Hand zu entwinden, aber die junge Klosterfrau hielt fest.

„Das tut er. Reden sie von unzüchtigeren Dingen als der Minne eines Mannes?"

„Einige flüstern darüber."

„Und nimmt man die ernst?"

„Nein. Ich glaub nicht. Keine kann Euch was nachsagen. Nur, dass er Euch Gewürze schickt."

Nun gab Reymburg die Hand der Magd frei.

„Ja, meine Liebe. Ich bin die Herrin der Vorräte. Wenn er mir was zusteckt, essen hier alle davon, und wenn du mir nicht in den Rücken fällst, dann auch du. Halt deinen Mund und es wird dir wohl ergehen!"

Mette wollte sich das nicht gefallen lassen. „Und habt Ihr mal wieder was von Michaelis gehört? In der Stadt erzählt man, er sei schon lange weg", sagte sie und grinste frech.

Reymburg antwortete nicht, aber sie sah ihr in die Augen. Nun wurde Mette kalt. Der Blick der Celleraria war giftig wie Bilsenkraut. Die Magd senkte den Kopf.

Reymburg pickte dreißig Körner aus dem Pfeffertiegel und legte sie in den Mörser. Das Päckchen gestern war eine wahre Liebesgabe gewesen. Der vorlaute Botenjunge hatte berichtet, dass Hannes gerade vom Schiff gestiegen war und als erstes an sie gedacht hatte. „Dem seid Ihr wohl am Herzen, Schwester", hatte der Bursche gesagt und von Reymburg einen jener Blicke gefangen, die allen Angst machten. Betreten hatte er den Schilling genommen, den sie ihm zusteckte. Mit geschickten Drehungen rieb sie den Pfeffer zu Pulver und mischte vier Löffel Honig darunter. „Gib mir die Mandeln", murmelte sie in Gedanken. In dem Paket war mehr als ein halbes Pfund Safran – ein Vermögen wert. Ihr wurde warm ums Herz, wenn sie daran dachte. Zu warm. Sie musste die Magd loswerden.

„Ich mach das allein hier fertig, Metteke. Hol das Küchenmädchen und ruh dich aus bis zur Messe!"

Mit einer kleinen Verbeugung ließ Metteke sie allein. Reymburg schüttete vier Handvoll Mandeln in einen größeren Mörser und zerstieß sie mit kräftigen Bewegungen.

„Noch den Honigpfeffer und zwei Becher warmen Wassers hinzu", sagte sie vor sich hin – ebenso wie es Hannes beim Mischen von Marinaden tat. In der Küche ihres großen Vaterhauses hatten sie zusammen gekocht und gebacken, gescherzt und gelacht. „Und vier Handvoll fein gehäckselter Petersilie tu ich dazu", summte sie. Als sie alles zu einem Brei verrührte und das Aroma des Pfeffers ihr in die Nase stieg, war es, als stünde Hannes vor ihr. Wo er wohl gewesen war? In Hispanien oder in Aferica? Sicher würde er bald mehr von sich hören lassen. Sie schlug zwei Eier und sieben Fingerspitzen Salz unter die dicke Mandel-Petersilien-Masse.

„Vier Hühnerbrüste, vier gierige Esser, vom weißen Brot und Ferkelbraten. Das Feilschen möge der Äbtissin wohl geraten", knüttelte sie vor sich hin, als sie die Hühnerteile mit der grünen Paste bestrich, die Garform schloss und sich zu dem erstaunten Küchenmädchen umwandte. Die Kleine glotzte entsetzt die kochende Nonne an.

„Nun sei mal nicht erschrocken, ich koch nur, wenn es was Feines gibt, für die Herren vom Rat oder den Grafen. Normalerweise arbeitest du hier mit der Magd!"

„Ja, Mutter Celleraria", piepste das Mädchen und knickste. Auch die Kleine war neu unter dem Klostergesinde. Die Pest hatte zwei Nonnen und fünf Mägde dahingerafft. Fast zwei Jahre hatte die Äbtissin gewartet, bis sie neues Gesinde in den Konvent ließ, aus Angst, Fremde würden die Krankheit zurückbringen. Dieses verschreckte Kind war vor einer Woche aufgenommen worden, eine Pestwaise, wie so viele.

„Mutter sagst du nur zur Äbtissin, mein Süß", belehrte Reymburg die Kleine. Ein Stich fuhr ihr ins Herz, als ihr das letzte Wort von den Lippen kam. „Mein Süß" hatte sie ihre kleine Schwester Marie genannt, deren Tod man ihr vor drei Monaten gemeldet hatte. Das Mädchen hier musste ungefähr in ihrem Alter sein. Reymburg traten Tränen in die Augen. Sie musste sich beeilen, um bei der Messe Seelentrost zu finden, dachte sie und seufzte.

„Kannst du die Kohlen um die Garform herum stets in Glut halten? Einen Glockenschlag lang, vorsichtig, so dass die Schale auf den Kohlen nicht anbrennt?"

Die Kleine nickte und trat zögerlich neben die Feuerstelle. Sie öffnete vorsichtig den hölzernen Fächer und trieb Luft auf die Holzkohlen zu, immer noch ängstlich.

„Wart mal", sagte Reymburg mit einem Lächeln. „Vor der Arbeit brauchst du das hier!" Sie tunkte einen Löffel in den Honig. „Mund auf!"

Genüsslich leckte das dürre Mädchen den Honiglöffel ab.

„Wo bist du her?"

„Fermesen!"

Das arme Kind, dachte Reymburg, Farmsen – das war fern.

„Nach der Arbeit warte hier in der Ecke. Ich gebe dir Reste vom Essen."

Dann putzte sie sich die Hände. Pünktlich mit dem Glockenschlag trat sie aus der Küche und eilte durch den Kreuzgang zum Stundengebet. Doch sie kam nicht bis zur Kirche.

Die Äbtissin Gertrud Stacius trat ihr in den Weg. Die Klosteroberin war in Begleitung des ehrwürdigen Hamburger Bürgermeisters Nicolas Franzoyser und des „Vogtes der frommen Spenden" Hermann Hardeneck. Für diese drei und für den Klosterpropst Willekin hatte Reymburg die grünen Hühner gekocht. Doch

was wollten sie von ihr? Warum verbeugten sie sich so ernsthaft? Bürgermeister Franzoyser war ein stolzer, eigensinniger Mann, der nicht Gott und Teufel fürchtete. Jetzt jedoch sagte er kein Wort. Äbtissin Gertrud Stacius brach das Schweigen.
„Reymburg, komm mit ins Parlatorium, wir möchten dich sprechen." Reymburg schluckte, folgte der Äbtissin aber langsam um den Kreuzgang herum in ihre Gemächer. Sie drehte sich zu den Männern um, suchte die Augen des blonden Hermann Hardeneck. „Ein Mann, mit dem man gut Geschäfte machen und auch feiern kann. Er tut viel für die Sache des Rates!", so hatte Hannes seinen Freund beschrieben. Doch warum wich er ihrem Blick jetzt aus?
Die Männer brachten immer noch kein Wort heraus, als sie im Sprechzimmer der Klostermutter auf geschnitzten Stühlen saßen. Sie sahen auf ihre behandschuhten Finger und überließen es der Äbtissin zu beginnen: „Der ehrsame Herr Bürgermeister und der fromme Herr Hardeneck wollten sich mit unserem Propst Willekin treffen, um über Dinge des unsäglichen päpstlichen Interdikts zu sprechen, doch leider kam alles anders. Sie haben Nachrichten für dich." Sie nickte den Hamburgern zu.
„Wir haben eine schlechte Botschaft, Schwester Reymburg", sagte Spendenherr Hardeneck mit seiner freundlichen, leisen Stimme: „Dein Bruder ist tot."
Reymburg zuckte. Etwas krampfte sich in ihr zusammen, als würde ihr Herz wie ein Wäschestück ausgewrungen. „O Maria, hilf!", flüsterte sie. Sie versuchte zu beten, aber alles in ihr war leer. Sie schlug die Hände vor das Gesicht und ließ den Tränen freien Lauf.
„Meine Herren, ich werde den Propst rufen lassen", sagte die Äbtissin sachlich, „Pater Willekin kennt unsere arme Schwester seit Kindheitstagen, er ist ihr Beichtiger und wird sie trösten." Als die alte Klosterherrin den Raum verlassen hatte, legte Hardeneck Reymburg die Hand auf die Schulter. Es war verboten, eine fromme Jungfer zu berühren, aber er streichelte vorsichtig ihren Rücken. „Ich hol dir

den Hannes, Mädchen, der wird schon Trost bringen", murmelte er leise. Sie sah den Ratsherrn an. Spielte er mit ihren Gefühlen? Wie sollte Hannes zu ihr vorgelassen werden? Wieder überkamen sie die Tränen. Dann kehrte die Äbtissin zurück, aber nicht in Begleitung des Propstes. Sie brachte die Krankenmeisterin mit, die Infirmaria, die sich Reymburgs annahm und sie ins Dormitorium führte.

Hinter der Trennwand aus bemaltem Leinen, die ihr als Celleraria im Schlafsaal zustand, fühlte sich Reymburg verlassen und einsam. Warum kam Propst Willekin nicht, um sie zu trösten? Sie versuchte ihren Rosenkranz zu beten, aber nach zehn Ave Maria und einem Gloria Patri konnte sie sich nicht mehr konzentrieren. Hatte sie sich an ihrem Bruder versündigt? Wie schlimm hatte sie mit ihm gestritten! Diederik war ihr fremd geworden, denn er hatte vor fast fünfzehn Jahren mit dem Domkapitel die Stadt verlassen. Seither hatte sie ihn nur zweimal gesehen: vor drei Jahren, als er stummeken Marie nach dem Pesttod ihrer Eltern im Kloster besuchte, und vor drei Monaten, als er die kleine Schwester wieder von ihr fortholte. In den Jahren im Kloster Harvestehude war das Kind aufgeblüht. Zuerst hatte sie sich mit der Klosterkatze angefreundet und war dem Tier durch die Klausur und die Wirtschaftsgebäude nachgestiegen. Marie kannte bald die hintersten Ecken und seltsamsten Orte im Kloster. Sie lernte die Nonnenzeichensprache und wurde freier und fröhlicher als je zuvor. In ihrem mit Fischen bestickten Kleidchen – sie bestand auf Fische – war sie wie ein Wiesel durch die Klosteranlage getobt. Sie hatte ihre alte Gewohnheit aufgenommen, hübsche Dinge, Steine, Blüten, Spielzeug und Glasperlenschmuck, zu sammeln und an den unmöglichsten Orten zu verbergen. Wenn jemand ihre Freundschaft gewann, sauste sie los, holte die Schätze aus dem Versteck und zeigte sie vor. Das Mädchen mit den wuscheligen Engelshaaren und den braunen Augen war bald der Liebling des ganzen Konvents.

Als Diederik Marie abholte, hatte Reymburg es ihm verweigern wollen. Wie unchristlich sie mit ihm gestritten hatte! Geschrien hatte sie, gefleht, dass er das Kind im Kloster lassen solle. Das Kloster war die Rettung des Mädchens gewesen, als die Pest ins Haus der Eltern kroch. Mehr noch: Hier war sie glücklich. Als stummes Mädchen würde sie in der Welt immer nur das Kröpelchen sein. Doch Diederik sagte nur, Mariechen sei eine reiche Erbin und müsse in die Welt zurück. Reymburg verfluchte ihn dafür. Als kurz darauf die Nachricht von Maries Tod kam, hatte sie solch verhasste, böse Gedanken für ihn gehabt, dass sie zur Buße im härenen Hemd auf den winterkalten Steinplatten der Kirche genächtigt hatte. Und sogar jetzt empfand sie kein Mitleid mit dem Toten, sie haderte mit Gott, dass er Diederik nicht früher zu sich geholt hatte, bevor der ihr Marie wegnehmen konnte. Was wollte der Herr ihr mit diesem Leid sagen?
Vorsichtig Pfötchen vor Pfötchen setzend, kam die graue Klosterkatze angeschlichen, schmiegte das Köpfchen an Reymburgs Gesicht, rollte sich neben ihr zusammen und schnurrte. Aber Reymburg hob nicht einmal die Hand, um sie zu streicheln, so sehr war sie in ihrer Dunkelheit eingeschlossen.
Ewige Momente später berührte der Priester und Propst Willekin sanft ihre Schulter: „Schwester Celleraria. Reymburg, meine Tochter!"

Wie ein Kind richtete sich Reymburg auf. Sie fiel dem alten Propst um den Hals. „Sie sind alle tot, meine ganze Familie ist fort", wimmerte sie.
„Vergiss nicht, dass deine Familie das Kloster ist, mein Kind. Deine Schwestern sind die Nonnen und die Äbtissin ist deine Mutter!"
Widerstrebend schüttelte Reymburg den Kopf.
„Doch, mein Kind, doch. Du bist eine gehorsame Tochter des Herrn und weißt genau, dass du als Braut Christi deine weltliche Familie schon lange verlassen hast. Du hast dich entschieden, nicht mehr zur

Welt zu gehören. Nun hat der Herr beschieden, sie alle zu sich zu rufen. Sieh dies als gnädigen Rat, als Hilfe zur Demut. Jetzt wird es dir umso leichter fallen, einzig deinem Kloster zu dienen."

Unwillen stieg in Reymburg auf. Wie konnte Willekin nur so gefühllos sein? Schließlich war ihre Familie ihm seit langer Zeit verbunden. Er hatte ihre Mutter Margarethe und ihren Vater getraut, hatte sie und Diederik getauft und zehn Jahre später ihren Vater beerdigt. Diederik hatte immer Gottesdiener werden wollen. Er wählte den Weg als Weltpriester. Damals hatte Willekin mit ihm gestritten, denn das Domkapitel lag im Streit mit dem Rat und Willekin hätte Diederik lieber als Mönch bei den Franziskanern gesehen. Doch der junge Mann träumte von hohen Würden als Geistlicher. Er wollte Domherr werden, sah sich schon fast als Bischof. Trotz ihrer Meinungsverschiedenheit ließ Willekin seine Beziehungen spielen und verschaffte dem Jungen eine Pfründe als Domvikar. Als Reymburgs Mutter ein zweites Mal heiratete und der Mann keine Stieftochter im Hause dulden wollte, ebnete Willekin Reymburg den Weg ins Kloster Harvestehude und wurde dort ihr Mentor und Beichtvater.

Aber er hatte auch ihre Mutter Margarethe auf ihrem weiteren glücklosen Lebensweg betreut. Eine Fehlgeburt nach der anderen zerstörte die Ehe von Margarethe und ihrem zweiten Gatten. Der Mann wandte sich ab, ging außer Haus Vergnügen suchen, statt den Handel des Hauses Ryben voranzutreiben. Hannes Michaelis erbot sich zu helfen. Er legte das Vermögen in Häusern, Braugerechtigkeiten und in Renten an. So blieb das Haus Ryben reich, war aber nicht mehr bedeutend auf dem Gewürzmarkt. Vor acht Jahren schien das Glück zu Margarethe zurückzukommen. Sie wurde wieder schwanger. Mariechen kam zur Welt. Doch das Mädchen hatte keine Stimme, schrie nicht, weinte nicht, grunzte nur manchmal leise. Wäre es nach dem Willen der Mutter gegangen, hätte man auch dieses Kind ins Kloster gegeben, um Gottes Wohlwollen zu erwirken. Doch Maries Vater verbot es. Ein Kind sollte in der Welt bleiben, um zu erben, damit das Vermögen nicht an die tote Hand der Kirche fiele. Aber Glück brachte das stumme Mädchen nicht. Reymburgs Stiefvater war nun noch öfter in den Branntweinspelunken am Hafen zu sehen.

Als die Pest Hamburg heimsuchte, blieb das Haus Ryben nicht verschont. Nur der Vorsorge der Großmagd Tybbe war es zu verdanken, dass Mariechen rechtzeitig in Sicherheit gebracht wurde. Als sich die ersten Beulen bei Margarethe zeigten, lief sie mit dem Kind davon, ins Kloster Harvestehude. Willekin nahm die Kleine als Schülerin auf. Tybbe, fromm und treu, kehrte zu ihrer Herrin zurück, räucherte das Haus aus, fegte die Böden und pflegte die Kranken. Sie blieb gesund, ein Wunder, denn innerhalb von zwei Wochen starben Margarethe und ihr Gatte. All dieses Leid hatte Willekin mitgetragen. Bei Maries Tod war er Reymburgs großer Trost gewesen. Warum war er jetzt so förmlich?

„Willekin, was redest du? Jede Nonne in diesem Haus hängt an ihren Verwandten!"

„Aber du weißt, dass es gegen die Klosterregel ist, und du weißt auch, dass Gehorsam dir Kraft geben wird."

Der Propst löste sich vorsichtig aus der Umarmung der Nonne.

„Hilft der Gehorsam auch, wenn eine Todsünde auf mir lastet? Der Zorn auf meinen toten Bruder?" Reymburgs Stimme zitterte, ihr Gesicht war tränennaß.

„Das kannst du beichten und büßen. Willst du über deine Sünden reden, Kind?"

Reymburg nickte, rutschte von ihrer Pritsche und kniete im Stroh, mit dem der Boden des Dormitoriums ausgestreut war. Willekin betete ein Gloria Patri und neigte sich ihr zu.

„Vater, ich habe gesündigt. Ich habe bösen Zorn auf meinen Bruder in mir getragen nach dem Tode meiner kleinen Schwester."

„Aber das hast du doch schon gebüßt, mein Kind", sagte Willekin leise. „Gibt es nicht andere Sünden in dir? Erzähle mir von dem Reichtum deiner Familie. Hast du Habgier danach verspürt?“

„Nein Vater, ich bin nicht habgierig, ich habe alles immer Mariechen gegönnt.“

„Und nach dem Tod des Kindes, hast du da nach dem Geld gefragt?“

„Nein, nie ...“, stotterte Reymburg, die in ihrer Trauer keinen Augenblick an das Familienvermögen gedacht hatte.

„Versprichst du mir, die Reichtümer dem Kloster zu übergeben, wenn du erbst?“

„Gerne, sehr gerne, werde ich alles, was mein ist, unserem Konvent übergeben“, antwortete Reymburg und sah ihm in die Augen. Was war mit dem Propst geschehen? Sonst interessierte er sich doch nicht für ihr Vermögen.

„Dann sag mir, wo das Geld ist.“

„Welches Geld?“

Eigentlich durfte ein Beichtkind nicht zurückfragen, aber Reymburg war völlig verwirrt.

„Dein Bruder hat einen großen Schatz verborgen, Reymburg. Es wäre gut, wir fänden ihn vor dem Domkapitel. Sage mir, wo er ist, vertraulich, als würdest du es unserem Herrn sagen.“

Dies war die seltsamste Beichte, die Reymburg jemals über sich ergehen ließ. Doch Willekins Fragen hatten ihre Neugier geweckt und die Verzweiflung weggewischt.

„Wie ist er denn an ein großes Vermögen gekommen? Als Domvikar hat er nicht viel verdient“, hakte sie nach.

„Er hat eure Häuser verkauft, bis auf das Vaterhaus. Hat er dir nicht mitgeteilt, was er vorhatte?“

Reymburg erhob sich aus dem Kniefall und setzte sich auf die Pritsche. Sie schüttelte schweigend den Kopf. Das Ganze war unfassbar. Warum hatte Diederik so etwas getan? Natürlich war er der Erbe, aber jedes Vermögen war in diesen Zeiten der Pest am besten in Immobilien angelegt.

„Und das Geld ist fort?“

„Es muss irgendwo sein, Reymburg, und es ist jetzt dein Erbe. Kannst du dir denken, wo es ist?“

Reymburg wollte keinesfalls, dass das Geld in die Hände des Domkapitels fiele, jener Geistlichen, die dafür sorgten, dass Hamburg seit sechzehn Jahren unter dem päpstlichen Bannfluch stand. Doch sie hatte keine Ahnung, wo es zu suchen war.

„Verzeih mir, Vater Willekin, aber ich weiß nichts von den Verkäufen und nichts von dem Geld. Wenn ich es hätte, würde ich es sofort der Mutter Äbtissin übergeben, das schwöre ich bei allen Heiligen und der Seele meiner Schwester Marie im Himmel.“

Willekin legte seine Hände zum Segen auf Reymburgs Haupt. „Ego te absolvo“, sagte er ernsthaft, als wäre ihre Antwort schon Buße genug für ihren Zorn. Dann gab er ihr ein Bündel, das er auf den Boden gelegt hatte.

„Ich habe in deinem Vaterhaus alle Wertgegenstände für das Kloster beschlagnahmen lassen. Da war nicht mehr viel außer diesem Reliquienkreuz. Hier, es sei deins, auch wenn eine Nonne eigentlich nichts besitzen darf.“

Begierig öffnete Reymburg das Wolltuch. Silberglänzend lag ihres Vaters liebstes Stück auf ihrem groben Bettleinen. Ein fein gearbeitetes schlichtes Kreuz, dessen Querarm mehrere wertvolle Reliquien enthielt. Besonders eine liebte sie sehr: Eine Locke der Heiligen Caecilia. Wieder traten Tränen in Reymburgs Augen, Tränen der Freude und des Leids. Doch als sie Willekin danken wollte, war er schon gegangen.

Caput III
Vom Schrecken und von der Erlösung

Mein Freund, für dich hab ich sie aufbewahrt. (Hohelied Salomo VII, 14)

Vor dem Haus der Familie Ryben war eine dichte Menschentraube aufgelaufen. Aus der weit geöffneten Tür schallte lautes Geschrei. Unfehlbar erkannte Hannes die Stentorstimme von Bürgermeister Johann Miles: „Das war Plünderei und Leichenfledderei, Heinrich Biscop. Und Ihr hattet kein Recht dazu!"
Die Fistelstimme des Klostermonitors erhob sich zu einem Kreischen: „Ich bin Harvestehuder Klosterstadtvermögensaufseher in der Stadt Hamburg, ich handle auf Befehl des Propstes Willekin."
„Hört, hört! Klosterstadtvermögensaufseher in der Stadt!", echote jemand aus der Menge und löste schallendes Gelächter aus. Hannes wollte sich durch die Menschenansammlung wühlen, doch als man ihn erkannte, öffnete sich sofort eine Gasse der Angst.
„Michaelis, der Gewürzhändler! Er kommt direkt aus Venezia!", flüsterte jemand. Schweigen trat ein. Wieder die Pestangst, doch diesmal machte es ihm nichts, denn sogar die Reitediener des Rates und die Klosterknechte, die die Menge zurückhalten sollten, ließen ihn durch. Er betrat die Diele und grüßte Miles und Biscop.
„Michaelis, du kommst zur rechten Zeit!", bellte der Bürgermeister. „Dieser Wicht hier hat das Vermögen der Ryben beschlagnahmt und nach Harvestehude schicken lassen. Kannst du mir sagen, was an Silber und Gold im Haus war?"
„Ich kam eigentlich, um mich um meinen toten Freund zu kümmern", sagte Hannes.
„Lass die Toten die Toten begraben, Hannes! Ryben hatte doch wertvolles Gut. Das fällt jetzt an den Rat!"

„An das Kloster, als Erbe der Schwester Celleraria Reymburgis Ryben!“, pfiff der kleine Klosterstadtvermögensaufseher.

Hannes schlug Johann Miles besänftigend auf die Schulter. „Unser Freund hier hat leider Recht, Johann! Nach dem Gesetz ist Reymburg die letzte Erbin der Ryben, und alles fällt somit an die tote Hand, will sagen, das Kloster!“

„Dem muss ich widersprechen, Hannes. Wenn keiner erbt, dann erbt der Rat. Und eine Nonne ist nicht erbberechtigt. Diederik hat viel Gut verkauft. Da muss irgendwo Geld sein. Solange nicht klar ist, wo das Vermögen steckt, lass ich hier keinen Fremden mehr rein“, meinte Miles entschlossen.

„Wenn du wissen willst, was die Rybens besaßen, frag doch Tybbe, ihre Magd. Sie hat schon Reymburg und Diederik großgezogen, als die selige Margarethe noch mit dem guten Ryben verheiratet war. Und für Marie war sie auch so etwas wie die Amme. Sie ist länger im Haus als sonst jemand. Wo ist sie denn?“

Miles nickte in Richtung Küche. Sofort machte sich einer der Reitediener auf und holte die Magd. Sie war Mitte fünfzig, rüstig und rund, heute aber ungewöhnlich bleich und hohläugig. Sofort fiel sie Hannes in die Arme, küsste ihn auf die Wangen wie einen Sohn.

„Hör mal, Mütterchen Tybbe, der Bürgermeister hier will wissen, was an Gütern zu erben ist vom Hause Ryben!“

„Nicht viel, gar nicht mehr viel, Herr Michaelis! Obendrein haben heute morgen die Klosterknechte das Reliquienkreuz und das Tafelsilber geholt. Wie diebische Elstern sind die, haben alles genommen, das glänzt. Da hatte man mir den jungen Herren noch nicht mal ins Haus gebracht. Heilige Mutter Gottes, wie der Leichnam aussieht!“ Sie warf die Arme fuchtelnd über den Kopf. „Und wie er riecht! Der Jung liegt so in der Stube, wie sie ihn aus der Cloaca gezogen haben. Und ich soll ihn nicht waschen, weil der Büttel noch nicht gekommen ist.“

Tausend Fragen schossen Hannes durch den Kopf, Fragen, deren Antwort weder Biscop noch der Bürgermeister hören sollten.
„Miles, warum soll denn der Büttel kommen?“, fragte er den Freund.
„Als Zeuge natürlich. Der kennt sich mit Wunden am besten aus.“
„In der ganzen Stadt wird geraunt, Diederik sei der Hals aufgeschlitzt worden. Genügt es denn nicht, wenn zwei gestandene Männer, wie Biscop und ich, das vor dem Rat bezeugen? Wir schauen uns die Leiche an und gehen mit dir aufs Rathaus. Dann kann Tybbe dem Toten seine Würde wiedergeben.“
Das Angebot gefiel Johann Miles. So würde er den lästigen Klosterstadtvermögensaufseher schnell aus dem Haus haben. Auf ein Zeichen des Bürgermeisters begleitete einer der Reitediener die Männer in die Schlafkammer über der Diele. Verdreckt und stinkend lag der tote Priester auf dem Himmelbett seines Vaters. Biscop hielt sich die Nase zu und trat mit Michaelis an die Leiche heran. Ein blutiger, tiefer Schnitt fast von Ohr zu Ohr ließ keine Frage mehr offen.
„Nun, Meister Klosterstadtvermögensaufseher, Freund Michaelis, könnt Ihr mit aufs Rathaus kommen und bezeugen, was den armen Diederik Ryben vom Leben zum Tode brachte“, befahl Miles.
Nur allzu gern verließ Biscop das pestilenzstinkende Gemach. Hannes trödelte hinterher. Als Miles und Biscop vor die Haustür traten, war er noch auf der Treppe.
„Ich komm später nach, Johann!“, rief er dem Bürgermeister zu. Miles drehte sich um und grinste. Er hakte den Klosterstadtvermögensaufseher unter und marschierte in Richtung Rathaus. Zwei Wachen verschlossen die Tür, während Hannes in der Küche verschwand.
Tybbe hockte etwas unbequem neben dem großen, eichenen Arbeitstisch, vor sich einen Humpen voll Hamburger Stadtbier. Ebenso unbequem und verschüchtert saß auf dem Fass in der Ecke ein grobschlächtiger, älterer Kerl in schmutzigem Kittel.

Tybbe wies mit einer scheuen Handbewegung auf ihn: „Das ist der Knochenhauer Berend, ein Freund."
Hannes nickte, Berend grüßte zurück und schaute dann zu Boden. Hannes nahm einen Humpen vom hohen Geschirrbord und goss sich aus dem Krug ein Bier ein. Es war nicht Tybbes Selbstgebrautes, sondern gutes Exportbier. Offensichtlich trank die alte Magd ihre Sorgen weg.
„Tybbe, warum sagst du, dass nicht mehr viel vom Gut der Ryben da war?"
„Hat doch alles verkauft, der Jung. Weiß der Teufel, warum! Da kommt nichts mehr rein", sagte sie und bekreuzigte sich wegen des Fluchens.
„Und der Erlös aus dem Verkauf?"
Die Magd zuckte mit den Schultern.
„War wohl wegen Marie, weil die gestorben ist. Deshalb hat er verkauft." Sie schneuzte in ihren Ärmel.
„Erklär mir das mal!"
„Nun, es ging ihr nicht gut, nachdem er sie von Reymburg weggeholt hat. Muss ihr gut gefallen haben im Kloster bei der großen Schwester. Hier wurde sie immer müder. Und da hat Diederik die Idee gehabt, sie zum Domkapitel nach Lübeck mitzunehmen. Weil die Pfaffen da doch den besten Medicus haben. Aber die Reise ist zuviel für sie gewesen. Da ist sie gestorben. Begraben hat er sie allein, in Lübeck." Tybbe schniefte. „Seither ist nur Trauer im Haus. Und ich denk, den Diederik hat das alles so sehr gereut, dass er das Vermögen für eine fromme Stiftung geben wollte. Aber drüber gesprochen hat er nie. Ach, Hannes, ich kann nicht noch einen unter die Erde bringen. Ohne letzte Ölung, ohne Glocken, ohne Gesang, ohne Segen, ohne Messe, ohne Priester. Das lastet auf meiner armen Seele. Fluch über den Papst und seinen Bann!"
Hannes nickte. Für kaum eines der vielen Pestopfer war eine Totenmesse gelesen worden, denn der Papst hatte verboten, in

Hamburg Gottesdienst zu halten. Das war das Werk des Domkapitels, mit dem sich der Rat um Rechte und Pflichten stritt. Nur die Bettelbrüder vom Orden des Heiligen Franziskus standen zu den Bürgern und spendeten Seelenheil.

„Ich geh zu den Franziskanern und bitte sie um eine Beerdigung."

„Für einen Domvikar? Er gehörte doch zu unseren Feinden!", seufzte die Magd.

„Ich denke, die Brüder werden eine Gabe an Pfeffer und Zimt nicht ablehnen, Tybbe. Und gleich danach kommen Susana und ich, um den Toten zu waschen!" Er drückte der Alten die Hand. „Wenn du nicht zurecht kommst, wende dich an mich, Tybbe."

Sie lächelte schief: „Ich soll hier alles weiter nutzen, als wär das Mariechen noch da, hat der Herr Diederik gesagt, bevor er das letzte Mal nach Lübeck ritt. Nur eine Nacht war er hier, hat seines Vaters Reisekleider geholt. Er sagte, er würde bald wieder zuhause sein. Ach, der arme junge Herr!", heulte sie und prustete wieder in ihren Ärmel.

Susana band sich ein Tüchlein mit Jasminwasser um Nase und Mund und setzte vorsichtig das Messer an, um Diederik Rybens dreckstarrende Kleider aufzuschneiden. Hannes griff den stinkenden Stoff, zog ihn unter der dürren Leiche heraus und brachte ihn zum Verbrennen im Kaminfeuer in den Saal hinunter. Es waren keine geistlichen Gewänder, die er verbrannte. Diederik hatte die Kaufmannskleidung seines Vaters getragen. Susana tauchte ein Tuch in einen Kübel mit warmem, duftendem Seifenwasser, um den Körper zu waschen.

Als Hannes die Treppe wieder hinaufkam, war Susana wie zur Salzsäule erstarrt. Er folgte ihrem Blick. Am linken Arm, den sie gewaschen hatte, waren gräuliche Wunden zu sehen. Verbrennungen und Quetschungen, Blutgerinnsel, Schnittwunden, aufgerissene Haut. Über Susanas Gesicht strömten Tränen. Hannes nahm ihr das Tuch aus der Hand und wusch noch mehr Kot von Diederiks kaltem

Leib. Über und über war der Körper mit Wunden und Flecken übersät. „Folter", hauchte Susana. „Herr Jesus, Folter!" Dann lief sie hustend aus dem Kämmerchen. Hannes hörte aus der Küche ihr Weinen und Tybbes tröstende Worte. Schnell beendete er die Waschungen. Es war klar, dass der Schnitt am Hals nur die letzte Untat an dem jungen Geistlichen gewesen war. Vorher musste er stundenlang gequält worden sein. Nachdenklich trug Hannes den Kübel mit dem Dreckwasser nach unten. In der Küche flößte Tybbe Susana warmes Bier ein. Vorsichtig streichelte Hannes seiner Magd den Arm.

„Bewahrt mir Schweigen darüber. Näht ihn bis aufs Gesicht in sein Leichentuch ein, so dass die Trauergäste nichts sehen. Morgen Nacht begräbt ihn der Franziskanerprior. Derweil will ich an Reymburg schreiben."

Er bemerkte, wie Susana bei der Nennung des Namens zusammenzuckte, doch ihm musste es egal sein. Es gab Wichtigeres zu bedenken als die Eifersucht einer Magd. Außerdem hatte sie gewusst, worauf sie sich einließ, als sie sich vor fünf Jahren von ihm freikaufen ließ, um der Pest und der Sklaverei in Venedig zu entfliehen.

*

Reymburg weinte. Die Klosterschwestern lugten um die Trennwand, die Infirmaria brachte einen Beruhigungstee, die Badeschwester massierte ihr die Füße. Doch Reymburg weinte, das prachtvolle Reliquienkreuz an die Brust gedrückt. Irgendwann schlief sie ein. Als die Schwestern sich am Morgen zu den Vigilien erhoben, erwachte sie aus einem unruhigen Schlaf und weinte wieder, zerrissen von Trauer und Wut. Die Scholaria entschied, dass es besser sei, auf Schwester Reymburg beim Gesang zu verzichten. Sie blieb allein zurück. Wo sollte sie Trost finden? Durch die geschliffenen Taler aus Bergkristall blinzelten ihr die Reliquien im Silberkreuz ihres Vaters entgegen. Ein Splitter von der Krippe des Herrn, etwas von den Gebeinen des Heiligen Augustin, ein wenig Manna, das vom Himmel fiel, und eine kleine Locke der Heiligen Caecilia. Wenn sie in ihren Kindertagen krank gewesen war, hatte der Vater die Reliquie aus dem Kreuz genommen und sie damit gesegnet. Vorsichtig schraubte sie die Arme des Kreuzes ab und angelte mit spitzen Fingern nach der Locke, die seltsamerweise fast völlig von Pergament umschlossen war. Sie führte die heiligen Haare an die Lippen, und wie kühles Nass floss Trost in ihre fiebernde Seele. Doch dann wurde sie stutzig. Die Schrift auf dem Zettel, der um die Reliquie gewunden war, kannte sie. Genau so hatte ihr Bruder das g und das d geschrieben. Vorsichtig wickelte sie den langen Pergamentstreifen ab. Tatsächlich war er neu. Der alte Reliquienzettel lag darunter. Hastig stopfte sie die tausend Jahre alten Haare wieder in das Reliquienkreuz. Im grauen Morgenlicht entzifferte sie die letzte, geknüttelte Botschaft ihres Bruders.

Dies ist die Wahrheit der Heiligen Caecilia,
sie bringt Licht in meine Lügen.
Es leben zwei Schwestern Ryben,
eine im Frauen- und eine im Lilienthal.
Ihr Aug soll darob keine Träne trüben,
so wahr ich heiße Diederik Ryben.

Mit einem gellenden Freudenschrei sprang Reymburg auf und rannte in die Kirche. Sie platzte nicht in die Messe, sie sprengte sie. Vor dem Bildnis der Heiligen Maria warf sie sich lachend zu Boden und jubelte ihren Dank lautstark heraus.

Caput IV
Von der Treue

Ohne dass ich's merkte, trieb mich mein Verlangen … (Hohelied Salomos VI, 12)

Michaelis war gewohnt, dass Reymburg sich für seine Zuwendungen nicht bedankte. Sie konnte es nicht tun, denn seine Geschenke waren nicht für sie, sondern für den Konvent bestimmt. Zahlreiche Menschen bedachten die Nonnen mit Tuchen, Bier, Eiern oder Korn. Viele Klosterfrauen behielten die Gaben für sich, aber Reymburg war achtsamer als ihre Schwestern. Hannes' Geschenke waren stets exquisit: Pfeffer, Zimt, Koriander, Anis, Kardamom, Muskat, manchmal kandierte Pomeranzen oder Rosenblätter, die sie sehr liebte. Doch immer verteilte die Celleraria alles im Konvent.

Auf seinen dringlichen Brief aber hatte Michaelis eine Antwort erwartet, denn er hatte um eine Audienz in Familienangelegenheiten gebeten. Am liebsten wäre er sofort nach der Leichenwäsche nach Harvestehude geeilt, doch Diederiks Beerdigung ließ das nicht zu. Kaum war die Sonne untergegangen, bewegte sich ein Zug dunkler Mönche durch die Stadt. Wegen des Bannfluchs des Papstes sangen die Franziskaner das „Dies Irae“ nicht, nein, sie flüsterten es vor sich hin. So schien die ganze Straße voll wispernder Stimmen zu sein, als die zwölf verhüllten Gestalten Diederiks Leiche aus dem Haus holten. Susana verkrallte sich zitternd in Hannes Arm und ging mit ihm dem Totenzug nach. Das Dunkel war unendlich, Nebel huschten durch den Cremon, waberten über die Wasser, und kein Mensch wagte, aus dem Fenster zu schauen. Hannes versuchte, Susana zu trösten, aber auch ihm trat ein kaltes Grauen ins Herz, als die Mönche Diederiks Leichnam über die Schreiberbrücke und durch die Hundestraße zum Büttelshaus am Berg trugen. Wieso geleiteten sie den Toten zu diesem düsteren Gemäuer der Gefangenschaft und der Qual?

Dreimal klopfte der Prior an das verrufene Haus des Henkers und Folterknechts. Dann öffnete sich die Tür. Knechte trugen einen riesigen Leichnam in die Nacht hinaus. Hinter ihnen ging schniefend und schluchzend die Büttelsfrau mit ihren vier Bälgern.
So wurden der gelehrte Domvikar Diederik Ryben und der Henker von Hamburg gemeinsam in der Minderbrüderkirche aufgebahrt und nach einer Messe begraben, ohne Unterschied im Rang, ganz im Sinne des Heiligen Franziskus.
Am Grab des Domvikars standen nur Hannes und Susanna, doch beim Büttel hatte sich ein Häufchen seltsamer Gesellen angefunden, das sich auf einen mitternächtlichen Jammerschmaus zu freuen schien: Abdecker, Straßenkehrer, Henkersknechte und Waffendiener.
Schüchtern trat die Büttelswitwe auf Hannes zu.
„Ich weiß, Michaelis, dass ich keine Gesellschaft für Euch bin. Doch mein Mann hat zwei Fässchen Rheinwein hinterlassen, die wollen wir auf sein Seelenheil trinken. Er hätt sie sonst bestimmt allein geleert, beim heiligen Stefan, trinken konnte er. Noch vor vier Tagen hat er von den Fässern gesoffen, drei Krüge voll ganz für sich. Dann ist er nicht mehr aufgewacht. War ein seliges Ende für einen, der den Rausch so liebt. Mein Mann, der hatte nie was gegen eine feuchte Runde mit Freunden. Und er mochte immer neue Gesichter an seinem Tisch. Wenn Ihr also dabei sein mögt, wäre es mir eine Ehre, wo nun Euer Freund und mein Gatte am gleichen Tag zu Erde werden. Und Wein ist da, reichlich."
Hannes lag es ferne, aus Standesdünkel eine Einladung auszuschlagen. So eine Büttelswitwe konnte wohl mal Spezereienkundin werden. Doch er wollte früh am Morgen nach Harvestehude hinaus und bedankte sich höflich.
„Und Eure Magd da, will sie mit uns trinken?"
Susana schüttelte den Kopf, auch wenn ihr danach war, Hannes eins auszuwischen, weil er nur noch an Reymburg dachte. Sie würde schon eine noch bessere Gelegenheit dazu finden.

*

Metteke wurde aus ihrer Celleraria nicht schlau. Erst heulte sie einen ganzen Tag lang, dann machte sie sich zum Gespött des Konvents und jetzt saß sie da und brachte der abgerissenen Kleinmagd mit herzzerreißender Geduld bei, wie man das Fleisch für einen Heidnischen Kuchen kleinschnitt. Die Kleine konnte das große Eisenmesser kaum halten, doch Reymburg führte ihr die Hand.

„Ich würde es schneller hinkriegen", bemerkte Metteke.

Reymburg schenkte ihr ein so freundliches Lächeln, dass all der Grießgram, der sich in der Magd im Laufe ihres Lebens angestaut hatte, zu schmelzen begann. „Weiß ich, Metteke. Aber wenn sie es kann, musst du weniger tun."

Metteke zuckte mit den Schultern. „Soll ich mal die Leber hacken?"

Reymburg lächelte. Sie ließ ein Stückchen der gekochten Innerei für die bettelnde Klosterkatze fallen und reichte das Fleisch dann Metteke: „Und hacke auch den Apfel. Und mörsere mir doch zehn Pfefferkörner und drei Messerspitzen Salz."

Bald lagen vier Hand voll gewürfeltes gekochtes Rindfleisch, ebenso viel gehackte gekochte Schweineleber, eine Hand voll zerkleinerter Speck und ein zerschnippelter Apfel in einer Schale, um mit einem Löffel getrockneten Majorans, Salz und Pfeffer sowie einer zarten Messerspitze feinen Zimts und drei Eiern vermengt zu werden. Aus vier Hand voll Mehl und halb so viel Butter sowie etwas Salz rubbelten Reymburg und das kleine Mädchen Teigflöckchen, die danach mit etwas eisig kaltem Wasser heftig glatt geknetet wurden. Dann rollten sie den Teig dünn, lang und breit und füllten eine lange und eine kurze Teigrolle mit dem Fleisch, Reymburg lachend, die Kleine strahlend. Sie bestrichen die Rollen mit Eigelb. Dann klatschte Reymburg in die Hände: „Ihr beiden, es gibt Grund zum Feiern! Der kleine Heidnische Kuchen hier ist für Euch, der große, der ist für Propst Willekin. Er will mit mir besprechen, wie ich meine kleine Schwester wiederbekomme!"

Metteke bekreuzigte sich, aber Reymburg lachte.

„Marie lebt! Mein Bruder hat sie fortgeschafft, Gott weiß warum. Er brachte sie ins Kloster Lilienthal bei Bremen. Deshalb hab ich heut morgen die Messe durcheinandergebracht, der Herr möge mir verzeihen."

Bevor sie die Fleischkuchen bei hoher Hitze in den Ofen schob, ritzte sie zwei Kreuze in den Teig. Als Reymburg einen Glockenschlag später die Kanzlei des Propstes betrat, fiel ihr fast der Heidnische Kuchen vom Holzbrett. Mit ausgestreckten Beinen saß Hannes Michaelis an Willekins Tisch und grinste über beide Wangen.

„Michaelis, was führt dich hierher?"

„Eine Audienz bei dir, Schwester Reymburg."

Reymburg warf Willekin einen schnellen Blick zu. „Wäre das Sprechzimmer nicht angemessener?", fragte sie.

Willekin schüttelte den Kopf, stand auf, nahm ihr die Pastete ab und bot ihr einen hochlehnigen, schweren Stuhl an. Verunsichert setzte sich Reymburg neben Hannes. Seit Jahren war sie ihm nicht mehr so nah gewesen. Sie schlug die Augen nieder. Unbehagliches Schweigen trat ein, denn Hannes konnte seinen Blick nicht von ihr wenden. Willekin griff zu dem großen Brotmesser und zerschnitt die Teigrolle. Der betörende Geruch des Heidnischen Kuchens löste die Spannung. Hannes griff nach einem Stück und schlang es herunter. „Wunderbar", murmelte er mit vollem Mund.

Auch Reymburg stürzte sich nervös auf ihr Meisterwerk. Nur der hagere Propst Willekin pickte vorsichtig mit dem Messer Krümel vom Servierbrett. „Hannes hat deinen Bruder beerdigen lassen", begann er vorsichtig.

„Oh, und wie?" Reymburg spitzte die Ohren.

„Der Franziskanerprior wird seinen Armeleutebrei jetzt mit weißem Pfeffer würzen", sagte Hannes mit einem schelmischen Lächeln.

Seine kleinen blauen Augen strahlten wie Sterne, wenn er sie ansah. Ihr war, als wäre sie wieder zu Hause.

„Hat Willekin dir von Mariechen erzählt?“

Hannes nickte. „Welch ein Wunder, Reymburg!“ Mutig griff er ihre Hand. „Wie hast du es herausbekommen?“

Reymburg erzählte von dem Kreuz und der Caecilienreliquie. Zum Schluss platzte sie mit ihrem Herzenswunsch heraus: „Ich will Marie so schnell wie möglich hier haben. Hannes, kannst du Mariechen aus Lilienthal holen? Ich mach dich zu ihrem Vormund und du bringst sie her!“

„Natürlich hol ich die Kleine!“, sagte Hannes, dann setzte er hinzu: „Wenn Ihr es erlaubt, Vater Willekin. Ohne ein Schreiben von Euch und Eurer Klostermutter wird die Äbtissin von Lilienthal das Kind wohl kaum hergeben.“

Hannes lehnte sich zurück und nahm einen kräftigen Schluck Klosterbier. Hatte er sich nicht geschworen, endlich mal zu Hause zu bleiben? Doch Bremen war im Vergleich zu Venedig ein Katzensprung.

Willekin nahm seine Hand und schüttelte sie kräftig: „Du bist ein Bote des Himmels, Hannes. Unbedingt muss das Mariechen geholt werden. Hätte Schwester Reymburg dich nicht gebeten, ich hätte es getan. Ich danke dir. Doch nun erzähle von der Einsegnung unseres seligen Bruders Diederik. Ist dabei jemand aufgetaucht, der von den weltlichen Gütern des Heimgekehrten wusste?“

Hannes horchte auf. Was wollte Willekin wissen? In diesem Moment fing er einen Blick von Reymburg auf, in dem Warnung und Verwirrung lagen. Er schnappte sich noch eine Scheibe Heidnischen Kuchen, aß sie mit drei Bissen und spülte kräftig mit Klosterbier nach. „Von den Gütern weiß ich nichts. Nur dass Johann Miles ebenso danach sucht wie Euer Klosterstadtgüteraufseher – oder wie immer sich dieser kleine Biscop nennt. Ist schon seltsam, dass Diederik alles verkauft hat.“

Hannes unterbrach sich. Tybbes Vermutung, Diederik habe aus Reue um Marie gehandelt, konnte nicht stimmen, denn Marie war nicht auf dem Weg nach Lübeck ums Leben gekommen. Vielleicht war das Geld aber im Kloster Lilienthal gelandet, als Beitrittsgeld. Das würde er schon herausfinden.

„Ebenso seltsam war, was wir an Diederiks Körper fanden, als wir ihn wuschen." Er blickte vorsichtig zu Reymburg, doch sie sah so neugierig aus wie zuvor, also fuhr er fort: „Über und über war der Arme mit Wunden bedeckt. Susana meint, es seien Folterspuren."

Reymburg und Willekin stöhnten entsetzt auf.

„Wer sollte den braven Diederik foltern?", fragte der alte Propst erschüttert.

„Keine Ahnung. Ich habe so etwas noch nie gesehen. Doch Susana hat in Venedig einiges erlebt, das nicht sehr erfreulich war."

„Kann es nicht von einem Kampf herrühren? Vielleicht hat sich Diederik gegen seinen Mörder gewehrt?", hakte Willekin nach.

Reymburg schwieg, aber ihre Augen wurden schmal und eng. Hannes wusste, dass sich jetzt heiße Wut in seiner Freundin sammelte.

„In jedem Fall waren die Mörder mit Seilen und glühenden Zangen bewaffnet! Und mit Werkzeugen zum Fingerbrechen."

Jetzt platzte es aus Reymburg heraus: „Wer auch immer das war, er soll unter ebensolchen Qualen in der Hölle schmoren. Zum Teufel mit dem Hundesohn!"

Willekin tätschelte ihr die Hand. „Fluche nicht, Schwester. Nimm es mit Fassung und übe dich in Vergebung. Lass uns lieber Hannes weiter zuhören!"

Er erzählte von der unheimlichen Beerdigung im nächtlichen Dunkel. Vom geflüsterten Dies Irae, von den Nebeln in den Gassen.

„Dann kam das Seltsamste. Stellt Euch vor, der Franziskanerprior hat eine Doppelbeerdigung daraus gemacht. Einmal beten, zweimal Geld im Beutel. Der Büttel hat sich totgesoffen. Also lag der Kerl in der Franziskanerkirche neben unserem Diederik."

Willekin erbleichte und schob das Brett mit dem Heidnischen Kuchen endgültig von sich.
„Aber das Beste kommt noch“, fuhr Hannes fort. „Heute Morgen war es bei Toresöffnung in aller Munde. Die Franziskaner müssen noch mehr Leichen unter die Erde bringen. Sieben der Büttelsfreunde sind nach dem Jammerschmaus tot liegen geblieben. Und sterbenskrank liegt die Büttelin danieder, mitsamt ihren Kindern. Der Suff, der den Büttel umbrachte, rafft sein ganzes Geschlecht dahin.“
Willekin sprang auf, schwankte, musste sich an der Tischkante festhalten. Dann zischte er Michaelis an: „Wie könnt Ihr nur so respektlos über Tod und Leid reden, Hannes Michaelis?“
Hannes kniff kurz die Augen zusammen und schüttelte sich. Was war los mit dem alten Diplomatenfuchs? War Willekin humorlos geworden? Hannes entschied, dass es besser sei, sich zu entschuldigen. Er schlug die Augen nieder und bat um Verzeihung.
„Gut, gut“, sagte Willekin. „Ihr seid ein schlechter Christ, aber ein guter Freund. Nun müsst ihr beide aber gehen. Ich erwarte noch wichtigen Besuch aus Hamburg.“
Verwirrt über den plötzlichen Rauswurf, tauschten Hannes und Reymburg Blicke. Dann verabschiedeten sie sich. Reymburg nahm die Treppe hinab in die Kirche, Hannes den Vorderausgang.
Durch die kleinen, hellblauen Glasscheiben schien das fahle Licht der Märzsonne in die Kirche. Zu Füßen der Madonna links vom Altar ruhte ein Lichtfleck, in dem Reymburg niederkniete.
Nochmals dankte sie der Muttergottes für Maries Leben und bat die hohe Heilige um Hilfe für ihre Schwester und für Hannes, der sie holen sollte.
Leise trat er hinter sie. Sie spürte ihn in ihrem Rücken, verharrte aber im Gebet. Sie wusste, dass er ihren Anblick, ihren Duft in sich aufsog als Nahrung für seine verletzte Seele. Doch was ihm Kraft gab, zerriss ihr das Herz.

„Geh“, flüsterte sie, als sie spürte, dass sie in seine Arme stürzen wollte. Ebenso lautlos, wie er gekommen war, verschwand er. Nur ganz leise schlugen die Türen der Klosterkirche aneinander.

Irgendwie kam Hannes der reiche Bürger bekannt vor, der just in dem Moment vor der Propstei vom Pferd stieg, als er selbst aus der Kirche schlich. Doch ein weiter, pelzbesetzter Mantel und eine dunkle Kapuze verbargen das Gesicht des Mannes.

*

Susana hatte die Arme vor der Brust verschränkt und wartete an der Dielentür darauf, dass Hannes sein Mittagsbier trank. Er würde es lau und salzig finden, denn sie hatte an dem Gesöff Rache genommen für die Wortbrüchigkeit ihres Herrn. Sie hatte darauf vertraut, ihn das ganze Jahr im Haus zu haben.
„Und wie, bitte, willst du nach Bremen kommen?“, fragte sie schnippisch. Hannes war damit beschäftigt, einer Gänsefeder geschickt die Flaumen abzuschneiden, um einen Kiel daraus zu machen.
„Mit dem Schiff natürlich. Kannst schon mal zum Hafen laufen und nach einer Passage elbabwärts fragen!“
„Und wenn ich nicht geh?“
„Dann geh ich selber!“ Mit einem Schnitt spitzte er seine Feder, tauchte den Kiel in das Tintenschälchen und schrieb etwas auf einen kleinen Pergamentstreifen. Dann pustete er über die Tinte. Endlich griff er zum Humpen, nahm einen Zug und spuckte die Brühe wieder aus.
„Was zum Teufel... ?“ Entsetzt schaute er seine Magd an. Sie verzog keine Miene. „Was ist mit dem Bier, Susana?“
Sie zuckte die Schultern. „Normales Bier.“
Hannes seufzte. „Ich muss das machen, Susana. Es ist eine Ehrensache.“

Sie drehte sich um und verschwand in Richtung Küche. Hannes streifte sein Wams über das weite Schlafhemd und trat in Holzschuhen auf die Straße. Gegenüber lauerten ein paar Jungen mit ihren Schweinen auf die Abfälle von Bäcker Grelle. Er winkte einen herüber und gab ihm den Zettel und einen Witten.

„Lauf zum Haus des Reitedieners Cletzen in St. Jacobi und gib das dem Jungen. Sag ihm, er soll herkommen."

Nicht viel später klopfte es an der Tür zum Kontor. Ohne Scheu trat der junge Cletzen ein. Er war sauberer als vor einigen Tagen, trug ein reines Wams und gute Schuhe aus Leder mit Holzsohlen.

„Morgen mit der Ebbe können wir an Bord des ‚Heiligen Jacobus von Sternenfeld' abreisen", sagte er mit einer leichten Verbeugung.

„Hat dir jemand vorgelesen oder kannst du es selbst?"

„Nicht schlecht, nicht recht. Für Euren Pergamentstreifen reichte es noch. Ich war in der Schule an St. Nicolai, aber da wurde mehr gesungen als geschrieben. Ich krakele wie ein Wurm. Lesen geht so. Latein durften sie uns auch nicht beibringen, das lernen nur die Reicheleutesöhne am Dom."

„Pass auf, ich bin auch ein Reicheleutesohn."

„Aber einer, der sich für sein Geschäft noch selbst krumm macht. Wenn Ihr verzeiht, am Hafen saht Ihr aus wie ein Strauchdieb. Das hat mich beeindruckt. Deshalb reise ich mit Euch."

„Nicht wegen des Lohns?"

„Den bekomm ich lieber von einem, den ich schätze."

„Dann verdien dir gleich einen Witten mit langweiliger Arbeit. Lauf zum Bäcker Grelle und hol Rosenkuchen." Der Junge fing lachend die Witten, die sein neuer Herr ihm zuwarf. Rosenkuchen – irgendwie musste Hannes doch Susana besänftigen.

Susana stopfte die Leckerei unwillig in sich hinein. Hannes schaute ihr beim Essen zu, betrachtete die wütend zu Schlitzen gezogenen schwarzen Augen, die schöne Haut. Andere Frauen in Susanas

Alter hatten Falten und Zahnlücken und bekamen dennoch einen ehrlichen Mann ab. Sie aber steckte durch ihn in einer vertrackten Situation. Hätte sie sich nicht in seinen Hanseatenkopf verguckt, könnte sie immer noch die vergötterte Geliebte eines venezianischen Seidenhändlers sein. Aber sie wäre versklavt, an den Palazzo gebunden. Hier war sie Großmagd, Herrin eines Haushalts, ja eines Geschäfts. Doch sie litt unter der unerwiderten Liebe. Es brach ihm fast das Herz, sie von Eifersucht verzehrt zu sehen.

„Soll ich dich heiraten, Susana?“, fragte er leise.

Ihr blieb fast der Kuchen im Halse stecken.

„Ich meine, im vollen Wissen, dass ich Reymburg bis an mein Lebensende in mir trage? Würdest du mich so wollen?“

Susana schüttelte den Kopf. „Ich verstehe es bloß nicht. Sie ist doch gestorben für die Welt – als Nonne.“

Hannes schloss die Augen, bevor er erklärte: „Wir haben unsere Kindheit zusammen verbracht. Und wir haben uns einander versprochen. Es war das Natürlichste der Welt, der Kontorleiter und die Kaufmannstochter. Diederik hatte nie viel fürs Geschäft übrig, seine Welt war die Bibel. Reymburg und ich hätten das Haus Ryben weitergeführt. Sie wäre meine Frau geworden, wenn ich nicht in Brügge gewesen wäre, als ihr Vater starb und die Mutter wieder heiratete.“

„Warum ist sie nicht einfach geflohen? Mir wäre der neue Vater egal gewesen.“

„Sie gehorchte eher ihrer Mutter. Die hatte ein Gelübde abgelegt, dass sie ihre Tochter ins Kloster geben werde, damit ihre neue Ehe fruchtbar würde. Dass ihr Stiefvater dabei seine Hand im Spiel hatte, war nicht zu übersehen. Von außen betrachtet, folgte er aber nur dem frommen Wunsch seiner Gattin, als er die Stieftochter der Kirche überließ. Reymburg konnte sich lediglich das Kloster aussuchen, in das er sie dann mit ihrer Mitgift einkaufte. Durch eine Flucht hätte sie ihre Familie und ihr Erbe verloren. Sie wäre in den

Augen Gottes eine Sünderin, eine Verlorene gewesen. Und sie hätte mir unendlich geschadet. Mein Erbonkel hätte alles der Kirche vermacht, ich wäre ohne Entlohnung aus dem Kontor geworfen worden und hätte ohne Freunde ein Geschäft aufbauen müssen. Das hat sie alles bedacht, als sie ins Kloster ging."

„Ich hätte es trotzdem gemacht, Hannes. Ich wäre zu dir nach Brügge geflohen. Sie liebt dich nicht so wie ich!"

Er lächelte. „Ja, vielleicht. Doch das ändert nichts an meinen Gefühlen. Ich trage große Schuld, Susana. Natürlich erfuhr ich in Brügge von der Hochzeit ihrer Mutter, doch ich habe daraus keine Schlüsse gezogen. Ich habe nicht um ihre Hand angehalten. Ich dachte, ich hätte Zeit, bis ich selbst reich wäre. Ich habe mir einfach keine Gedanken darüber gemacht, wie es ihr mit einem Stiefvater im Haus ergehen würde. Einem Mann, der das Erbe der Ryben für seine leiblichen Kinder wollte. Einem Mann, dem sie im Weg stand. So kam es, dass sie glaubte, mir läge nichts daran, ihr zu helfen. Und ihr Stiefvater und ihre Mutter hatten natürlich gar kein Interesse, dass Reymburg mich heiratet und somit voll erbberechtigt ist. Dass ich nicht nachgedacht habe, ist eine Schuld, die ich nie wieder gut machen kann. Ich habe sie allein gelassen in ihrer Not."

Susanas Augen wurden feucht, und sie drehte den Kopf weg. Hannes nahm ihre schmalfingerige, braune Hand.

„Aber heute bin ich anders. Ich will dich nicht im Stich lassen. Es ist mir egal, wie man in der Stadt darüber reden wird, wenn ich eine rechtlose Magd zur Frau nehme. Ich will nicht in den Rat, ich will nicht mächtig werden, aber ich will dich nicht unglücklicher machen, als du es schon bist. Willst du meine Frau werden, nach gutem christlichem Brauch?"

„Ach Hannes", seufzte Susana. „Nein, das will ich nicht. Du tätest es ja nur aus Ehrgefühl."

Dann trat ein koboldhaftes Blitzen in ihre Augen: „Vielleicht finde ich ja auch noch jemanden, der mich liebt und den ich auch will."

„Dann statte ich dich aus wie eine Bürgermeisterstochter, beim Heiligen Markus, versprochen“, sagte Hannes – nicht ohne eine Spur Erleichterung.

„Und das diene ich vorher bei dir ab“, gurrte Susana und streichelte ihn verführerisch unterm Kinn.

Er lächelte schief. Sie tätschelte ihm die Wange – wie einem guten Hengst. „Und zwar, indem ich dir helfe, Diederiks Mörder zu finden und Licht in die Sache zu bringen.“

Hannes zog die Stirn kraus: „Wie willst du das tun?“

„Das Gesinde weiß oft mehr, als Ihr Herren Euch denken könnt, und Mägde tratschen gerne. Hast du mal drüber nachgedacht, warum der Diederik die Kleine weggebracht hat? Und wo das Vermögen ist, wollen doch alle wissen. Und warum der Biscop das Geld suchte, bevor Diederiks Leiche bei Tybbe war? Wie erfuhren denn die Klosterleute von dem Mord? Vielleicht finde ich was raus. Außerdem muss jemand Reymburg auf dem Laufenden halten, wenn du fort bist. Für mich als Frau ist das allemal leichter, als es für dich jemals war. Ich geh sie halt regelmäßig besuchen. Einen Vorwand finde ich immer.“

„Und das würdest du tun?“

„Für dich, ja.“

Hannes stand auf, ging um den Tisch herum und kniete vor seiner Magd nieder. Sie umschloss ihn mit den Armen, zog seinen Kopf in ihren Schoß. Sie roch so gut, dass er sich ihr nicht entziehen konnte. Erst spät am Abend kamen sie dazu, für die Reise Säckchen und Päckchen mit Gewürzen abzuwiegen. Susana füllte die geheimen Taschen von Hannes’ Wams mit Pfeffer, Zimt und Muskat, seinen Beutel mit Thymian, Salbei und anderen weniger wertvollen Spezereien. Denn Hannes schloss nie die Möglichkeit aus, auf einer Reise auch Geschäfte zu machen.

Caput V
Von der Rachsucht

Fangt uns die Füchse, die kleinen Füchse, die die Weinberge verderben … (Hohelied Salomos II, 15)

Schwester Reymburg lag, flach in Kreuzesform ausgestreckt, vor den Stufen des Altars. Sie presste ihr Gesicht auf den Stein, unter dem die Äbtissinnen und Kapläne des Klosters begraben lagen. Sie schlotterte vor Kälte, was der Vertiefung ins Gebet nicht gut tat. Viel schlimmer wog aber, dass sie wütend war, endlos wütend – nicht mehr auf ihren Bruder, sondern auf seine Mörder. Wer auch immer es war, sie hasste sie so sehr, wie sie vorher Diederik für Mariechens angeblichen Tod gehasst hatte. Seit den Laudes lag sie nun hier und versuchte ihren Geist mit Reue und Gleichmut zu füllen. Doch sie hatte noch keine Dekade von Ave Mariae beten können, ohne abzuschweifen und sich den gemarterten Körper des Bruders vorzustellen. Warum folterte man einen armen Priester? Wollten seine Mörder etwas herausfinden, oder hatten sie böse Gelüste an ihm gestillt? Kurz bevor die Schwestern zum Konventamt kamen, machte sie sich davon. Gebete halfen nicht, und für die Messe war sie nicht bereit, den Kopf voll sündhafter Wut. Da half nur die Arbeit.

Sie schickte Metteke aus der Küche zur Messe und gab der Lütten, wie sie die Kleinmagd aus Farmsen nun nannte, einen Wink, den Honigtopf zu holen. Nach kräftigem Naschen mischten sie sieben große Hand voll Dinkelmehl mit drei Eiern, einer guten Hand voll Butter, einem halben Becher Honig, und einer Hand voll gemahlener Mandeln. Die Lütte war inzwischen geschickt am Mörser und zerrieb eine viertel Muskatnuss, eine halbe Zimtstange, zwei Nelken und ein Glied einer verschrumpelten Ingwerwurzel. In einem Trog knetete Reymburg den Teig für Hildegardküchlein – kleines, flaches, rundes Gebäck, das die Bitterkeit des Herzens vertreiben konnte. Sie arbeitete mit Wucht und Kraft, damit der Teig locker und leicht wurde. Ganz zum Schluss fiel ihr ein, dass Hildegard die wundersame Wirksamkeit des Safrans vielleicht noch nicht gekannt hatte. Safran machte fröhlich und leicht ums Herz. Durfte sie das Rezept der alten Heiligen ergänzen, auch wenn es über hundertfünfzig Jahre unverändert weitergegeben worden war? Sie dachte an Hannes und den Safran und hielt es, wie er es gehalten haben mochte: Sie nahm reichlich vom Gewürz. Die Lütte schaute gespannt zu, wie Reymburg mit einer Messerspitze fünfmal in den Tiegel fuhr, den sie dann wieder in einem größeren Tiegel verschloss. „Das ist mehr wert als sein Gewicht in Gold!", sagte die Nonne. Noch einmal durchgeknetet, kamen die Plätzchen in den mittelwarmen Ofen, so lang wie das Beten von zwanzig Ave Maria dauerte. Reymburg war wieder im Reinen mit sich.

Auf jeden Fall war das „Labora" der Benediktinerregel ihre Welt. Und so würde sie es auch mit ihrer Wut halten, versprach sie sich, als sie der Lütten das erste kühl gepustete Plätzchen in den Mund schob. Wenn sie böse Gedanken hätte, würde sie sie wegarbeiten. Sie vertilgte selbst vier der gelbbraunen Täfelchen und ging mit zwölf Stück auf einem Teller in die Propstei zu Willekin herüber. Die Klosterkatze zirkelte tief schnurrend um ihre Beine, aber Reymburg ließ sich nicht erweichen. Sie wollte einen wohl gefüllten Teller zu Willekin tragen. Der alte Priester schlug vor Freude die Hände über dem Kopf zusammen. Er stand auf und zündete einen Kerzenstummel unter einem metallenen Gestell an, das eine Art kupferne Kanne hielt. Reymburg gingen die Augen auf. Der Geistliche hatte tatsächlich einen Weinwärmer, wie er sonst nur an Fürstenhöfen bekannt war. Nach einiger Zeit goss er zwei Becher mit warmem Würzwein ein und setzte sich zu Reymburg.

„Es geht dir also besser, Reymburg", sagte er.

„Die Sünde des Zorns ist immer noch in mir, und ich glaube, nur Wissen wird sie stillen. Ich will herausfinden, wer meinem Bruder das angetan hat. Ich wollte dich bitten, mir zu helfen."

Willekin runzelte die Stirn und nahm ein Plätzchen zum Wein. „Es wäre gut, wenn wir etwas über das Geld wüssten“, meinte er bedächtig.

„Die Spur zum Mörder wird uns auch zum Geld bringen. Und auch wenn es nun Mariechen gehört, wird das Kloster davon etwas bekommen: Für ihre Erziehung und Pflege. Und sollte sie sich letztendlich entschließen, den Schleier zu nehmen, fällt das Erbe der Ryben gänzlich an den Konvent. Das wäre wohl in unser beider Sinne. Magst du mir also helfen?“

Willekin rieb sich das Kinn.

„Wenn du ihr einen reichen Vormund bestellst, dann würde der für sie aufkommen, auch wenn wir das Geld nicht finden.“

„Hannes Michaelis wird ihr Vormund sein.“

„Michaelis’ Reichtum ist schwankend, mal viel, mal nichts. Wenn er, wie dein Vater, ein Kontor in Brügge oder Nürnberg hielte, wäre er verlässlicher. Doch ihn treibt es immer wieder selbst in den Süden. Stell dir vor, ihn holt die Pest oder er wird ausgeraubt. Ich würde mir als Vormund für Marie einen Ratsherren wünschen. Wenn sie dann nicht Nonne werden mag, findet der einen Ratsherrensohn als Gatten für sie. Was hältst du von Hermann Hardeneck?“

„Den kenne ich kaum. Ich weiß nur, dass er mit Hannes befreundet ist.“

„Er ist ein Mann, der viel wagt für die Stadt, ein guter Verbündeter im großen Streit.“

Reymburg bekam eine Gänsehaut. Der große Streit zwischen Rat und Domkapitel, das war etwas, von dem sie als Nonne wenig erfuhr. Sie konnte sich nur an den Beginn erinnern. Vor siebzehn Jahren hatte der Rat versucht, das reiche Domkapitel an den Kosten der Stadtbefestigung zu beteiligen. Doch die Geistlichen weigerten sich. Dann beschwerte sich der Rat über die Cloaca des Domkapitels, deren Gestank die ganze Gegend verpestete. Auch hier wurde nichts erreicht. Daraufhin setzte der Rat ein Beschwerdeschriftstück auf, das all den Unmut der letzten Jahre enthielt. Geistliche, die Bürger angriffen, wurden von dem geistlichen Gericht des Domkapitels nicht verurteilt, Bürger hingegen wurden wegen Nichtigkeiten vor diese Instanz gezogen, – und das Domkapitel kümmerte sich nicht um den Erhalt der Stadt. Die Beschwerdeliste wurde veröffentlicht. Das Domkapitel fühlte sich angegriffen. Hohe Geistliche und Ratsherren warfen sich Unfreundlichkeiten an den Kopf, nächtens schmierten Schmutzfinken böse Bilder an die Kirchenwände. Im Jahr des Herren 1337 verließ schließlich das Domkapitel die Stadt und ging nach Lübeck ins Exil. Obwohl ihr geistlicher Herr, der Erzbischof von Bremen, versuchte, eine Einigung herbeizuführen, kam es zu keiner Verständigung. Willekin hatte sich in jener Zeit ebenfalls vermittelnd eingebracht. Doch die siebzehn Domherren klagten den Rat vor der päpstlichen Kurie in Avignon an. Man warf den Herren Hamburgs Münzfälschung, Kirchenbeschmutzung und Raub von geistlichem Eigentum vor. In der Tat wurde die Kirche St. Petri geplündert, aber erst, nachdem der Papst die Bürgermeister und Ratsleute der Stadt exkommuniziert hatte. Keiner sollte mit ihnen sprechen, sie besuchen, sie trösten. Der Herr aller Christen verhängte einen Bann über die ganze Stadt Hamburg. Die Gesänge in den Kirchen erstarben. Nur noch die Franziskaner hielten zu den armen Bürgern: Sie segneten weiterhin Ehen, tauften Kinder, beerdigten Tote. Der Rat hatte mit Hinrich Bucgland an der Spitze eine Vertretung bei der Kurie in Avignon eingerichtet. Dort, im fernen Süden Frankreichs, arbeiteten die Advokaten beider Parteien nun schon seit Jahren an Bittschriften, Petitionen und Audienzanträgen. Insgesamt zehn Prozesse wurden gleichzeitig geführt – jeweils durch drei Instanzen. Für jede Fürsprache, für jedes Schriftstück, das den päpstlichen Sekretären vorgelegt werden sollte, musste der Rat zahlen. Hermann Hardeneck sammelte und verwaltete als Spendenvogt das Geld dafür. Wenn Willekin lobend von ihm sprach, dann bestimmt nicht ohne Grund, denn der alte Propst war stets gut über

den großen Streit informiert. Er war Vertrauter des Dompropstes Werner Miles ebenso wie des Erzbischofs von Bremen. Als Avignon von der Pest heimgesucht wurde und alle Prozesse ruhten, nutzte er die Chance und bewegte den Rat, eine Vereinbarung aufzusetzen, auf die das Domkapitel einging. Doch kaum nahm das päpstliche Gericht seine Arbeit wieder auf, klagte der Domdekan Johann von Kempe die Hamburger erneut an, als habe es keinen Vertrag gegeben. Und diesmal war auch Willekin selbst betroffen. Er wurde beschuldigt, ungehorsam zu sein und vom Glauben abzuweichen. Dieser Ketzereivorwurf brachte ihn dazu, sich endgültig auf die Ratsseite zu schlagen: Als Geistlicher gegen die Geistlichkeit, als Sohn eines kleinen Ritters im Bunde mit den Bürgern. Sein Glaube sagte ihm, dass die Sache der Hamburger die gerechte Sache sei. Sein Herz sagte ihm, dass es gottlos und grausam vom Domkapitel war, die Menschen in der Stadt ohne Seelentrost darben zu lassen, ohne Hochzeit, ohne Totenmesse. Und das in den Zeiten der Pest, wo Gottes Zorn spürbar war und für die Labung der Seele einzig Messe, Beichte und Segen sorgten. Willekin und die Franziskaner hielten zu den Hamburgern. Reymburg bewunderte Willekin, aber sie wollte sich nicht für einen Fremden als Vormund ihrer Schwester entscheiden, nicht für Hardeneck. Sie brachte das Gespräch auf eine andere Bahn.
„Mein Bruder war ein Mann des Domkapitels. Ich weiß nicht, was er außer Messenlesen noch für die Domherren getan hat. Aber vielleicht hat er deren Missfallen erregt und ist deshalb umgebracht worden. Als Opfer im großen Streit?“
Willekin wischte ihre Vermutung mit einer Handbewegung weg, füllte ihren Becher nach und bot ihr noch eines ihrer eigenen Plätzchen an.

„Das ist Unsinn. Bei Mord sollte man immer danach forschen, wer am meisten vom Tod profitiert. Dabei käme man als erstes auf dich oder Marie, doch ihr beiden scheidet als Täterinnen aus

– mit höchster Wahrscheinlichkeit!“ Er lächelte sein charmantes Alte-Priester-Lächeln.

„Und das Domkapitel? Das erbt doch alles, was Diederik erarbeitet hat! Können die das Geld nicht in Avignon gebrauchen?“

„Mein liebes Kind, das Domkapitel hat keine Geldschwierigkeiten. Sie kaufen sich in Avignon Notare und päpstliche Berater, so viele sie wollen. Nein, mit dem großen Streit hat der Mord nichts zu tun. Ich würde vielmehr in Eurem häuslichen Umfeld schauen. Eure Magd Tybbe lebt zum Beispiel in Saus und Braus, hat mir unser Güteraufseher Biscop erzählt.“

„Tybbe? Die tut doch niemandem ein Leid an!“

„Biscop meint, da sei ein Mann im Haus. Vielleicht hat jemand sie gedrängt?“

Reymburg schloss die Augen. In den Tagen ihrer Kindheit und Jugend war Tybbe immer um sie gewesen. Und immer hatte sie vom Heiraten geredet, von dem starken Handelsknecht, den sie sich angeln wollte und den sie nie bekam. Mag sein, dass sie irgendwann deshalb unter schlechten Einfluss geriet.

„Und die Folterspuren?“, dachte sie laut nach.

„Biscop meint, der Mann sei Knochenhauer. Der schreckt bestimmt vor nichts zurück.“

„Ich könnte mal nachforschen lassen“, sagte Reymburg vorsichtig. Hannes war zwar nicht da, aber er hatte geschrieben, dass Susana, seine Magd, ihr behilflich sein würde. Doch Willekin hielt warnend beide Hände hoch, die Handflächen zu ihr gedreht.

„Das lässt du sein. Dein Gelübde verbietet dir Neugier auf die Welt. Ich verspreche dir, ich werde durch Biscop und die Klosterknechte alles untersuchen lassen. Doch du übst dich besser in Demut und Vergebung. Verdirb nicht das heiligsame Leben, das du hier bisher geführt hast. Neugier ist eine Sünde. Und vergiss nicht, dass du als Celleraria Vorbild für die jungen Nonnen bist, auch wenn du nur die Vorräte verwaltest.“

Reymburg senkte das Haupt. In der Tat hatten die Ereignisse der letzten Tage sie aus ihrem Gleichmut gerissen. Sie seufzte und legte ihre Hände in die des alten Propstes.

„Du hast ja so Recht. Ich gehöre hierher, und es gehört sich nicht, über diese heilige Welt hinaus zu denken. Dank sei dir für die Lehre."

Er segnete sie, und Reymburg nahm die Treppe hinab zur Kirche. Als sie in den Nonnenchor hinaufsteigen wollte, sah sie durch einige weiße Scheibchen in den bunten Fenstern Hermann Hardeneck beim Propsthaus vorreiten. Bestimmt brachte er Geld, das Willekin nach Avignon weiterleiten sollte. Einsam auf ihrem Platz im Chor betete sie drei Rosenkränze. Dann quälte sie das schlechte Gewissen gegenüber Hardeneck. Sie hätte ihn nicht so rundheraus als Vormund ablehnen dürfen, bestimmt war er ein guter Mensch, doch er war ihr nun einmal fremd. Vielleicht konnte sie mehr über ihn erfahren, da er nun zu Besuch war. Sie eilte in die Küche und füllte noch einen Teller mit den Plätzchen. Als sie züchtig an der Propsteitür klopfte, hörte sie laute Stimmen und erkannte die Willekins. Der junge Kaplan, der ihr öffnete, sagte, der Propst sei nicht zu sprechen. Sie gab ihm den Teller für ihn und seine zwei Kaplansbrüder, die als Hilfsgeistliche keinesfalls ein so gutes Leben führten wie der Propst und die Nonnen. Vor Freude errötend, versprach der junge Priester, für sie zu beten. Auch sie sagte zu, ihn in ihre Gebete einzuschließen, worauf er noch mehr errötete. Reymburg nutzte die Gelegenheit und überfiel ihn mit einer Frage: „Hat sich unser Herr Willekin mit dem Ratsherrn gestritten?"

Der Kaplan nickte. „Das erste Mal, sonst beraten sie immer lange und friedlich. Und Ratsherr Hardeneck hat sogar geflucht. Der Herr sei seiner Seele gnädig!"

Caput VI
Von den Irrwegen

Wende dich hin, wende dich her … (Hohelied Salomos VII, 1)

Heyne Cletzen hatte sich nicht vorgestellt, dass er die Seereise mit Schullektionen verbringen müsste. „Ich versteh mich mehr auf Pferde, Herr“, wimmerte er, als Hannes ihm wieder und wieder den Sand auf der Tischfläche glatt strich und ihn mit einem Strohhalm Sätze schreiben ließ. Die Ebbe hatte sie etliche Meilen flussabwärts getragen, und ein lieblicher Wind von Achtern half der Kogge gegen das auflaufende Wasser. Am nächsten Morgen sollte das Feuer von Nige O zu sehen sein und die Elbmündung wäre bald erreicht, meinte der Schiffer. „Eine Woche haben wir bis Bremen. So lange bring ich dir Schreiben und Latein bei, dafür kannst du mir von deinem Pferdeverstand etwas abgeben“, sagte Hannes entschlossen. Viel lieber hätte Heyne den nacktbeinigen Seeleuten zugeschaut, wie sie zum Ausguck hinaufkletterten. Und gern hätte er mitgearbeitet, denn er spielte mit dem Gedanken, Schiffsknecht zu werden, falls ihn die Reitediener der Stadt nicht aufnahmen. Doch er fügte sich seinem neuen Herrn. „Wer weiß, wozu es gut ist, und schlecht kann es nicht sein“, sagte Hannes. Am dritten Tag musste Heyne auf der Nordsee bei sanfter Dünung ordentlich speien und kam zu dem Schluss, dass es womöglich besser wäre, Kaufmannsgehilfe zu werden. Dabei hatte man schließlich auch mit richtigen Pferden zu tun, und Neptuns Rosse trampelten ihm zu sehr auf seinem Magen. Er fügte sich in das Schreibenlernen.

Die Wesermündung mit ihren Untiefen machte es dann notwendig, dass die beiden Reisegäste mit anpackten, denn der Schiffer stellte einen Schiffsknecht zum Loten und einen im Korb zur Ausschau gegen Seeräuber ab. So kam Heyne zu seinen Lehrstunden in Seemannschaft. Weiter flussaufwärts holte sie ein Unwetter ein, und der Schiffer brachte die Kogge unter Land. Hannes hatte ihn überzeugen wollen, am Nordufer anzulegen. Es drängte ihn von Bord, das Kloster Lilienthal zu erreichen. Aber der Schiffer wagte keine Flussquerung mehr. Nach dem Unwetter kreuzten sie gegen den Ostwind weiter und erreichten nach Mittag mit der Flut Bremen. Hannes zahlte den Schiffer aus und schickte Heyne, Pferde zu kaufen, gute, drei an der Zahl. Mit zwölf Lübischen Mark in der Tasche fühlte sich der Junge wie ein König, aber noch besser fühlte er sich, als er nach dem abgeschlossenen Handel drei Schillinge seinem Herrn zurückgeben konnte.

Hannes schenkte sie ihm und legte so den Grundstock für das zukünftige Familienvermögen der Cletzens, denn Heyne setzte sie gleich bei ihm in weißen Pfeffer um. Hannes war zu sehr in Gedanken, um sich über die Tüchtigkeit seines Pferdeknechts zu wundern. Er gab dem Jungen einen Beutel Pfeffer und verstaute sein Handelsgut auf dem Packpferd. „Erkundige dich nach dem Weg zum Kloster Lilienthal, Heyne. Und finde heraus, ob sie da ein Gästehaus haben, denn ich will nicht im Freien übernachten.“ Statt sich auf den Weg zu machen, strich der Junge über sein Pfefferbeutelchen am Gürtel und meinte lässig: „Hab ich schon. Quer durch dieses Händlernest und dann gen Sonnenaufgang. Ein Gasthaus gibt es im Ort Trupe, wo das Kloster einstmals gelegen war. Die bieten dort saubere Betten und gutes Essen, sagte man mir. Das Kloster liegt eine Meile weiter, aber für einen Besuch dort wird es wohl zu spät.“

Hannes schlug dem Jungen auf die Schulter. „Du bist ein gewitzter Kerl, beim Heiligen Markus. Möge der Herr deine Schläue auf das Gute gerichtet sein lassen, denn sonst baumelst du irgendwann am Henkersbaum.“

Heyne reagierte mit einem Schulterzucken und leinte das Packtier an sein Pferd. Sie ritten zum Martinitor. Michaelis zahlte einen saftigen Torzins und ärgerte sich über sein Gewerbe. Im Gegensatz zu anderen Kaufleuten konnte er nicht mogeln, jeder schlaue

Torwächter roch seinen Taschen den Gewürzhändler an. Sie durchquerten die Balge, ein ärmeres Viertel Bremens. Viele Häuser trugen Pestzeichen. Die Fensterläden waren eingeschlagen, Türen zertreten, Möbel und Geräte gestohlen. Bremen war eine von Unruhen geschüttelte Stadt, die von der Pest besonders schlimm getroffen worden war. Siebentausend Bürger starben. Der Rat hatte nicht die Kraft für einen Neuaufbau. Arbeiter und Handwerker schleppten sich grauhäutig und abgerissen durch die Stadt. Mit feindseligen Blicken wichen die Bremer den gut gekleideten Fremden aus. Auch in den wohlhabenderen Vierteln St. Ansgarii und St. Katharinen sah es nicht besser aus. Hier und da blitzten noch Farben an den Backsteinhäusern der Reichen, aber sie kündeten von vergangenem Wohlstand. Als sie an der Kirche St. Katharinen vorbeikamen, sprach Hannes ein Dankgebet an die Schutzherrin der Händler, weil Hamburg nicht so arg heimgesucht worden war wie diese Stadt. Am Herdentor zahlte er grummelnd nochmals für die Ausfuhr der Waren, während sich ein breites Grinsen auf Heynes Jungengesicht abzeichnete. Ihn hatte man nicht einmal gefragt, ob er etwas ein- oder auszuführen hätte.
Die Nacht senkte sich über die flache Auenlandschaft, als sie in Trupe ankamen. Gegenüber der kleinen alten Kapelle, die einst dem Kloster gehört hatte, lag das Gasthaus. Zum Glück war noch eine Kammer frei, so dass sie nicht im Stall schlafen mussten. Auf der Kohlenglut standen große Grapen, aus denen es verführerisch duftete. Die prachtvoll runde Wirtin brachte in Wein gekochten Trockenfisch in einer irdenen Schüssel auf den Tisch, dazu eine Grape voll gutem Roggenbrei, der mit Wurzeln und Zwiebeln gekocht war. Sie rührte am Tisch noch ein Stück Butter und ein frisches Ei unter die heißen Körner und schmunzelte die Esser an. Und als Hannes ihr zublinzelte, goss sie noch einen großen Löffel Sahne zum Fisch. „Gottes Segen beim Mahl, denn es ist gut“, sagte sie selbstbewusst. Hannes und Heyne stießen mit ihren Löffeln in

den Fisch und legten ihn auf den Brei. Der Junge verdrehte genießerisch die Augen. Das war besser als die Grütze mit Salzhering auf dem Schiff, auch wenn es Freitagsfastenspeise war. „Kein Pfeffer", murmelte Hannes und stieß den Jungen an. Als die Wirtin den zweiten Bierkrug brachte, lobte der Junge die Küche und brüstete sich, dies Himmelsgericht sogar noch verfeinern zu können. Zuerst zog die Wirtin die Stirn kraus, doch die Besserwisserei war ja mit Lob versüßt gewesen, so dass sie nicht schelten konnte. Wie ein Taschenspieler ließ Heyne sechs Pfefferkörner auf seiner Handfläche auftauchen. „Nehmt, gute Frau, mörsert die Hälfte für unser Mahl. Dadurch erhöht, würde Euer Fisch einem Papste munden!" Als Hannes schläfrig ins Bett ging, verhandelte der Junge immer noch den Preis für sein kleines Beutelchen. Viel später kam er zu Hannes unter die Laken gekrochen, bierberauscht und glücklich. Ob Hannes ihm wohl für weitere fünf Schilling Pfeffer verkaufen könnte, fragte er. Hannes stimmte mit einem verschlafenen Grunzen zu.

Am nächsten Mittag wurde Hannes zur Audienz bei der neuen Äbtissin von Lilienthal, Gertrud Schene, vorgelassen. Sie saß kerzengerade auf einem thronartigen Holzstuhl und hielt stolz den langen Äbtissinenstab in der Hand, das Zeichen ihrer Macht und Würde. So war es etwas kompliziert, mit einer Hand den Brief aus Harvestehude zu halten, der sich immer wieder aufrollte. Hannes kniete geduldig auf dem steinernen Boden.

„Wusstet Ihr eigentlich, dass ich der Herrin von Frauenthal nicht nur Schwester in Christo, sondern auch Namensschwester bin?", lenkte die junge Klostermutter ab.

„Welch ein wunderbarer Name für eine heiligsam-fromme Frau wie Euch! Und wie passend für zwei Klosterherrinnen. Die Heilige Gertrud von Nivelles war doch ebenfalls Äbtissin und hat irische Mönche als Missionare in unsere damals so heidnische Gegend geschickt, nicht wahr?", schmeichelte Hannes. Er musste sie gewinnen und Geduld zeigen, auch wenn sein Herz sich nach nichts mehr sehnte, als Marie in die Arme zu schließen. Innerlich betete er, dass man sie nicht vorzeitig zur Novizin gemacht habe.

Gertrud Schene sagte: „Und die Heilige Gertrud war eine wahrhaftige Königstochter." Vorsichtig platzierte sie den Brief der Äbtissin von Harvestehude auf ihrem Schoß, um ihn weiter zu entrollen, ohne den Äbtissinnenstab ablegen zu müssen. Derweil erläuterte sie, wie gerne sie das Kloster bei Hamburg unterstützen würde: „Unsere Klöster sind Geschwister besonderer Art, denn die Klostergründerin von Harvestehude, Heilwig von Schauenburg, war die Nichte unseres Wohltäters, des Bischofs Gerhard II. von Bremen, der uns diesen Ort gab, wo heute das Kloster steht. Vorher war es ja in Trupe. So kommt Ihr quasi als Bote eines Geschwisters, im Geiste und in der Historia." Jetzt hatte sie das Pergament endlich auseinandergerollt und legte gespreizt ihre Linke darauf.

Hannes wollte nicht unfreundlich sein und sie unterbrechen. Als der Äbtissin das Pergament aber wie ein Springteufelchen vom Schoß hüpfte, hob er es auf und reichte es ihr mit einem Lächeln: „Dann werdet Ihr mir das Kind bestimmt übergeben, nicht wahr?"

„Welches Kind?"

„Marie Ryben, die Stumme. Leibliche Schwester der Celleraria Reymburgis Ryben von Frauenthal. Sie ist vor ungefähr drei Monaten in Euer Haus gebracht worden."

„Wo steht das, dass ein Kind hergebracht wurde? Ich weiß von keinem Kind."

Hannes konnte sich nicht zurückhalten und zeigte auf die Zeilen im Brief. Gertrud Schene legte endlich ihren Äbtissinenstab auf den Boden und nahm das Dokument in beide Hände.

„In der Tat, das steht da. Aber hier ist in der fraglichen Zeit kein Kind angekommen. Außerdem nehmen wir keine kleinen Kinder als Novizen auf. Das ist gegen die Regel!"

Hannes Herz krampfte sich zusammen: „Sie heißt Marie, ist acht Jahre alt und stumm."

„Kröpelchen darf ich erst recht nicht aufnehmen, das ist gegen unsere Klostersatzung. Aber es wurde auch keins gebracht. Und ich habe keins abgelehnt. Wir haben nur die Schwester Merle Hoet aus Bremen bekommen, aber das war vor sechs Monaten und sie zählte neunzehn Jahre."

„Seid Ihr Euch ganz sicher?" Hannes zitterte innerlich. „Heiliger Markus, was ist geschehen? Sie muss doch hier sein!"

„Ja, ich kenne doch meinen Konvent, was denkt Ihr denn?" Gerade wollte Gertrud aufbrausen, als sie sah, dass dem Kaufmann Tränen in den Augen standen.

„Lieber Herr Michaelis, wenn es Euch so am Herzen liegt, kann ich die Novizenmeisterin holen lassen, ach nein, kommt einfach mit."

Sie gewann ihre resolute Entschiedenheit zurück, deretwegen sie der Konvent einstimmig – trotz ihrer Jugend – zur Obermutter gewählt hatte, fasste den Kaufmann einfach bei der Hand und verstieß gegen die Konventssatzung, indem sie ihn ins Klosterinnere mitnahm. Das Licht im Kreuzgang blendete Hannes, sein Geist war wie leergefegt. Die Äbtissin führte ihn ins Refektorium, wo fünfzehn oder sechzehn junge Frauen und Mädchen im Novizinnenhabit fleißig an Weißware stickten. Kruzifixe, Blumen, ganze Heiligenlegenden zauberten sie weiß auf weiß in das Leinen. Als der Mann den Raum betrat, brachen sie allerdings ihr Schweigen, erröteten und kicherten.

„Seht Ihr hier Eure Marie?"

Er schüttelte den Kopf. „Dann schauen wir noch unter den Mägden nach."

Gertrud brachte ihn zum Wirtschaftstrakt und rief ihre Celleraria herbei: „Hol mir alle Mägde, die im Kloster arbeiten! Schnell!"

Mit einem kräftigen, tiefen Alt brüllte die Kellermeisterin: „Wommele, Trude, Hanneke, alle Mägde in die Küche." Nach und nach trudelten die Helferinnen des Klosters ein, darunter auch einige in Maries Alter, aber Marie war nicht dabei. Hannes schloss die Augen und spürte einen tiefen Stich in seinem Herzen. Die resolute Celleraria schob ihm einen Schemel hin, denn er konnte sich kaum auf den Beinen halten.

„Und wenn ihr Schiff untergegangen ist?“, fragte die Äbtissin. Hannes schüttelte den Kopf. „Vor drei Monaten ist keiner mit dem Schiff gefahren. Es war zu winterlich.“

Gertrud Schene stützte die Hände in die Hüften. „Das heißt, sie ist mit einem Wagen hergebracht worden?“ Hannes nickte.

„Straßenräuber, Raubritter! Das ist die einzige Möglichkeit. Sie war ein Mädchen von Stand, da lohnt sich ein Überfall schon wegen der guten Kleidung.“

„Dann ist sie tot.“

„Keinesfalls!“, widersprach die Celleraria. „Kleine Mädchen kann man immer gebrauchen.“

Hannes starrte sie verständnislos an.

„Als Kleinmägde, Waschmädchen, Dienerinnen und für gottlose Dinge!“

Gertrud Schene und die Mägde bekreuzigten sich. Hannes schauderte es. Er hatte von Susana solche Dinge gehört, aber nie geglaubt, dass unter Christen so etwas geschah.

„Ich dachte immer ...“, begann er.

„Dass alle Mädchen freiwillig Mägde werden? Dass die Buden der Meretricen nur Erwachsene beherbergen? Die Frauen, die hier für uns schuften, könnten einiges erzählen.“ Die Celleraria schüttelte den Kopf über sein unwissendes Entsetzen. „Mein lieber Mann, nur im Kloster sind Frauen und Mägdelein sicher. Sonst nirgendwo. Doch ängstigt Euch nicht zu sehr. Die meisten entführten Mädchen arbeiten in den Küchen der Bürger und Ritter. Und sie hat es gut getroffen, wenn jemand nach ihr sucht. Für ein fettes Lösegeld bekommt Ihr sie schon zurück.“

„Soll ich etwa in Bremen an jede Tür klopfen?“

„Nicht in Bremen. Die Bremer sind verarmt“, meinte die Äbtissin.
„Das Mädchen wird bei Stade über die Elbe gesetzt worden und über Mulsum, Timbeke, Tarmstedt gereist sein. Folgt ihrem Weg zurück.“
„Und bei Timbeke gab es schon mal Ärger mit Räubern“, setzte die Celleraria hinzu.
Hannes seufzte. Es verlangte ihn nach einem Gebet, und Gertrud Schene begleitete ihn in die Klosterkapelle.

Die Wirtin von Trupe rührte in einem Topf mit Graupen in Fleischbrühe, als Hannes zurückkam. Er ließ sich auf eine Bank unter dem einzigen Fenster fallen und schlug die Hände vors Gesicht.
„Sucht Ihr den Jungen? Der ist nach Bremen, will da was verkaufen.“
„Pfeffer, er will schon wieder Pfeffer verkaufen“, sagte Hannes und stöhnte. „Was ist Euch über die Leber gelaufen?“ fragte die Wirtin, während sie die Graupen abseihte und die weißliche Brühe auffing.
„Ach Weib, das könnt Ihr nicht so recht verstehen.“
„Vielleicht versucht Ihr mal, es mir zu erklären?“
Sie ließ zwei Hand voll kleingeschnittener Trockenfrüchte in das graue Gemenge rieseln. Dann machte sie sich daran, eine gleiche Menge aus gekochten Schweineschwarten, Leber und Fleisch kleinzuhacken und zu einer braunen Masse zu vermischen, unter die sie die Graupen und Rosinen rührte.
„Ich hör doch hier bei Tisch alle Tage schreckliche Geschichten“, sagte sie.
Mit einem ermunternden Nicken stellte sie Hannes einen Humpen Kräuterbier hin. Er hatte das Bedürfnis zu reden. Warum nicht mit dieser bodenständigen Wirtsfrau? Er nahm einen tiefen Schluck und berichtete von seiner Reymburg, vom Mord an Diederik und dem verschwundenen Mädchen.
Die Wirtin schwieg, dann lächelte sie ihn spitzbübisch an. „Glaubt Ihr nicht, dass meiner falschen Grützwurst hier ein wenig

Spezereien wohltun würden?“ Hannes verstand und holte Nelken, Pfeffer, Majoran und Zimt. Er nahm der Wirtin den Holzlöffel ab und würzte das braune Gemisch, bis es einem Herzog zum Mahl gereichen würde. Sie schlug noch drei Eier in die Masse.

Dabei erzählte sie Hannes vom Dorf Timbeke, in dem es ein weiteres Gasthaus gab mit einer weiteren Wirtin, die Gewürze brauchen konnte, und er hörte von Raubrittern in der Gegend zwischen Stade und Bremen, die sich weder vor Gott noch vor dem Teufel fürchteten, wohl aber davor, dass die Wirtin von Timbeke sie nicht mehr mit ihrem guten Essen und Selbstgebrauten versorgte. Bei der Krügerin von Timbeke sollte Hannes nach dem Mädchen fragen, empfahl die Wirtin, als sie die Grütze in ein Leinentuch einband und zum vorsichtigen Seihen wieder in die Fleischbrühe legte. „Die Timbekewirtin kennt jeden, und von jedem kennt sie ein Geheimnis. Das ist Geld wert. Dort werdet Ihr herausfinden, was geschehen ist, aber es wird Euch etwas kosten.“

Schweigend beobachteten die beiden die köchelnde Grützwurst.

Als Heyne Cletzen bei Sonnenuntergang wiederkam, war er um weitere sechs Schilling reicher, aber er konnte sich nicht daran freuen, denn sein Herr strafte ihn mit Schweigen.

Caput VII
Vom Zügeln der Zunge

Siehe, es ist die Sänfte Salomos; sechzig Starke sind um sie her von den Starken in Israel. Alle halten sie Schwerter und sind geübt im Kampf; ein jeder hat sein Schwert an der Hüfte gegen die Schrecken der Nacht. (Hohelied Salomos III, 7–8)

Reymburg vertiefte sich wieder in ihre Gebete, zerfloss in Gotteslob und Mariengruß, ging in den antiphonen Gesängen der Schwesternschaft auf und verließ die Kirche nach jeder Gebetsstunde mit frei atmendem Geist. Ihre innere Gelöstheit und der Glaube, dass Hannes bald mit Mariechen zurückkommen würde, ließen keinen Gedanken an Unangenehmes zu, als die Äbtissin Gertrud Stacius sie auf dem Weg zur Arbeit abfing und in ihre Gemächer bat. Umso überraschter war sie, im Parlatorium einen Domherrn anzutreffen, der zudem Schwarz trug, die Farbe der Trauer. Sowohl das feine Wollpluvium als auch die Soutane aus dicker, glänzender venezianischer Seide waren dunkel wie die Nacht. Sie kniete nieder, nahm den Segen des Mannes entgegen und bemerkte mit Erstaunen, dass er Gertrud Stacius mit einem Wink befahl, den Raum zu verlassen. Warum ließ sie sich das gefallen? Dies hier war einer der Feinde im großen Streit, einer von denen, die den Hamburgern das Seelenheil raubten. Und sie war die Herrin des Klosters. „Meine liebe Tochter“, begann er mit ruhiger Stimme, „sei nicht verwirrt, dass die Mutter Oberin uns allein lässt. Ich habe sie inständig darum gebeten, denn es geht mir um eine Angelegenheit des Herzens. Um eine Seele, die dir nah ist und mir.“

Reymburg schaute ihn verständnislos an. Sie hoffte nur, dass Gertrud Stacius ihm für diese Privataudienz mit einer Nonne eine fette Spende abgenommen hatte.

„Mein Name ist Johannes de Beverstede, und ich war ein Freund deines Bruders, verstehst du, Schwester?“

Irgendetwas Unangenehmes zuckte durch Reymburgs Hirn. So wie der Mann das Wort Freund aussprach, hatte es viele Bedeutungen, zu viele.

„Vielleicht setzt du dich lieber, als vor mir zu knien“, meinte der Domherr und zog für Reymburg eines der alten Klappschemelchen heran, die die Äbtissin für Beratungen mit den Klosteramtsträgerinnen in ihrem Parlatorium aufgestellt hatte. Reymburg setzte sich. Als sie mit dem Geistlichen Aug in Aug saß, sammelte sie in sich alle Kraft. Sie würde ihm nichts sagen, über ihren Bruder nicht und vor allem nicht über Marie und Hannes. Sein Gesicht war zu glatt, zu schön, die Haare zu gut geölt und die Augen zu eisig, als dass sie ihm vertrauen könnte.

„Vor wenigen Tagen brachte ein Bote die Nachricht von Diederiks Tod aus Hamburg in unser Exil in Lübeck. Und seither finde ich keine Ruhe mehr. Wie ist er gestorben?“

Reymburg zuckte mit den Schultern. „Wie alle sterben. Allein.“

Der Domherr nahm gebieterisch ihre Hände in seine. „Kleine Schwester, ich weiß wohl, dass du verwirrt und in Trauer bist. Doch ebenso bin ich es. Ich will nur wissen, was geschehen ist.“

Reymburg schüttelte unhöflich den Handgriff ab. „Ich verstehe wahrlich nicht, warum Ihr hier seid, Ehrwürden. Ein kleiner Vikar ist doch nicht so wichtig, dass das Domkapitel einen Abgesandten schickt, es sei denn, Ihr wüsstet schon, wie mein Bruder ums Leben kam.“

Der hohe Herr lächelte. „Ich weiß, dass er ermordet wurde. Doch ich weiß nicht, von wem und warum. Und weil Euer Bruder mir am Herzen lag, will ich mehr erfahren. Ich bin nicht vom Domkapitel beauftragt worden. Keiner ahnt, dass ich Euer Kloster heute besuche. Ich will meine rasenden Gedanken mit Wissen stillen und Euch bei der Trauer beistehen.“

Seine grauen Augen wurden weich, bittend. Reymburg sah nun, dass er ein schöner Mann war. Erzengelgleich. Sie stand auf und trat ans Fenster. „Man hat ihn in Eurer Cloaca gefunden."

„Herr Jesus!"

Reymburg ließ den Domherren zappeln, wartete auf Nachfragen.

„Ist er dort ertränkt worden?"

Reymburg zuckte die Schultern.

„Dann waren es diese vermaledeiten Hamburger, diese Heiden des Teufels!"

Sie drehte sich um und blickte ihn an. „Ja, vermutlich. Die sind zu allem fähig, die Ketzer", sagte sie zynisch.

Unter ihrem Blick sah er zu Boden. Dann stand er auf und machte drei Schritte zum Fenster. Seine Hände verkrampften sich am Sims.

„Wenn es die Hamburger waren, dann haben sie auch den Schatz", flüsterte er.

Reymburg lachte auf. „Es geht Euch also doch nicht um Diederik, sondern um das Geld, nicht wahr? Allen scheint es hier ums Geld zu gehen. An meinem Bruder habt Ihr kein Interesse, und auch nicht an meiner Trauer."

Bevor er sich verteidigen konnte, drehte sie ihm den Rücken zu und ging zur Tür. „Gottes Segen auf Eurer Suche", sagte sie, als sie den Raum verließ. Gertrud Stacius stand am Fenster am Ende des Ganges.

„Er ist ganz Euer, Mutter Gertrud. Von mir hat er alles, was er bekommen konnte. Besäuselt ihn, nehmt ihn aus und schickt ihn ohne einen Witten nach Lübeck zurück", sagte Reymburg. Gertrud Stacius, die immer stolz auf ihre Geschäftstüchtigkeit war, sah ihrer Celleraria verständnislos nach.

Reymburg wollte ihre Wut fortarbeiten. Sie hängte den seit Herbst gealterten Schinken vom Balken der Klosterküche ab, nahm aus dem Salzfass etliche Wurstreste, dazu fünf Schweinefleischstücke von

Handtellergröße, gekochtes Hühnerfleisch vom Vortag, Speck und zwei riesige Kohlköpfe. Bald käme das Frühjahr, und es gäbe keine Ausrede mehr, um von der fleischlosen Küche der Zisterzienserinnen abzuweichen. Besser sie verkochte alles jetzt für die alten und schwachen Schwestern. Sie schnitt das Fleisch und den Kohl mit Wucht in Würfelchen, dazu auch eine Hand voll Karotten, etliche Zwiebeln und Lauch. In einer großen Hand voll Schmalz briet sie es in ihrer mächtigsten Kasserole an, bis alles braun war. Trockenäpfel und Pflaumen zerhackte sie wütend und warf sie dazu. Dann goss sie reichlich Rotwein darauf und ließ den „Verdorbenen Topf" schmurgeln. Sie setzte sich neben die offene Kochstelle auf einen Schemel und verbarg das Gesicht in den Händen. Warum schickte ihr der Herr diesen Domherren? Oder war es der Teufel? Wie sollte sie mit dem Mann umgehen? Konnte es wirklich sein, dass ein Vertreter des Domkapitels guten Willens war? Sie versenkte sich ins Gebet, um ihren Geist zu befreien. Erst als sie sich erleichtert fühlte, nahm sie die Hände vom Gesicht. Sie rührte den Eintopf im Grapen um, kletterte dann den Tritt zu dem verschlossenen Schrank mit den Gewürzen hinauf und nahm die Tiegel mit schwarzem Pfeffer, Majoran und Zimt heraus. Am Tisch füllte sie die wertvollen Spezereien in die Mörserschale.

Als sie die Tiegel wieder in das Schränkchen hinaufstellte, erklang hinter ihr das gewohnte Schraben des Mörsers. Sie erstarrte, als sie sah, dass der schwarze Domherr den Stößel mit geschickten Griffen drehte.

„Ihr solltet die Handschuhe ausziehen, sonst verderbt Ihr Euch das feine Leder", sagte sie, um ihren Schrecken zu überspielen.

Er tat, wie empfohlen, und arbeitete weiter. „Verdorbener Topf ist eines meiner Lieblingsgerichte", sagte er. „Ich zahl sogar dafür." Er legte eine Goldmünze auf den Tisch.

„Es hilft nicht, mir zu schmeicheln. Und kaufen lasse ich mich auch nicht."

„Es ist die Wahrheit. Und das Gold ist eine Spende für Eure Küche."

„Ein Mann Eurer Position sollte mich eher ermahnen, dass ich Fleisch zubereite, das hat der Heilige Bernhard seinen Mönchen und Nonnen schließlich verboten."

„Robert von Molesmes hat die Zisterzienserregel entwickelt, nicht Bernhard von Clairvaux", belehrte er sie. „Und die ersten Zisterzienser lebten im Süden Europas. Hier, in unseren kalten Regionen, braucht man gelegentlich eine Stärkung, das versteht auch das Generalkapitel Eures Ordens. Sehen das Eure Klostergewohnheiten nicht vor?"

„Doch, aber nur bei schlechtem Wetter!"

„Auch bei schlechter Laune?"

Reymburg schwieg. Er trat neben sie und strich vorsichtig den Pfeffer in den Topf. „Mehr?"

Sie nickte. „Ich habe reichlich in den Vorratstiegeln."

„Von Herrn Hannes Michaelis? Diederik hat mir von ihm erzählt. Er sagte, Hannes würde sich um Euch kümmern – und um Marie. Egal, was ihm selbst widerführe."

„Das Gleiche wird Euch jeder Schwätzer in Hamburg zutragen."

„Diederik hat mir das Mörsern beigebracht. Und ich weiß von ihm, dass dieser Pfeffer von einer Insel kommt, die im Orientum von Aferica liegt. Die Venezianer kaufen ihn den Heiden ab und bringen ihn nach Nürnberg oder nach Brügge. In Brügge ließ Euer Vater die Spezereien kaufen, zuletzt durch Hannes Michaelis. Seit Eurem Klostereintritt zieht der es aber vor, selbst in die schwimmende Stadt zu reisen und dabei sein Leben zu riskieren. Stimmt das? Wollt Ihr noch mehr Beweise, dass Euer Bruder mir traute?"

Reymburg schüttelte den Kopf, aber sie wollte ihm nicht vertrauen. Doch er nahm wie selbstverständlich zwei Schalen aus dem Regal, füllte sie mit dem frischen Eintopf und stellte eine vor sie, eine vor sich.

„Es ist besser, wenn es länger köchelt", sagte Reymburg. Er lächelte, zog aus seinem Gürteltäschchen einen eleganten kleinen Holzlöffel mit Silbergriff und probierte. „Jetzt schmecken die Gewürze frischer“, sagte er. „Ihr seid eine Meisterin der Würzungen, probiert doch selbst.“

„Was wollt Ihr wissen und warum?“, zischte Reymburg und schob das Schälchen von sich.

„Das habe ich Euch schon gesagt. Ich mochte Diederik sehr. Ich will wissen, warum er sterben musste.“

„Beantwortet meine Fragen und ich beantworte Eure. Was wißt Ihr von dem Schatz?“

Der geistliche Potentat blickte ihr in die Augen.

„Ich weiß, dass Diederik Euer ganzes Gut verkauft hat, im Auftrag des Domdekans Johann von Kempe, des schlimmsten Gegners des Rats. Diederik wollte unbedingt das Anrecht auf eine Domherrenstelle erwerben.“

„Und dafür hat er Maries Erbe verschleudert?“

„Er sagte mir, sie sei tot.“

„Nein. Sie lebt. Er hat Marie nach Lilienthal bei Bremen bringen lassen. Von wem, das weiß ich nicht.“

Der Domherr ließ den Löffel fallen. „Heiliger Petrus! Sie müssen ihn fürchterlich unter Druck gesetzt haben.“

„Wer?“

„Wie ich sagte, er wollte gern Domherr werden. Weil ich nun erfuhr, dass unser aller Herr, der Domdekan von Kempe, einen treuen Boten für eine schwierige Aufgabe suchte, schlug ich Diederik vor. Johann von Kempe sagte mir, er wolle den Kandidaten prüfen und auf ihn zutreten. Dann starb Marie in Hamburg. Das hat Diederik mir erzählt, aber danach redete er kaum noch mit mir. Doch kurze Zeit später kam er aufgeräumt in meine Gemächer.“

Reymburg hatte den Eindruck, dass der geistliche Herr ein wenig errötete.

„Er offenbarte mir, der Domdekan habe ihn mit einer Sache betraut, die ihn alsbald zum Anwärter auf eine Domkurie machen würde.

Eine Sache, von der der Dompropst Werner Miles nichts wusste. Denn Miles versteht sich gut mit seinem Bruder Johann, dem Bürgermeister von Hamburg. Diederik wollte mir nicht sagen, worum es ging, nur dass er sein Erbe regeln müsse. Dann ritt er einige Zeit immer wieder nach Hamburg. Von seiner letzten Reise ist er nicht zurückgekehrt."

„Um an das Geld zu kommen, hat er unsere kleine stumme Schwester, die wahre Erbin, verschwinden lassen und das Vaterserbe verkauft."

„Nun war Euer Vaterserbe nicht klein. Deshalb vermute ich, dass sein Auftrag mit dem großen Streit zu tun hatte."

„Das hab ich mir auch gedacht."

„Also können es nur die Hamburger Ratsherren gewesen sein, die ihn umgebracht haben. Sie brauchen das Geld für den Streit vor der päpstlichen Kurie."

Reymburg schüttelte den Kopf. „Ich kenne die Männer des Rates. Viele sind Freunde meiner Familie. Sie würden so etwas nicht tun. Kapitelsdörfer ausrauben und Kirchen mit unflätigen Bildern beschmieren lassen, das ja. Aber keinen Mord. Und vor allem nicht so grausam."

Der Domherr erbleichte. „Wie starb er?"

„Man hat ihn gefoltert, lange und schwer. Dann wurde ihm die Kehle durchgeschnitten, und er ist in Eure Cloaca geworfen worden."

Johannes de Beverstede schlug die Hände vor das Gesicht. „Hätte ich ihn bloß nicht an von Kempe vermittelt!", schluchzte er.

Reymburg reichte ihm einen Lappen, und er putzte sich unvornehm laut die Nase.

„Liebe Schwester in Christo, sagt mir, was ich tun kann, um an Euch gut zu machen, was ich an Diederik gefehlt habe."

Wieder traten dem großen Mann Tränen in die Augen, und er verbarg das Gesicht hinter dem Küchentuch.

„Ihr könnt mir hier nicht helfen. Hannes holt Marie, und Propst Willekin sucht unter dem Hamburger Gelichter einen Raubmörder."

„Und der Rat? Der profitiert davon, wenn Diederik seine Mission in Avignon nicht erfüllen kann! Wer schützt Euch vor dem Rat?"

„Diederik ist in Eurer Cloaca abgelegt worden, einem Stein des Anstoßes für den großen Streit. Jeder wird somit den Rat verdächtigen. Wenn der Mörder aus Ratskreisen käme, wäre es das Dümmste gewesen, den Toten in die Cloaca zu werfen, deretwegen der große Streit ausbrach, nicht wahr? Ich denke, jemand anderer war hinter dem Geld her. Und das Geld ist noch nicht gefunden worden. Deshalb wurde mein Bruder gefoltert. Räuber, Erpresser, Domherren: Alle kommen in Frage, am wenigsten aber der Rat." Reymburg schaute ihn neugierig an. Würde er ihrer Logik folgen?

Der Geistliche strich sich das schöne Haar wieder zurecht. „Da habt Ihr Recht. Also bleibt die Frage, wer hinter dem Geld her ist."

„Mir wurde gesagt, das Domkapitel schwimme im Geld. Wozu könnte unser Erbe dem Domdekan dienen? Das verstehe ich nicht."

„Um etwas Riskantes zu finanzieren. Um eine Sünde zu bezahlen. Etwas, das der ehrliche Dompropst Miles nicht gutheißen würde!"

„Was genau könnte das sein? Hat es überhaupt mit dem großen Streit zu tun? Willekin sagte mir, das Domkapitel könne jederzeit Notare und päpstliche Berater in Avignon mit Geschenken überhäufen."

„Geschenke und gekauftes Wohlwollen sind normale Vorgänge an der Kurie. Wenn aber der Domdekan eine bedeutende Summe benötigte, die nicht in den Rechnungsbüchern des Domkapitels auftauchte, dann ginge es um Bestechung anderer Art."

„Also wird kein päpstlicher Richter bestochen, kein Anwalt bezahlt, sondern jemand anderes. Jemand, dem man aus Sicht des Domkapitels kein Geld geben sollte", schloss Reymburg.

„Genau. Aber wer könnte das sein?" Der Domherr schob seine Schale beiseite und sah sie direkt an.

„Ein Vertreter der Gegenseite. Einer, den man kauft, damit er seine Sache schlecht macht, seine eigentlichen Herren verrät! Einer vom Rat."

„Der Herr sei uns gnädig", stöhnte der hohe Geistliche.
„Nicht Euch, sondern den Hamburgern!"
Sie sahen sich in die Augen.
„Heiliger Sebastian!", rief plötzlich der Domherr. „Ihr sagtet, Hannes hole Marie?"
„Er ist vor zwei Tagen abgereist, mit einer Kogge nach Bremen."
„Wenn Marie noch lebt, erbt sie alles, was Eurer Familie gehörte. Und wenn Diederik Euer Vermögen für eine solche Bestechung dem Domdekan versprach, dann ist Marie in großer Gefahr. Wäre sie tot, fiele das Vermögen allemal an das Domkapitel. Bestimmt hat von Kempe schon erfahren, dass sie lebt. Er hat seine Ohren überall. Hannes und Marie sind in Gefahr."

Reymburg würgte der Schrecken. Er hatte Recht, aber er gehörte auch zum Domkapitel. Hatte sie ihren Freund und ihre Schwester ans Messer geliefert? Oder hatte sie Marie schon verraten, als sie ihre Freude vor dem gesamten Nonnenkonvent hinausposaunte? Wem konnte sie noch trauen?
De Beverstedes Augen glitzerten. „Ich werde Michaelis nachreisen und ihn warnen. Vielleicht kann ich ihm helfen. Mein Vater war Ritter, ich beherrsche die Schwertkunst durchaus. Und ich kenne die Gesichter aller Diener des Doms. Ich würde jeden erkennen, der in von Kempes Auftrag den Hannes Michaelis verfolgt."
Er kniete so plötzlich vor Reymburg nieder, dass sie erschrak. „Ich schwöre, Eure Schwester und Hannes Michaelis mit meinem Leben zu verteidigen. Auch wenn ich gegen meine eigenen Kapitelsbrüder handle, ich reite wie der Wind nach Lilienthal."
Er küsste ihre Hand und durchmaß mit langen Schritten die Küche. Reymburg griff den Rotweinschlauch und riss ein Brot vom Bord. Sie streckte ihm den Proviant hin, und er lächelte wie ein kleiner Junge. „Danke, Schwester."
„Ich weiß nicht, warum Ihr das für mich tut."

„Ich muss es tun. Marie und Ihr seid Diederiks Familie, und ich habe Euren Bruder geliebt.“ Wie das Wort „Freund“ hatte das Wort „geliebt“ in der Sprache der hohen Geistlichkeit viele Bedeutungen.

„Der Herr segne Euch“, sagte Reymburg.

Als er durch den Kreuzgang zum Tor geschritten war, wusste Reymburg nicht, wo ihr der Kopf stand. Sie hatte etwas über Diederik erfahren, das ihr Freude und Angst zugleich machte. Er war geliebt worden, aber vielleicht war er dadurch einer schweren Sünde verfallen gewesen. Sie versteckte das Gold des Domherrn bei den Gewürzen. Als sie den Tritt wegräumte, tauchte ein anderer Gedanke in ihr auf, ein sehr schwarzer: Wenn Marie als Erbin in Gefahr war, warum war sie selbst es nicht?

*

Hannes und Heyne hatten schon lange aufgehört zu fluchen. Der Regen hatte ihre Umhänge durchweicht und nässte Schultern und Schenkel. Die Pferde ließen die Köpfe hängen. Über der Moorlandschaft drang der Mond durch faserige Wolken. Das Moor wisperte und blubberte, jeder Schritt barg Gefahr. Es gab nichts anderes, als weiterzutrotten, von Wegzeichen zu Wegzeichen auf den matschigen Wegen durch ewiges Grau. Kein Wald lud zum Verweilen ein, kein Dorf, kein Schafstall zum Nächtigen. Erst im Morgengrauen tauchten einige Hütten auf. Eine in Fetzen gekleidete Bäuerin erbot sich, die Kleider der Männer zu trocknen. Ihre Augen brauchten gar nicht erst nach den Geldkatzen zu spähen. Im Vergleich zu den Bewohnern dieses Fleckens waren die beiden gekleidet wie Könige. Hannes zahlte sofort für die Unterkunft und ein kaltes Frumentum, Getreidebrei vom Morgen, den er und sein junger Begleiter herunterschlangen. Heyne kroch ins Stroh, wo zwei Jungen in seinem Alter schliefen. Hannes ließ sich eine Pferdedecke reichen und setzte sich vor das ärmliche Torffeuer, um die Satteltaschen mit den Gewürzen beim Trocknen zu bewachen. Das Haus bestand aus einem Raum. Neben dem Strohhaufen, der als Bett diente, standen eine magere Kuh und eine Ziege, die mit ihrer Körperwärme das Haus heizten. Das Feuer ohne Abzug wurde nur zum Kochen entzündet oder, wie heute, um die Kleidung zu trocknen. Die grauhaarige Frau reichte Hannes ein Schälchen warmer Milch mit Honig, das beste, was das Haus zu bieten hatte. Vorsichtig griff er in die Satteltasche und zog drei Beutelchen heraus. Er kippte seine Milch zurück in die Grape. Dann rührte er Zimt und Kardamom in das Getränk und löste vier der herzerwärmenden, geistlösenden Paradieskörner darin auf. Er reichte ihr die Schale gefüllt zurück und nahm sich einen Becher.

Sie schlürfte vorsichtig. Dann schenkte sie ihm ein zahnloses Lächeln.

„Manna!“

Er nickte. Ihre Augen sagten ihm, dass sie nicht älter war als Reymburg. Doch der Leib war von Schwangerschaften, Hunger und Arbeit verbraucht.

„Habt Ihr viele Kinder, Frau?“

Bevor sie antwortete, nahm sie noch einen Schluck von der gewürzten Milch.

„Ich hatte dreizehn! Doch es blieben nur zwei Söhne.“

„Sind die anderen zu Gott gegangen?“

Sie sagte nichts, sog nur gierig an dem Getränk. Dann schüttelte sie den Kopf.

„Was ist mit Euren Töchtern?“

„Ich weiß nicht von allen.“

„Mussten sie dienen gehen?“

Sie nickte.

„Wie habt Ihr für sie Stellung gefunden?“

„Gar nicht. Die Pest hat meinen Mann geholt. Da hat sein Bruder die Mädchen weggegeben, drei an der Zahl. Dann starb der Bruder auch. Die Rache ist mein, spricht der Herr!“

Hannes kippte mehr von der Gewürzmilch in ihre Schale.
„Wem hat er die Mädchen gegeben?“
„In Timbeke findet man immer jemanden, im Gasthaus oder in der Mühle. Da sitzen die Männer herum, die die Kinder nehmen.“ Die Frau schluckte. „Mit dem Geld sind wir über die Runden gekommen. So wie alle hier. Alle machen das. Doch es ist eine Sünde. Ohne die Mädchen können wir die Felder nicht bestellen, jetzt, wo die Pest die Männer geholt hat. Mit den Mädchen wäre es gegangen, auch ohne meinen Mann. Aber nun sind sie fort.“
„Sag mir ihre Namen, denn ich suche auch ein Kind. Wenn ich deine Töchter finde, schicke ich sie dir zurück!“
Die Bäuerin schüttelte den Kopf.
„Da, wo sie sind, ist es besser für sie. Sie verdienen ihren Brautschatz. Wenn sie zurückkämen, würde unser Lehnsherr Strafgeld für ihre Flucht fordern!“
Hannes pries sich glücklich, freier Bürger zu sein.

Am Mittag war alles trocken und der Himmel hellgrau. Die beiden Hamburger gaben der Bäuerin sechs Schillinge, mehr als sie in einem halben Jahr Arbeit verdienen konnte, und machten sich auf ihren weiteren Weg durchs Moor.
Am Abend hatte die graue Landschaft sich in ihre Seelen gefressen. Nur das Auftauchen eines Lichts am Horizont verhieß Hoffnung. Die Dunkelheit war schon hereingebrochen, als die beiden Reisenden Timbeke erreichten. Das Gasthaus war das prächtigste Gebäude in dem kleinen Kaff. Sein Reetdach erhob sich fünffach hoch über den niedrigen Wänden, es gab Fenster aus Schweinehaut und zwei Kamine. Ein Pferdeknecht sprang ihnen entgegen und brachte ihre Tiere in Gewahrsam, nachdem Hannes seine Satteltaschen an sich genommen hatte. Hannes stieß die Tür auf und wurde von dem Duft von gebratenem Rauchschinken, Bierbrau und von Lärm willkommen geheißen. An die fünfzehn Männer, eine Mischung

aus dem üblichen Straßenvolk und einigen kriegerisch gewandeten Knappen, vergnügten sich mit Essen, Spielkarten und zwei armseligen Landhuren. Hannes entbot den frommen Kaufmannsgruß. Ein riesiger Tisch füllte die eine Hälfte des Hauses. An ihm war trotz der etwa zehn Esser, die über ihren Schüsseln hingen und löffelten, noch reichlich Platz, so dass sich Hannes und Heyne hinzugesellten. Auf einer Tonne in der Ecke wurde gewürfelt. Die andere Hälfte des Hauses war Küche. Zwei Knechte schenkten in Krügen vom Frischgebrauten aus. Den Neueingetroffenen wurde ungefragt ein flaches Brot und Schinken in saurer Apfelsoße kredenzt. Hannes zog sein Messer, schnitt als der Ältere vom Fleisch ab und legte es Heyne auf sein Brot. Der Schankknecht grinste froh, als er Heynes wohliges Stöhnen nach dem ersten Biss hörte. „Wollt Ihr die Nacht bleiben?"
„Ja, und ich zahl gern für eine Kammer, wenn es noch eine gibt", antwortete Hannes.
Immer noch grinsend, trabte der Kerl in eine Ecke, in der an einem Spinnrad die Herrin des Hauses saß, gekleidet in bestes flämisches Leinen und feine, glitzernde Spitzen. Sie beäugte Hannes und Heyne von ferne, dann nickte sie. Hannes bestellte Bierkrug um Bierkrug. Und auch wenn dem jungen Heyne die Augen zufielen, blieben die beiden im Schankraum, bis sich alle anderen Gäste zurückgezogen hatten. Nur ein einfacher, rothaariger Landkrämer und einer, der wie ein abgerissener Medicus aussah, schliefen im Gasthaus. Hannes beobachtete, wo sie zur Nacht hingeführt wurden. Der betrunkene Medicus wurde von einem Schankknecht in den Stall geschleppt, der Landkrämer stieg ins Obergeschoss hinauf. Dann sandte Hannes der Wirtin Gottes Gruß und lobte ihr Mahl mit ausschweifenden Worten. Sie schenkte ihm ein Lächeln quer durch den Raum. Hannes verneigte sich nochmals. Er folgte dem Schankknecht eine Leiter hinauf in den Dachstuhl und zog Heyne hinter sich her. Oben fanden sich die besseren Schlafstätten, einfache Bretterverschläge, die niedrige Kammern abtrennten. Es gab frisches Bettzeug und

einen leinernen Betthimmel, der das Ungeziefer abhielt. Der Junge kroch gleich nackt hinein, während sich Hannes noch ein Hemd überstreifte und sein Kurzschwert unter dem Kopfkissen versteckte.

„Warum hast du nicht nach dem Mädchen gefragt, Herr?", erkundigte sich Heyne. Hannes hielt ihm den Finger vor den Mund und flüsterte ihm ins Ohr:

„Ich will ihr Vertrauen gewinnen. Morgen darfst du ihr Pfeffer anbieten. Wunder dich nicht, wenn ich eine Erkältung bekomme über Nacht."

Hannes schniefte am nächsten Morgen wie ein kranker Eber. Er gab Heyne eine Würzmischung und den Auftrag für die Wirtin mit, diese in Honig und heißem Wein oder, wenn sie den nicht habe, heißem Bier aufzulösen. Ins Ohr gewispert, bekam Heyne weitere Aufträge: Er solle das Dorf durchstreichen und mit den Knechten und Mägden reden, die Stallburschen des Wirtshauses befragen und die Kinder, die umherliefen. Und allen solle er von Marie erzählen, einem stummen Mädchen mit langem, wuscheligem Blondhaar und Kleidern, die mit Fischen bestickt waren.

Kaum war Heyne aus dem Haus, brachte die Wirtin selbst das Gesöff gegen den Husten. Sie trug das Haar unter einer perlenbestickten Haube, ihr Mieder war aus feinstem Brokat, das seidene Brusttuch in schönstem, teurem Blau gefärbt. Hannes schniefte und nahm dankbar den heißen Hustensaft entgegen.

„Eure Handelsware bewacht Ihr gut, Herr Michaelis! Ebenso gut, wie sie duftet", meinte sie und schenkte ihm ein Lächeln, das so süß war wie ihr Honigwein.

„Ich würde sie mit meinem Leben verteidigen, schließlich habe ich mein Leben dafür aufs Spiel gesetzt", sagte er ehrlich, aber mit gespieltem Hundeblick.

„Ich gäbe gerne einiges für eine gute Auswahl an Spezereien."

Er seufzte.

„Das ist aber schade, ich habe schon Abnehmer."

Sie setzte sich auf sein Bett.
„Wie kann ich Euch überzeugen?“
„Ein Handelsmann kann sein Wort schlecht brechen, werte Wirtin. Da hilft nichts.“
„Gar nichts?“
Sie ließ vorsichtig ihre Hand unter die Decke gleiten.
„Ach, liebe Frau!“, stöhnte Hannes und hielt ihre Finger auf.
„Lasst mich ein wenig schlafen, dann können wir besser reden.“
Es dauerte nicht lange, da kam Heyne aufgeregt zurück. Hannes konnte ihn gerade noch rechtzeitig zum Flüstern ermahnen. Heyne zog ein Mädchenkleid aus seiner Hemdbrust, und in seinen Augen war nichts als Jubel. Der Saum des Kleides war über und über mit kleinen, bunten Fischen bestickt. Die Köpfe zusammengesteckt, verabredeten sie das weitere Vorgehen. Heyne bekam einige Münzen aus Hannes‘ Geldkatze, denn auch der Mantel des Mädchens und seine Schuhe standen beim Müller am Ende des Dorfes zum Verkauf. Die Müllerin betrieb einen Kramhandel, und Maries Kleider waren ihre besten Stücke.
Heyne sollte herausfinden, wie die Kleidung der kleinen Hamburger Bürgerstochter in dieses Dorf gekommen war. Vorher lockte er auf Befehl seines Herrn abermals die Wirtin an dessen Bett, sie sollte noch einen Honigwein bringen.
Als sie sich über Hannes beugte, fehlte das Brusttuch. Er spürte die süße Wärme großer Brüste seiner Nase entgegensteigen.
„Zimt?“, fragte er leise.
Sie nickte und führte seine Hand an ihr Mieder.
„Pfeffer?“
Sie lächelte und schob ihre Hand an seinen Beinen hinauf. Er nestelte unlustig an ihrer Schnürung.
„Muskat, Kaneel, Anis und Mandeln?“, setzte er mit lieblichem Lächeln hinzu.
„Dafür bekommst du, was du begehrst!“

Er rappelte sich auf und küsste sie fest auf den Busen. „Du bist alle Spezereien der Welt wert, liebe Wirtin. Doch ich bin krank und mehr noch, ich lebe in großer Sorge!“

„Lass mich dein Allheilmittel sein.“

„Das kannst du einfach, indem du mir eine Frage beantwortest.“

Ein wenig abgekühlt durch die Neugier in seiner Stimme, richtete sie sich auf.

„Vor einiger Zeit ist in der Gegend um Lilienthal ein kleines, stummes Mädchen abhandengekommen. Ihre Kleider verkauft der hiesige Müller. Wo finde ich nur das Kind dazu?“

Hannes hatte Mariechens Unterkleid unter seiner Bettdecke hervorgezogen. Die Wirtin blickte ihn eiskalt an.

„Was weiß ich, was die Müllerin verhökert?“

„Bei dir trinkt jeder, isst jeder. Jeder redet gern beim Essen. Und du sitzt da und spinnst dein Garn. Bestimmt schließt du dabei nicht die Ohren.“

Sie spielte mit dem teuren Saum von Maries Kleidchen. „Dein Kind?“

Er nickte. „Wie kam sie fort?“

„Als ich auf Handelsreise war“, log er. „Ich galt als tot, sie sollte nach Lilienthal ins Kloster. Doch dort kam sie nie an.“

Die Wirtin spielte mit dem Kleid. „Die Hälfte deiner Handelsware!“

Hannes seufzte und freute sich, dass Susana etliches Wertvolle in sein Wams eingenäht hatte. Dann nickte er. „Für mein Kind.“

„Der Herr Hinrick von Gnarrhop brachte vor einigen Monaten ein seltsames Kind her. Sie weinte, doch reden konnte sie nicht. Da hatte sie noch das Kleid an. Die Kerle haben sich gebrüstet, einen großen Fang gemacht zu haben. Ich dachte, sie wollten Lösegeld pressen. Doch dann habe ich gehört, sie hätten das Kind nach Norden gebracht. In eine Stadt, wo sie einen Abnehmer für ein stummes Kind hatten. Stade oder Harburg. Weiter wagen die sich nicht.“

Zwei kleine Städte absuchen, das war nicht unmöglich. Er würde es schaffen. Dankbar drückte er die Wirtin an sich, doch sie war jetzt mehr auf Gewürze als auf Zärtlichkeiten eingestellt.

Hannes wollte nicht schon wieder auf Heyne warten, stattdessen ritt er den Flecken ab, um seinen jungen Knecht zu suchen, denn es drängte ihn aufzubrechen. Doch Heyne war nirgendwo zu finden. Hannes' Ritt wurde wachsam von den wenigen Dörflern beäugt. Sie standen vor ihren niedrigen Hütten, aufmerksam und tratschsüchtig. Hannes fluchte, dass er nun auch noch seinen Knecht finden musste, und fragte an jedem der Häuser nach dem Jungen. Viele hatten Heyne zur Mühle reiten sehen, doch zurück sei er nicht gekommen. Ein Mann schimpfte auf den Müller, der zu hohe Mahlanteile nahm und die Waren, die er für die Bauern in der Stadt einkaufte, zu teuer abgab. Der Müller war der Meier der Herren von Timbeke, der Ritter von Gnarrhop. Die Bauern waren an ihre Scholle gebunden, durften das Dorf oder die Besitzungen derer von Gnarrhop nicht verlassen. Der Müller war ihr Herr im Dienste seines Herrn. Nur er durfte in die Stadt fahren, nur er durfte mahlen. Und sie mussten bei ihm mahlen lassen. So waren sie froh, Hannes mit Aussagen über Heyne zu stopfen, in der Hoffnung, dass der Kaufmann mit dem Kurzschwert es ihrem Ausbeuter kräftig besorgen würde.
Hannes gab seinem Gaul die Sporen und schickte das Tier in kurzem Galopp zur Mühle hinauf. Die Müllerin hatte die Läden von zwei Fenstern heruntergelassen und darauf Gebrauchtwaren ausgelegt. Auf hohen Stöcken hingen Kleider, vom Bauernkittel bis zum Rittersmantel, alles getragen. Sie selbst stand in gutem Kleid mit fein gestärkter Haube neben ihren Waren und beobachtete Hannes stumm und griesgrämig. Er schaute sich um. Unter den Kramwaren der Müllerin war kein Mariechenkleid, und in der Mühle war kein Heyne. Als er sich auf einen Stein setzte, trat die Müllerin an ihn heran. „Sucht Ihr was Bestimmtes?“

„Mein Knecht ist mir entwischt. So ein junger Bursche, rundköpfig, straßenköterblond mit blauen Kugelaugen."
„Hab ich nicht gesehen."
„Heute Morgen hat er ein Kleid bei Euch gekauft, für ein kleines Mädchen."
„Ich hab heute Morgen kein Kleid verkauft."
Hannes erkannte, dass er so von ihr keine Antwort erhalten würde. Vielleicht, wenn es sich lohnte.
„Ich würde etwas dafür springen lassen, den Knaben wiederzubekommen." Er kramte in seiner Gürteltasche und spielte mit einigen silbernen Schillingsmünzen.
Sie äugte nach dem Geld, als würde sie nachdenken, doch entgegnete dann: „Was ich nicht hab, kann ich nicht verkaufen."
„Auch ein Hinweis auf seinen Verbleib ist mir eine Menge wert."
„Ich sag doch, was ich nicht hab, kann ich nicht verkaufen", meinte sie störrisch, aber nicht ohne weiter auf Hannes' Silbermünzen zu schielen.
„Nun dann, Gottes Gruß", sagte er und ging zu seinem Pferd. „Ihr könnt mich bei der Timbekewirtin erreichen."
„Dann fragt doch das verfluchte Weib selbst. Hier weiß keiner was von Eurem Knecht! Schert Euch davon!", schrie sie. Und wie um ihrer Unfreundlichkeit Nachdruck zu verleihen, kam der Müller mit einem Knecht aus dem Stall hinter der Mühle hervor.
Entsetzt galoppierte Hannes die Dorfstraße zum Gasthaus hinunter, stieß die Tür auf und griff die Wirtin beim Arm. „Wo ist er?"
„Wer?"
„Der Junge. Wo ist er?"
„Hat er das Kleidchen gekauft?"
Hannes nickte. „Ich habe ihn losgeschickt, um den Rest von Mariechens Kleidern zu holen."
„Und danach ist er verschwunden?"

Hannes nickte wieder. „Und die in der Mühle sagen, er sei nie da gewesen. Auch ein Lösegeldangebot haben sie nicht akzeptiert!"
„Dann bete für ihn."
„Und wenn ich mehr tun will?"
„Reite zur Gnarrenburg, zu den Herren der Gegend. Bestimmt hat er die richtigen Fragen an die falschen Leute gestellt."
Entschlossen ließ sich Hannes erklären, was es mit der Gnarrenburg auf sich hatte. Drei Generationen der Sippe zu Gnarrhop lebten gemeinsam unter der Herrschaft des Edlen Hinrich, Freiherr von Gnarrhop. Er tat alles, wenn es darum ging, die Mäuler seiner stets wachsenden Großfamilie zu stopfen. Noch schlimmer war sein jüngerer Bruder. Die Wirtin warnte Hannes, dass die Ritter ruchlos seien und auch ihn als Geisel nehmen könnten.
„Ich muss mein Glück versuchen", sagte Hannes. Für einen Augenblick hinterfragte er, warum er sich für seinen Knecht verwenden sollte. Doch ebenso wie Marie hatte Heyne eine Familie, die auf ihn wartete. Der Junge ernährte sie vermutlich sogar und hatte sich ihm, Hannes Michaelis, anvertraut. Schlussendlich war er Sohn eines Hamburger Bürgers, das zählte. Hannes gab der Wirtin einen Großteil der zweiten Hälfte seiner Handelsware in Verwahrung, ohne Bewachung, nur gegen eine gekrakelte Quittung und auf Gottvertrauen. Er nahm lediglich mit, was einen wie Heyne auslösen konnte. Er bat die Heilige Katharina um Hilfe, dass die Gewürze auch einen Ritter umstimmen würden. Als er aufsaß, stand die Wirtin vor der Tür: „Seid nicht so vertrauensselig, Gewürzhändler", sagte sie zum Abschied.

Caput VIII
Vom bösen Feinde

So geh hinaus auf die Spuren der Schafe … (Hohelied Salomos I, 8)

Gertrud Stacius, die Priorin Lucia und die Scholaria des Klosters Jungfrauenthal in Harvestehude umstanden die Pritsche der Celleraria. Einige Schritte dahinter lauerten die dreißig bis vierzig anderen Nonnen auf das, was geschah. Mitten in der Nacht waren sie durch üble Flüche von der träumenden Kellermeisterin geweckt worden. Reymburg wälzte sich hin und her. Schlafend hechelte sie Worte heraus: „Glühende Zangen. Ich krieg dich. Hundsfott. Zermalm deine Finger, du Teufel. Ich krieg dich. Warte es nur ab. Ich peitsch dich aus. Dein Rücken nur rohes Fleisch. Verbrenn dein Gemächt. Dein Blut in Strömen, du Hund. Brech dir alle Glieder!" Dann stöhnte sie: „Diederik!" Die Äbtissin schüttelte die junge Nonne, doch Reymburg schlug nach ihr: „Ich krieg dich!"

„Sie ist besessen", sagte die Scholaria.

„Dummes Zeug! Sie zermartert sich wegen ihres Bruders", meinte die Äbtissin ruhig.

„Aber warum kann man sie denn nicht wecken? Es ist ein Dämon, der in ihr steckt", beharrte die Scholaria.

Gertrud Stacius war zu sehr Tochter eines Kaufmanns, um sich von Albträumen ins Bockshorn jagen zu lassen, weder von eigenen noch von fremden. „Holt mal eine Bütt Wasser", ordnete sie lakonisch an. Eine der jüngeren Nonnen lief zum Brunnen am Kreuzgang. Die Äbtissin nahm den Eimer und goss ihn mit schnellem Schwall über der Träumenden aus. Mit einem gellenden Schrei erwachte Reymburg. „Der Dämon!", brüllte die Scholaria. Kreischend rannten einige der Nonnen in die Kirche, während die anderen sich mit der Äbtissin vor Lachen bogen. Reymburg sah aus wie eine Wasserratte. Die kurzen, dunkelblonden Haare klebten an ihrem Kopf, das Nachtgewand war durchnässt und sie zeterte wütend Gertrud Stacius an: „Was fällt dir ein, Mutter?“

„Das war berechtigte Rache. Du hast mit deinen Albträumen alle geweckt. Weißt du eigentlich, dass du im Schlaf redest, meine Tochter?“

Reymburg holte ein Tuch aus ihrer Truhe und trocknete sich Gesicht und Haar. „Was habe ich gesagt?“

„Irgendwen wolltest du kriegen und foltern.“

Reymburg nickte. „Ich habe Diederiks Mörder im Traum gesehen, wie einen Schatten. Ich lief ihm nach, doch immer wenn ich aufholte, huschte er um eine Ecke.“

„Wo warst du im Traum?“

Reymburg schloss die Augen. „In Hamburg, am Vaterhaus. Am Rathaus und dann hier.“

„Hier?“

„Am Anleger für die Boote, die aus Hamburg kommen, in den Ställen, beim Gästehaus. Und hier, im Klostergeviert. Der Mörder hat etwas mit Hamburg zu tun, mit meiner Familie und mit uns.“

Die Stacius schüttelte den Kopf. „Wohl kaum. Das sind einfach nur alle Orte, die du kennst, nicht wahr? Das kann kein Wahrtraum gewesen sein. Dein Geist zeigt dir nur das, was du schon zuvor gesehen hast.“

Reymburg nickte und rieb sich die Augen. Sie war jetzt völlig wach, aber ihre Schwestern schienen von Müdigkeit gepeinigt.

„Soll ich für alle einen Hypocras warmmachen?“, fragte sie.

Die Äbtissin ging zu einem der schmalen, mit Pergament geschlossenen Fenster, öffnete es und schaute auf den Stand der Sterne.

„Ja, tu das. Wir haben noch vier Stunden bis zu den Vigilien. Ohne die Hilfe des Weins und der Gewürze schläft hier keine mehr. Aber zieh dich erst trocken an.“

Das Feuer in der Küche loderte schon, als Reymburg kam. Die Küchenmagd gab ihr zwei volle Weinkrüge in die Hände. „Mischen tut Ihr das am besten selbst.“

Reymburg goss den Wein in den großen Kessel. Aus dem Gewürzschrank holte sie die Hypocras-Mischung, die zu gleichen Teilen aus Pulver von Nelken, Muskat, Kardamom, schwarzem Pfeffer und Zimt bestand, nur vom Ingwer nahm man ein Viertel weniger. Für jede Person gab Reymburg ein Löffelchen in den Wein über dem Feuer. Dazu streute sie fast ein halbes Löffelchen trockenen Majorans für jede Nonne hinzu. Metteke holte inzwischen noch zwei Krüge Wein aus dem Keller – vom guten Roten aus dem Fass vom Weinhändler Leyendecker aus Köln. Sie goss das teure Nass in den Kessel, während ihre Herrin umrührte.

„Wer hat dich geweckt?", fragte Reymburg ihre Magd.

„Der ganze Aufruhr hier. War ja kein Auge zuzumachen. Nur die Lütte schläft wie eine Katze nach der Mäusejagd."

Das Kind lag auf einem Bündel aus Stroh und Putzlumpen unweit der Feuerstelle, die Klosterkatze hatte sich an ihren Bauch gekuschelt.

„Ich hatte Albträume", sagte Reymburg leise.

„Was habt Ihr geträumt?"

„Ich träumte, wie ich den Mörder meines Bruders fange, aber er entwischte immer wieder. Morgen unterwerfe ich mich einigen Exerzitien, damit das nicht wieder vorkommt."

„Ich würde lieber was anderes machen. Wirklich was tun."

Reymburg kippte zweieinhalb Becher voll Honig in den Wein.

„Was soll ich denn machen? Michaelis ist unterwegs, das Mariechen holen, und Vater Willekin lässt in Hamburg durch Biscop nachforschen. Die haben Tybbe, unsere alte Magd, in Verdacht."

„Nicht zu Unrecht", meinte Metteke.

Reymburg fiel fast der Holzlöffel aus der Hand. „Wieso?"

„Die hält sich so einen Knochenhauer als Hausfreund, sie leben in Saus und Braus. Hab ich von meiner Schwester gehört, die ist Gänsehökerin. Da ist die Tybbe in letzter Zeit eine gute Kundin."

Reymburg rührte lange im Wein, bis sie antwortete.

„Das muss dem Biscop doch auffallen."

„Der Biscop ist ein aufgeblasener Dummkopf. An Eurer Stelle würde ich den beiden einmal auf den Zahn fühlen."

„Ich könnte Michaelis' Magd Susana bitten, Tybbe zu beobachten. Würdest du etwas für mich tun, Metteke? Läufst du morgen in die Stadt zu Susana?", flüsterte Reymburg hektisch.

Der Wein begann leicht zu rauchen, und die beiden Frauen hievten den Kessel vom Feuer.

„Das ist doch sinnlos", keuchte die Magd. „Die Susana ist Euch spinnefeind. Das erzählt das gesamte Gesinde der Stadt. Und Ihr wisst selbst am besten, warum."

Reymburg schaute Metteke an wie ein Schaf. „Nein, warum?"

„Wieso, warum, weshalb? Weil sie natürlich den Michaelis haben will. Und der hat nur Euch im Kopf, der Ochse. Ist doch klar, Susana kocht vor Eifersucht."

Reymburg setzte sich auf einen Schemel und überließ der Küchenmagd die Arbeit, den Wein durch ein Tuch zu seihen.

„Das ist nicht meine Welt", seufzte sie. Liebe, Mord, Verrat. Damit wollte sie nichts zu tun haben.

„Redet kein Dummzeug, Celleraria. Ihr seid doch ein Mädchen aus Hamburg. Da sollte Euch nichts fremd sein", zischte Mette.

„Ich bin seit sieben Jahren Nonne, seit acht Jahren lebe ich hier. Meine Welt sind Gebete!"

„Und die Küche, und die harten Verhandlungen mit den Bauern und Händlern? Ihr kauft Wein aus Köln, Fisch aus Schonen, Wolltuch aus Flandern, Gewürze aus Venedig. Tut mal nicht so weltfremd."

„Weltfremd oder nicht, ich kann doch von hier aus allemal nichts tun, wenn die Susana mir nicht hilft."

Metteke wollte die Lütte zum Servieren wachrütteln, aber Reymburg hielt sie ab. Sie würden schon zu zweit den Wein und die Becher ins Dormitorium tragen.

Metteke stapelte dreißig Holzbecher auf ein Tablett. Sie stöhnte: „Ihr könnt was tun. Mit ein bisschen Mut! Wegen der Albträume

wird man Euch hier gern eine einzelne Kammer geben. Und dann stellt Ihr Euch krank, und wir tauschen die Kleider. Ich schlaf den Tag über durch. Das wird mir guttun, nach all der Arbeit. Und Ihr besucht an meiner Stelle meine Schwester."
Reymburg griff sich die vier großen Krüge voll warmem Hypocras und sah die Magd ernsthaft an. „Das würdest du tun?"
„Für Euch gern. Vor allem, weil es einen Heidenspaß machen wird."
Reymburg grinste und nickte.
Lächelnd schenkten die beiden den Würzwein an die Schwestern aus.

*

Hannes ritt den ganzen Tag. Zuerst zwang er die Pferde in den Galopp, wechselte zwischen den beiden Reittieren, wenn sie zu sehr schwitzten. Doch dann wurde der Boden tiefer, spärliche Gräser wuchsen auf glitschigem Moor. Ein Weg war durch hohe, dürre Pfähle markiert worden. Langsam und vorsichtig ritt er voran, die Augen vor den Hufen der Pferde. Der Tag ging zu Ende, die Flanken der Tiere zitterten vor Anstrengung und Hunger quälte Hannes, als er endlich das flache, stinkende Moor verließ und festen Boden unter sich spürte. Am Horizont leuchteten Herdfeuer durch kleine Fenster. Die Burg der Ritter von Gnarrhop war nicht mehr als ein fachwerkener Wohnturm, gebaut auf den Feldsteinen eines alten Gemäuers, das die Vorväter der Ritter errichtet hatten. Das dunkle Gebäude, fünf Stockwerke hoch, war von einem Wall umgeben. Es war eine Art aufgeschütteter Deich, gespickt mit einem Palisadenzaun aus angespitzten Baumstämmen. Im Vergleich zu den Burgen im Süden war es ein simples Gemäuer. Doch das hölzerne Tor war schwer bewacht von zwei der Saufkumpane, die Hannes vier Tage vorher im Gasthaus getroffen hatte. Sie erkannten ihn nicht, kreuzten die Lanzen und schnauzten ihn an.

„Ich bin Hannes Michaelis, Bürger zu Hamburg, und handele mit Gewürzen und Spezereien. Die Müllerin von Timbeke sagte mir, der Herr schätze einen guten Braten und ehrliche Handelsleute würden hier nicht abgewiesen“, sagte er freundlich.
Die beiden Wachen wollten den Ruf ihres Herrn nicht ruinieren. So machte sich einer von ihnen auf und führte Hannes zur Burg. Schweine rannten vor ihnen fort, als sie den matschigen Trampelpfad zum Wohnturm hinaufgingen. Aus niedrigen Erdhütten, die an den Steinbau angeklatscht waren, lugten neugierig in Lumpen gekleidete Menschen hervor. Waren es die Leibeigenen der Gnarrenburg oder die Familien der Burgknappen? Hannes dankte Gott, dass es einer seiner Vorfahren vor etlichen Generationen gewagt hatte, dem adligen Herrn davonzulaufen, fort in die Stadt. Der Lanzenträger bollerte mit der Hand gegen das Tor des Wohnturms, eine Klappe wurde geöffnet. „Was willst du?“
„Hier ist einer, der Gewürze verkauft.“
Endlose Augenblicke vergingen, bis er in den Turm vorgelassen wurde. Während draußen ein wenig Tageslicht das Elend der Burgsassen beleuchtet hatte, war es im Donjon stockfinster. Nur das Licht am Ende des Aufwegs zeigte Hannes, wo er hingeführt wurde: in die Halle.
An drei langen, groben Holztischen saß die Sippe derer zu Gnarrhop beim Mahl. Oben am Quertisch gegenüber dem Kamin hockte Hinrich von Gnarrhop neben einer verhärmten Frau, deren Haut so grau war wie die Trauer in ihrem Blick. An den Seitentischen lungerten seine Brüder und deren Sprösslinge. Hannes verbeugte sich so tief, wie sein Bürgerbäuchlein es zuließ.
„Du willst Gewürze verkaufen?“, donnerte der Ritter von Gnarrhop. „Dann zeig uns, was sie wert sind! Hier, vielleicht kannst du was aus dem Fraß machen!“ Er schob eine riesige Schüssel von sich. Seine Frau zuckte zusammen. Hannes verbeugte sich wieder und trat vor, um die Schüssel an sich zu nehmen. „Ihr verzeiht, edler Herr.“

In der Schüssel fanden sich eine Menge großer Fleischstücke. Eine Sammlung der Reste ehemaliger Mahlzeiten, Huhn, Schwein und etliche Stücke Wild, alles in Schmalz aufgebraten. „Ich könnte etwas tun, wenn Ihr Rotwein, Honig, einen Apfel, einen Mörser und eine große Grape für mich hättet.“

„Na los, holt schon!“, brüllte von Gnarrhop. Nicht nur die Magd, die neben dem Kamin gestanden hatte, sondern auch die Herrin von Gnarrhop sprang auf.

Es dauerte, bis sie zurückkamen. Mit einem unterwürfigen Blick entschuldigte sich die Dame für den schlechten, sauren Wein, als sie ihm den Krug reichte. Sie blieb neugierig neben ihm stehen, während er aus einem seiner letzten Bündel Pfeffer und Ingwer hervorzauberte. Er befahl der Magd, das Kaminfeuer zu ersticken, und setzte die Grape in die Glut. Dann schnitt er den Apfel klitzeklein und brachte ihn im Wein zum Kochen. Er zerrieb Pfeffer und Ingwer mit einem Löffel auf dem Tisch und würzte die saure, dünne Soße recht kräftig, rührte den Wein so lange unter starkem Kochen, bis der Apfel zerfallen war, und süßte ihn dann ein wenig mit Honig.

„Dies ist Agraz. Eine Würzung für Fleisch aller Art, vom Spieß, aus dem Ofen oder in Fett gegart. Bitte reicht mir die Schüssel.“ Er goss die siedende Soße über das alte Fleisch und servierte es mit einer Verbeugung dem Herrn.

Der erste Bissen zauberte ein derartiges Erstaunen auf das harte Gesicht, dass Hannes dachte, es könnte entweder zu seiner Hinrichtung oder zu seinem Ritterschlag führen. Der zweite Bissen brachte den Herren zum Lachen, und dann stopfte er sich die Backen so voll, dass er kaum kauen konnte. Als er geschluckt hatte und wieder in der Lage war zu sprechen, schob er Hannes die Schüssel mit dem Getreidebrei hin, die neben seinem Fleisch gestanden hatte.

„Kannst du damit was machen?“

Hannes nickte. „Ich brauche Zwiebeln, Eier, Möhren und Butter!“

Wieder sprangen die Frauen des Hauses auf. Derweil verteilte

Hannes den Agraz mit seinem freundlichsten Lächeln auf die großen Fleischschüsseln an den Tischen der Brüder. Die Männer schauten ihn immer noch grimmig an, aber hinter seinem Rücken genossen sie die neue Würzung.

„Heute feiern wir! Bringt Bier!“, brüllte Hinrich von Gnarrhop und warf einem der Knechte, die das Bier holen sollten, einen abgenagten Hühnerschenkel zu.

Hannes briet die Zwiebeln und Karotten in der langsam bräunenden Butter, dann nahm er ein wenig trockenen Oregano und Majoran und streute es auf das Gemüsefett, bevor er es langsam unter den Brei hob. Der Brei sollte nicht nach Medizin schmecken, also war er vorsichtig. Ein wenig Lüneburger Salinensalz hatte er stets zu eigenen Zwecken dabei und gab es unter das aufgekochte Getreide, damit überhaupt Geschmack entstünde. Zuletzt fingerte er eine gute Portion Macis aus seinem Wams und hob sie unter den nicht mehr kochenden Brei. Dann rührte er noch für jeden zweiten Esser ein Ei hinein und trug die veredelte Bauernspeise an den Tisch des Ritters. Wieder konnte er den Weg der Lust von der Zunge über die Augen zur Seele der groben Männer sehen.

„Du wirkst wahre Wunder, Kerl!“, schrie der Herr zu Gnarrhop und schüttete den dritten Humpen Bier hinunter. „Ich hätte einen Gewürzhändler heiraten sollen! Weib, so solltest du kochen!“ Von Gnarrhop brüllte vor Lachen.

Die Dame des Hause verneigte sich. „Gern werde ich dein Begehren erfüllen. Lass uns die Waren dieses Mannes erwerben“, sagte sie mit zitternder Stimme.

„Das soll so sein! Was willst du für den Kram haben?“

Hannes verbeugte sich wieder. „Nicht viel. Mein Knecht ist zu Euch übergelaufen, der ungehorsame Bengel. Heyne Cletzen heißt er, kommt aus Hamburg, ist dürr und hochgeschossen und hat einen runden Kopf und blaue Augen. Frech ist er wie Rotz. In der Timbeker Mühle sagte man mir, er sei hier, um Kriegsknappe zu werden. Doch ich brauch den Knaben wieder, sonst kommen mir seine Eltern aufs Haus. Gegen den Bengel und eine gute Wegzehrung an Getreide und Äpfeln will ich Euch lassen, was ihr braucht."

Die Esser erstarrten in Schweigen, nur das Fiepen der Hunde, die unter den Tischen nach Brot oder Breiresten bettelten, unterbrach die Stille.

Dann lachte der Herr von Gnarrhop, laut und gefährlich. „Den Drecksjungen, der um Stalldienst nachsuchte? Den Bengel willst du haben?"

„Ich dachte mir schon, dass er die Pferde- und Stallarbeit vermisst hat. Aber wie gesagt, ich muss ihn nach Hause bringen, selbst wenn er lieber Knappe bei Euch als Kaufmannsgehilfe bei mir wäre. Ich bin seiner Familie verpflichtet."

„Mann, das ist ein geringer Preis, den du für deine Ware forderst. Kinder gibt es zuhauf. Obwohl die Leute seit der Pest ganz drauf versessen sind, genug davon für die Arbeit zu haben. Aber wenn du es so willst, dann soll es sein."

„Wir brauchen Wegzehrung für den Heimweg."

„Morgen kannst du die Speisekeller abgehen und nehmen, was du brauchst. Doch die Nacht bleib hier und mach uns eine Süßspeise! Führ ihn in die Küche, Weib."

Hannes folgte der Hausherrin in die Speisekeller. Dort hing reichlich Wild ab, aber es gab kaum Frühgemüse oder Obst. In Fässern ruhte Salzhering. Wein und Bier waren im Übermaß vorhanden. Doch sonst gab es nichts, was Gaumengenüsse versprach. Hannes verstand immer mehr, warum die Rittersleute bei der Timbekewirtin aßen.

„Meint Ihr, Ihr findet etwas, das Eurem Können als Grundlage zu dienen vermag?", fragte die Hausherrin freundlich.

„Habt Ihr Trockenfrüchte und altes Brot?"

Sie nickte und fischte einen kleinen, verstaubten Beutel mit Früchten von einem Regal. Hannes ließ seine Satteltaschen holen und kramte

seine letzten Mandeln hervor. Vier Hand voll brauchte er für vier Personen. Der gierige Haushalt würde seinen Vorrat in einem Mal vertilgen.
„Ihr müsst bei jemand anderem Mandeln kaufen. Schickt zur Timbekewirtin. Sie hat sich bei mir bevorratet. Mögt Ihr mir zur Hand gehen und diese hier zermörsern?"
Die dürre Frau nickte und zerstieß auf sein Geheiß die Mandeln. Wie eine Magd arbeitet sie, dabei ist sie von Adel, dachte Hannes.

Er kochte die Mandeln auf, seihte das Mandelwasser ab und brachte es wieder zum Kochen. Für jeden Esser kam eine Prise Macis sowie eine Scheibe Altbrot ohne Kruste in die kochende Mandelmilch, dazu noch zwei große Löffel Sirup. Die Burgherrin hatte ihren Vorrat an Trockenäpfeln, Birnen und Rosinen kleingehackt. Jetzt tat sie für jeden Esser zwei Löffel davon in Hannes' Brot-Mandelmilch-Mischung. Sie sah ihm schweigend zu, wie er die Masse unter langsamem Rühren andicken ließ. Er hielt ihr den Löffel zum Probieren hin. „Man isst das sonst kalt. Soll jetzt noch etwas Zimt dazu?"
„Als ich ein Kind war, gab es auf der Burg meines Vaters Zimt", sagte sie leise. „Ich mochte ihn sehr, am liebsten auf Armen Rittern." Sie lachte heiser. „Jetzt bin ich selbst ein armer Ritter oder, schlimmer noch, sein Weib! Nein, spart den Zimt. Den kauf ich Euch für später ab. Das wird ihm so reichen, auch wenn es warm ist."
Der Burgherr zog die große Schüssel an sich und stieß seinen Löffel hinein. Nach dem ersten Happen schaufelte er sich schwärmerisch vier Löffel auf sein Brot und ließ die Schüssel kreisen. Er biss in das Brot mit Mandelfrüchten, schluckte und rülpste zufrieden.
„Herr Händler, Ihr seid ein Wundermann, wirklich!", brüllte der Ritter. „Zeigt ihm seine Schlafkammer!"

Hannes ließ sich in ein Gemach im dritten Stock des Wohnturms führen. Das Bett hatte zwar einen Himmel gegen das Ungeziefer, aber das Stroh hatte schon einige Jahre hinter sich. Hannes behielt sein Wams und sogar seine Stiefel an und wickelte sich in seinen Mantel, denn es war feucht und kalt. Zu gern hätte er erfahren, wo Heyne wirklich steckte. Er wunderte sich, dass sie ihn so leicht herausrückten. Was war, wenn sie ihm einen anderen Jungen aufdrücken wollten? Wenn sie Heyne morgen doch noch verleugneten? Er versuchte ohne Rosenkranz einen Rosenkranz zu beten und nickte ein.

Dann wurde er hochgerissen. Der Bruder des Ritters hielt ihm sein blankes Schwert an den Hals, zwei Kriegsknechte banden ihm die Arme auf den Rücken. Hannes wollte schreien, doch der jüngere Herr von Gnarrhop drohte: „Schweig!“ Er stieß Hannes aus der Kammer und befahl einem der Kriegsknechte, das Zimmer zu durchsuchen und alle Gewürze in die Speisekammer zu bringen. Eigenhändig griff er dem Kaufmann unters Wams und schnitt die prall gefüllte Geldkatze ab, die er um den Bauch trug.

Hannes wurde treppab gestoßen, vorbei an der Halle, in der Hunde und Knechte schliefen, und dann immer weiter, in feucht und modrig stinkende Tiefen. Der Geruch von Tod und Fäulnis nahm zu, wurde fast unerträglich, als der junge Ritter eine Holztür öffnete und Hannes in ein schwarzes Verlies stieß.

Vorsichtig tastete sich Hannes in den schwarzen Raum vor. Nach zwei Schritten stieß er mit dem Fuß gegen etwas, das sich sofort mit Nägeln und Zähnen in ihn verkrallte. Hannes schrie vor Schmerzen auf, ließ eine Hand nach unten schnellen und griff in einen verklebten Haarschopf.

Es war kein Tier, kein Verrückter, sondern Heyne Cletzen, der verängstigt um sich schlug. „Heyne, lass das sein. Ich bin es, Hannes Michaelis. Ruhig, Junge.“

Er bekam die Arme des panisch um sich schlagenden Jungen zu fassen, hielt sie im eisernen Griff fest und zog das große Kind vorsichtig an sich. Lange hielt er den Jungen umfangen, bis die Gegenwehr in Tränen überging. Er streichelte Heynes Kopf und flüsterte: „Alles ist gut." Tausendmal, gegen seine eigene Überzeugung.

„Wie bist du hier hereingekommen?", fragte er, nachdem Heyne aufgehört hatte zu schluchzen.

„Als ich zum Müller zurückging, um Mariechens Kleider zu kaufen, haben sie mich erwischt."

„Einfach so?"

„Nein, erst als ich nach ihr gefragt habe."

„Was hast du gefragt?"

„Ob sie wüssten, wo das Mädchen ist, dem die Kleidung gehört. Ich sei auf der Suche nach ihr. Doch sie haben gesagt, sie kennen das Kind nicht. Und als ich dann wissen wollte, wer ihnen das Zeug verkauft hat, da hat man mir eins über die Rübe gezogen. Und ich bin hier aufgewacht."

„Die von der Mühle stecken also mit denen hier unter einer Decke, und sie haben etwas mit Marie zu tun. Vermutlich bin ich auch deshalb hier. Einen trotteligen Gewürzhändler hätten sie kaum in so ein tiefes Verlies gesteckt. Wundert mich, dass sie uns noch nicht die Kehle durchgeschnitten haben."

„Das kommt als Nächstes. Ich sterb so jung, ach Heiliger Jacob", jammerte Heyne.

„Nicht doch, dafür gibt es keinen Grund. Wenn sie nur garstige Frager loswerden wollten, dann hätten sie es gleich getan. Ich denke, die haben vom Müller oder seinem Weib erfahren, dass ich nicht nach einem entlaufenen Knecht, sondern nach Marie suche!"

„Ich bin doch gar nicht weggelaufen!"

„Aber das hab ich denen erzählt, als ich dich für meine restlichen Gewürze freigekauft hab."

„Und jetzt bringen sie uns beide um", schniefte Heyne.

„Keinesfalls. Sie hören sich in Hamburg um, wer für uns Lösegeld zahlen würde. Das kann allerdings einige Wochen dauern. Und so

lange stecken wir in diesem Verlies. Dabei können wir noch froh sein, dass man uns nicht in ein Erdloch abgesenkt hat."
Heyne schluchzte trotzdem, und Hannes nahm den Jungen in den Arm. Ihm fiel nichts Besseres ein, als ihm von seiner letzten Reise zu erzählen. Als er gerade bei dem Sturm war, der ihn in den Alpen drei Tage in einer Berghütte ohne Feuerholz festgehalten hatte, hörte er ein schnarrendes Geräusch und verstummte. Er hielt Heyne die Hand vor den Mund. Leise Schritte waren auf der krummen Holzstiege zu hören, und der Eichenbalken vor ihrer Tür wurde hochgestemmt.

Im Licht einer Schafstalgkerze trat die Burgherrin in das Verlies. Hannes strich sich die Haare zurück und versuchte sich an einem Scherz: „Naht hier die wundersame Rettung oder unsere grausame Kerkermeisterin?"
Sie schüttelte den Kopf und versuchte ein Lächeln zu unterdrücken.
„Mein Mann hätte nicht geduldet, dass man Euch so behandelt, aber er schlief schon. Und wenn man ihn weckt, wird er grob. Er ist ein Rohling, aber er hat einen Rest von Ehrgefühl. Sein Bruder ist ein Nichtsnutz. Er hatte die Idee, Euch einzukerkern. Er sagt, so werden wir Lauscher los und behalten auch die Gewürze."
„Und was wird Euer Mann tun?"
„Das, was am meisten einbringt, befürchte ich. Einen Mord würde er nicht begehen, aber Lösegeld fordert er oft." Sie wandte den Blick ab.
„Frau Susana vom Haus Michaelis in Hamburg am Cremon wird gut für uns zahlen. Sendet nur den Boten schnell, damit wir hier nicht verkommen", meinte Hannes.
„Deshalb bin ich nicht hier. Ich hab nichts davon, wenn Ihr hier schmachtet und dann freigekauft werdet."
Michaelis ließ Heyne los und kniete sich vor sie wie ein Minnesänger. Er blickte ihr tief in die Augen: „Womit kann ich Euch zu Diensten sein, edle Dame von Gnarrhop?"

„Ob mein Schwager die Gewürze nun stiehlt oder mein Mann sie Euch gegen billigen Preis abnimmt, sie sind mir nichts nütze ohne Euer Können. Und eben dieses Können würde mein Leben verändern."
„Ihr wollt Euch Euren Mann über den Magen zurückerobern?"
Sie nickte.
„Wollt Ihr nur seine Zunge reizen oder auch seine Lust entfachen?"
„Beides", gestand die adlige Dame errötend.
„Könnt Ihr schreiben und lesen, so dass ich Euch Rezepte aufzeichnen kann?"
„Natürlich."
„Dann bringt mir Pergament, Feder und Tinte. Ich werde Euch alles lehren, was Ihr braucht, aber unter der Bedingung, dass wir noch vor Morgengrauen hier herauskommen."
Die Burgherrin führte sie aus dem Verlies in ein kahles Zimmer, in dem ein Schreibtisch und ihr eigenes Spinnrad standen. Sie holte Tinte und Pergament hervor. Dann setzte sie sich auf ein Höckerchen neben Hannes und lauschte ihm, wie er die Mengenangaben erläuterte, die er zu den Zutatenlisten für Mandelmilch, süßes und scharfes Gewürz, grüne und himmelblaue Sauce, Omelette für Wüstlinge, Agraz, verfaulten Eintopf, rote Hühner, Hypocras sowie grüne Torte und für einige von Susanas geheimen Liebestränken aufzeichnete. „Mit diesen Rezepten könnt Ihr weiterexperimentieren, edle Dame. Probiert erst die Wirkung der Gewürze auf eigener Zunge, erforscht die schmackhaften und nicht schmackhaften Würzungen. Fügt der Essensmenge erst das Gewürz zu, das dominant sein soll, ganz vorsichtig, dann mehr. Dann die anderen Gewürze. Immer zwischendurch abschmecken. Oder fertigt vorher die Mischung an und probiert sie mit ein wenig Öl oder Brot und Butter."
Die Burgherrin nickte erfreut und barg das Manuskript an ihrem Busen wie eine Jungfrau das erste Liebesgedicht eines Troubadors. Hannes spürte, dass er Hoffnung in ein trostloses Leben gebracht hatte.

„Sagt mir eins, edle Dame: Hat einer der Herren in der letzten Zeit ein stummes Kind als Magd verkauft und wenn, dann wo?"
„Der junge Gnarrhop bringt oft Kinder nach Stade und erhält reichen Lohn. Vorher hat er sie hier einkleiden und waschen lassen. Ich dachte, es seien Bauernmädchen, die als Mägde vermietet werden. Aber eins davon war anders als alle, die ich je sah. Ein Mädchen mit Engelshaar. Sie hat nie etwas gesagt, nicht geschrien oder gekratzt, aber sie hat sich auch nichts gefallen lassen. Sogar die Bengel hatten vor ihr Respekt. Sie hatte braune Augen, aus denen konnte sie so böse gucken, dass meine Neffen vor ihr Angst bekamen. Ist sie das?", flüsterte die Frau.
„Gottes Liebe sei mit Euch, ewig", hauchte Hannes.

Es war die tiefste, dunkelste Stunde der Nacht; alles auf der Burg schlief. Nur die Herrin und zwei graue Gestalten huschten um die Burgmauer zu einer Stelle, wo die Pfähle verfault waren. Hannes konnte sie problemlos auseinanderdrücken. Heyne quetschte sich als Erster hindurch, dann folgte sein kräftigerer Herr. Inzwischen führte die Burgherrin zwei Pferde mit umwickelten Hufen durch die Hüttensiedlung vor das Tor, dessen Wächter im Bierrausch schnarchten. Sie gab den Tieren einen Klaps, so dass sie davontrotteten, bis die unsichtbaren Hände des kleinen Pferdebändigers sie einfingen. Als der Morgen graute, waren Reiter und Rosse hinter der nächsten Böschung verschwunden. Auf dem Herdfeuer der Gnarrenburg brodelte eine Pfanne mit Honig-Pfeffer-Ingwer-Bier für den Burgherrn und seine Liebeslust.

„Dass man die Weiber über das Kochen kriegt, war mir neu", sagte Heyne im Morgengrauen auf dem Weg zurück nach Timbeke.
„Egal, wie du es versuchst, du kriegst keine Frauen, wenn du sie Weiber nennst", antwortete Hannes trocken. Sie lachten und unterhielten sich über Frauen, Mädchen, Freundinnen, Damen. Heyne

erzählte von dem Nachbarstöchterchen, das ihn immer aufzog, wenn er, mit Gemüse beladen, vom Garten seiner Mutter zurückkam. Wehmütig erzählte Hannes von seinem Nachbarsmädchen, mit dem er zusammen die Düfte der Gewürze erkundet hatte und das jetzt eine Klosterfrau war. Beide merkten nicht, dass ein Schatten ihnen über das Moor folgte.

*

Reymburg träumte nicht mehr von Folterungen und Verbrecherjagden. Sie schlief kaum noch, sondern plante. Dabei betete sie laut und weckte ihre Schwestern. Nach der zweiten Nacht bat sie inbrünstig um ein Krankenzimmer. Gern gewährte Gertrud Stacius ihr diesen Sonderwunsch, denn sonst hätte irgendjemand die nächtliche Unruhe auf der nächsten Konventsversammlung zur Sprache gebracht und ihr vorgeworfen, sie habe nicht genügend für Schwester Reymburgs Seelenheil getan.
So war Reymburg nach acht Jahren im Kloster das erste Mal wieder allein. Sie dankte der längst verstorbenen Bürgermeisterswitwe Ermengard de Monte, die vor mehr als dreißig Jahren diesen Krankentrakt gestiftet hatte. Dann streckte sie sich auf der Liege aus, warf die Arme über den Kopf und räkelte sich. So lässig konnte sie sich im Dormitorium nie verhalten, denn eine Nonne sollte mit angelegten Armen und gestreckten Beinen schlafen. Im Noviziat wurde auch darauf geachtet, dass die Hände gerade über der Decke lagen. Reymburg, die gerne auf dem Bauch lag, hatte als Novizin in den ersten Wochen befürchtet, sie würde ihr Leben lang nachts aufwachen, weil ihre Hände kalt waren. Doch nach der Nonnenprofess ermahnte sie niemand mehr, wenn sie sich unter die warmen Daunendecken kuschelte, die ihr Tybbe aus Hamburg ins Kloster geschickt hatte. Aber diese Kammer bot unendlich freien Raum, – auch um die Gedanken schweben zu lassen. Keine

schnarchenden alten Schwestern mehr, kein schlechter Atem, kein Rascheln und Flüstern. Während die Fenster des Dormitoriums auf den Kreuzgang blickten, auf die Grablege der Nonnen, lagen die Krankenzimmer im ersten Stock darüber und ließen einen weiteren Blick nach draußen zu. Reymburg sah den Himmel und die Alstermöwen, die über den Harvestehuder Misthaufen kreisten. Sie atmete tief durch und bedachte den Weg, den sie bald gehen wollte. Gleichzeitig versprach sie sich, in Zukunft eine Kammer für sich zu fordern, selbst wenn dies bedeutete, dass sie Äbtissin werden müsste.

Die Lütte war eingeweiht. So verschüchtert sie zu Anfang wirkte, so groß war ihr Auffassungsvermögen. Es war ihr klar, dass sie ein Geheimnis in sich trug, das das Leben der Schwester Celleraria ruinieren könnte. Doch sie bewunderte Reymburg und würde sie nie verraten. Deshalb fiel ihr die Aufgabe zu, Wache in der Kammer zu halten, wenn Reymburg sich krank stellte und Metteke ihren Platz einnahm. Und das sollte übermorgen sein, wenn Metteke einen freien Tag hatte, um ihre Schwester zu besuchen.

Gemeinsam kochten die drei Küchenherrinnen eine wunderbare Fisch-Lauch-Suppe mit Safranfäden und Ingwerwürzung für die Schwestern, stellten Brot, Käse, Bier und sauren Rahm mit Altbrotkrume und dunklem Zucker bereit.

Am Abend ließ Reymburg die Infirmaria rufen. Sie beschwerte sich über Magenkrämpfe und Schwäche. Die Infirmaria befühlte ihren Bauch, fand nichts Schlimmes und verordnete Lindenblütentee. Die Lütte kochte ihn. Als die Infirmaria ihn Reymburg einflößte, bat diese, dass das Kind für sie sorge. „Ich will Euch mit meinem Malädchen nicht zur Last fallen. Ich brauch nur Ruhe, nach alledem." Erleichtert, für eine Kranke weniger verantwortlich zu sein, wo doch gerade der Heilkräutergarten bestellt werden musste, willigte die Ärztin des Klosters ein.

Im Morgengrauen schlüpfte Metteke in Reymburgs Habit, und Reymburg spazierte in Mägdekleidern aus dem Wirtschaftsflügel ins Freie. Seit acht Jahren sah sie die Klostermauern wieder von außen, schritt das erste Mal frei aus, schnell und dynamisch. Als das Backsteingeviert hinter den Eichenbäumen verschwunden war, begann sie zu laufen und freute sich am Spiel des Windes auf ihren Wangen, am Flattern des Kopftuches und der Röcke. Am Anlegeplatz befand sich kein Nachen, aber heftiges Winken rief einen von der Alster her. Reymburg stieg vorsichtig ein und ließ sich nach Hamburg rudern. Der Anblick der vier stumpfen, mächtigen Kirchtürme und der riesigen Mühlen und dicken Wälle brachte ihr Herz zum Hüpfen. Fast hatte sie vergessen, auf welch gefährlichem Weg sie zu welch dunklem Ziel war.

Caput IX
Vom Verlieren

Ich will aufstehen und in der Stadt umhergehen auf den Gassen und Straßen und suchen ... (Hohelied Salomos III, 2)

Hannes fluchte laut und ausgiebig. Er hatte sich wenig Gedanken gemacht, als er seine Ware bei der Timbekewirtin hinterlegte. Dass sie ihn allerdings gleich von zwei Kerlen aus dem Haus werfen ließ, sowie er danach fragte und seine Quittung vorzeigen wollte, das hatte er nun doch nicht geglaubt. Sie tauchte nicht einmal auf, aber einer der Knechte knurrte: „Hat Euch die Herrin nicht gesagt, Ihr solltet nicht so vertrauensselig sein?“

Nun blieben ihm einzig die in das Wams eingenähten Gewürze: Muskatnüsse und Pfefferkörner sowie einige Zimtholzstücke. Wenigstens wertvollste Spezereien, hundertfach teurer als Majoran, Thymian, Oregano, Mandeln, Pomeranzen- und Zitronenschale. Aber er ärgerte sich, die Waren nicht vergraben zu haben. Lieber hätte er sie selbst verdorben, als dass er auf ein verschlagenes Weibsstück hereingefallen wäre.

Jetzt war er fast ganz ohne Geld und Gut und konnte kaum den Status des Kaufherrn aus Hamburg halten, geschweige denn sich im besten Haus in Stade einquartieren. Nach einem anstrengenden, schnellen Ritt über mehrere Stunden erschien die Stadt am Horizont, thronend über einer tristen Landschaft. Eine Stadt mit grauen Wällen und roten Backsteintürmen. Die Pferde, der Mann und der Junge waren gleichermaßen erschöpft, verschwitzt und froren, während sie langsam auf die Stadt zutrabten. Hannes schüttelte sich bei dem Gedanken an schlechte Quartiere, Läuse, Wanzen, Geschnarch.

„Sag mal, Heyne, traust du dir eine Schiffspassage nach Hamburg und zurück zu?“, fragte er heiser. Natürlich wollte der Junge es wagen, von Susana Geld und Gewürze zu holen, doch hatte er zuerst einmal Hunger. Als Hannes gestand, kein Geld mehr zu haben, lachte Heyne. Inzwischen verfügte er über elf Silberschillinge, die er in der Leibwäsche trug und die Strauchritter nicht bei ihm vermutet hatten.

Das reichte für Unterkunft, Essen und Schiffspassage, wenn sie nicht zu verschwenderisch waren. Sie führten ihre müden Pferde einen langen, befestigten Weg hinauf zum hoch gemauerten Schifferthor, vorbei an neuen Windmühlen. So abgerissen und verdreckt, wie sie waren, war klar, was geschehen würde. Ein rothaariger Torwächter hielt sie grob auf, zwang sie abzusteigen und fragte nach ihrem Begehr. Hannes dachte, es wäre gut, nah an der Wahrheit zu bleiben.

„Ich bin Kaufmann aus Hamburg, Hannes Michaelis ist mein Name. Wir sind ins Unglück geraten. Man hat mich übers Ohr gehauen, deshalb ist von meiner Ware kaum etwas übrig. Ich will in der Stadt das bisschen verkaufen, was noch da ist."

Der Stader lachte: „Guck mal, Jehann, hier ist ein Hamburger, den sie gemaust haben!"

Der zweite Wächter war beleibt, seine eine Gesichtshälfte wurde durch eine Brandnarbe verunziert. Ein Auge war durch eine schwarze Klappe verdeckt. Mit dem gesunden Auge betrachtete er Hannes. „Ein gerupfter Dieb ist jedem lieb!"

„So möchte ich gern alle Hamburger sehen", lachte der Rothaarige schallend.

Hannes drückte Heynes Schulter, damit der Junge den Mund hielt. Er wusste, dass die Handelsgegnerschaft der Städte ihm seine Aufgabe nicht leichter machen würde, und baute vor: „Auch wenn ich selbst ein Hamburger bin, bin ich auf meine Landsleute nicht immer gut zu sprechen. Bitte gewährt mir nun Gastfreundschaft in Eurer Stadt."

„Was habt Ihr an Handelswaren übrig?", hakte der Einäugige nach.

„Nur, was ich ins Wams eingenäht habe."

„Nun, Hamburger, das wird zu wenig sein, um darauf Torgeld zu zahlen. Seht zu, dass Ihr Euch aufwärmt und nach Hause kommt", riet ihm der Rotkopf und ließ sie durch.

„Ihr hättet ihm lieber irgendeine Lügengeschichte auf die Nase binden sollen, als zu sagen, dass wir Hamburger sind", meinte Heyne, während sie sich nach einem Wirtshaus umsahen.

„Nicht, wenn ich mich mehr als eine Woche hier aufhalten will. Da bleibt man lieber bei dem, was ist."

Hannes suchte ein Domizil für längere Zeit, denn er wusste nicht, wann und wie er Marie finden sollte. Sie gingen am Georgskloster vorbei und trödelten durch die Sattlerstraße auf die alte St. Willehadi-Kirche zu. Aus den Fenstern der Häuser duftete es nach Brei, Brot und Bier für die frühe Abendmahlzeit der Handwerker.

„Wo essen wir denn nun endlich?", quengelte Heyne hungrig. Der Kaufmann, in Gedanken daran, wie er vorgehen sollte, schaute ihn verwirrt an. Sie standen an der Ecke der Flohgasse, die zur stolzen Willehadi-Kirche hinführte.

„Nutzen wir die nächste Möglichkeit, die sich bietet. Carpe diem! Fange den Tag!" Auf ihrem Fensterladen schenkte eine Frau Bier aus.

„Habt Ihr auch Mahlzeiten und Unterkunft?", fragte Hannes entschlossen.

Die Stader Bürgerin musterte die dreckigen Reisenden.

„Und ein Bad?", setzte der junge Heyne nach und schob eine Silbermünze auf den Laden.

Das überzeugte sie, Logis anzubieten: „Ihr könnt unter den Giebeln auf der Galerie schlafen. Seit mein Mann tot ist, hab ich keine Knechte mehr. Deren Bettstatt ist frei. Und ich brat Euch schnell was zu essen auf! Aber baden müsst Ihr woanders. Hier bekommt Ihr nur eine Schüssel für Hand- und Gesichtswäsche. Mehr hab ich selbst nicht."

Sie schickte ihre Kleinmagd, ein dünnes Mädchen mit tiefen Augenringen, zum Nachbarn, um Fleischreste und Brot zu holen, tat Schmalz in eine Grape und brutzelte ein paar Zwiebeln und Möhren mit dem Geborgten auf. Hannes und Heyne saßen bald auf kleinen Schemeln am Witwentisch und zogen Gesichter über den Geschmack des Biers. Als Hamburger waren sie durchaus etwas Besseres gewohnt, aber schließlich handelten die Stader ja mit dänischen Waren und nicht mit Selbstgebrautem.

„Baden könnt Ihr bei der Wassermühle hinter dem Butenwärder", sagte die dünne Kleinmagd, als sie das braune Schmalzgekochte auf den Tisch stellte.

„Aber lasst Euch nicht mit den Weibern dort ein", zeterte die Wirtin.

Schweigend machten sich die beiden auf den Weg ins Badehaus an der Stavenbrücke. Hannes schaute in jedes Fenster, jede Toreinfahrt, ob ein kleines Mädchen mit blonden Locken und braunen Augen zu sehen war, eines, das freudig auf ihn zurennen würde, wenn er „Mariechen" rief. Es gab viele blonde Mädchen, aber keine Marie.

Heyne verabschiedete sich innerlich von seinen Schillingen. Im Badehaus zahlte er wieder für seinen Herrn. Hannes ließ es zu, dass die Bademagd den Jungen als den Hauptkunden betrachtete. Heyne durfte wählen, ob sie einen Zuber für sich haben oder mit anderen teilen, ob sie sich nur kurz abschrubben oder länger bleiben wollten. Der Junge mochte es luxuriös für sein neu erworbenes Geld. Zu zweit stiegen sie in einen großen Zuber, in dessen warmem Wasser Rosenblätter trieben. Sie krochen unter das nasse, heiße Leinentuch, das auf der Wasseroberfläche schwamm, und ließen sich durchwärmen. Heyne rief nach Seife. Prompt kam Bedienung, aber nicht die resolute Meisterin des Badehauses, sondern ein junges Ding von etwa zwanzig, die kein Brusttuch trug, so dass sich Heynes Augen nach den Rundungen ihrer Brust unter der Bluse vergierten.

„Möchtet Ihr Wein?", bot sie mit einem Augenzwinkern an. Heyne wollte schon begeistert Ja sagen, aber Hannes fragte nach dem Preis. Dann entschieden sie sich für Bier.

„Warum ist der Wein so teuer?“, wunderte sich Heyne.

„Badehauszulage“, murmelte Hannes. Die Bademagd legte ein Brett zwischen die beiden und stellte zwei Humpen darauf.

„Darf ich Euch den Rücken schrubben?“, fragte sie Heyne.

„Wenn es nichts kostet!“

Sie kicherte schrill. „Wenn der Rücken so schön und jung ist, kostet es nichts.“

Sie rubbelte Heyne ab und ließ, wie beiläufig, ihre Brüste an seiner Wange entlanggleiten. Dem Jungen stieg eine tiefe Röte ins Gesicht, und Hannes versank schamhaft unter dem Badetuch.

„Vergnügt Ihr Euch?“ Die Bademutter steckte ihren Kopf durch den Vorhang, Heyne und die Bademagd kicherten. Nur Hannes erschrak, weil die Meisterin sich seine Kleidung geschnappt hatte. Er sprang aus dem Zuber und jagte splitternackt der Frau hinterher. Panisch entriss er ihr sein Oberkleid. „Wascht das bloß nicht!“

„Hatte ich auch nicht vor. Ich dachte eben schon, das duftet seltsam nach Gewürz“, entgegenete sie und hielt ihm das Wams hin. „Wollt Ihr Euch noch abtrocknen, bevor Ihr es anzieht?“

Hannes schaute an sich herunter. Beschämt nahm er der Bademutter ein Tuch ab. Hinter den Vorhängen zu Heynes Zuber kicherte und platschte es.

„Ich glaub, die lasse ich mal allein“, meinte Hannes.

„Das dankt Euch Euer junger Freund bestimmt!“

„Mehr als zwei Schilling hat der nicht“, log Hannes.

„Zwei Schillinge!“, rief die Badewirtin so laut, dass das Mädchen es hören musste. „Das reicht wohl für einiges!“

„Da fällt mir ein: Wo kann der Junge eine Passage nach Hamburg bekommen?“ Hannes schenkte der Badewirtin ein charmantes Lächeln.

„Am Baumhaus sammeln sich alle, die flussaufwärts wollen, morgens vor der Flut.“

„Sagt ihm, er soll morgen bei Sonnenaufgang dort sein“, schloss

Hannes das Gespräch ab und hoffte, dass Heyne noch genügend Münzen für die Reise haben würde.

Heyne hatte noch Geld. Und er strahlte, als er im frühen Morgenlicht am Schwingehafen ankam.

„Was macht dich so fröhlich, du sündiger Gesell?“, fragte Hannes.

„Och, alles“, sagte Heyne mit einer abfälligen Handbewegung.

„Die Gelüste des Gemächts sind bei weitem nicht alles“, belehrte ihn der Ältere.

„Ich hatte auch mehr Freuden in dieser Nacht als jene, die du vermutest, Meister.“

„Sag mir nicht, du habest dich verliebt!“

„Nein, aber jetzt weiß ich, was zu tun ist, wenn ich mich mal verliebe.“

„Na, wenn dich das so glücklich macht“, meinte Hannes lakonisch.

„Es gibt noch mehr Glück. Ich hab gute Nachrichten. Rieken, das ist das Bademädchen, hat es nämlich faustdick hinter den Ohren. Sie weiß, wie man Marie findet.“ Er grinste wie ein Honigkuchenpferd.

Hannes Herz hüpfte: „Sag schon!“

„Hier geht man mit dem gesamten Gesinde zum Gottesdienst, und zwar zusammen. Wer seine Mägde zu Hause schuften lässt, während er in der Kirche ist, gilt selbst als Schuft.“

„Wie in Hamburg auch!“

„Sie sagt, Ihr solltet die Kapellen und Kirchen am Sonntag absuchen. Kleinmägde gibt es natürlich viele, aber nur die Reichen nehmen Mädchen vom Land auf, denn für die muss man ja die Aussteuer zusammensuchen. Sie meint, am besten schaut Ihr mal bei den Goldschmieden oder Händlern nach. Die gehen zum Gebet nach St. Willehadi oder nach St. Cosmae et Damiani, aber kaum nach St. Johannes buten Stade. Ihr braucht nur möglichst viele Gottesdienste zu besuchen.“

„Die Idee ist gut“, musste Hannes zugeben.

„Und zu zweit sind wir noch schneller, sagt sie!“
„Aber du weißt doch gar nicht, wie Marie aussieht.“
„Stimmt auch wieder.“ Heyne malte mit der Spitze seines Stiefels Kreise in den Schlamm der Straße. Er wäre gerne bei seinem Meister geblieben, hätte gerne Rieken nochmals besucht.
„Ich brauch dich als Boten nach Hamburg, Heyne“, sagte Hannes streng. „Du musst von Susana Geld oder Gewürze holen. Wenn wir Marie hier nicht finden und nach Harburg weiterreisen müssen, reichen deine sieben Schillinge nicht mehr.“
„Sechs“, räumte Heyne betroffen ein. „Rieken muss doch die Hälfte der alten Vettel geben, und da hab ich einen in ihre Rocktasche gesteckt.“
„Einen Schilling? Davon kann sie einen Mond lang essen. Nun gut, wie dem auch sei. Susana wird dich schon ausstatten. Doch jetzt müssen wir uns beeilen. Bei auflaufendem Wasser legt eine Schnigge nach Hamburg ab.“ Er steckte ihm ein grobes Stück beschriebenen Pergaments als Anweisung an seine Großmagd in das Wams. Dann drängten sie sich durch die Händler und Träger hindurch, die neugierig von der Borchbrücke aus die Schiffe vor dem Baum zu erspähen versuchten, um herauszufinden, welche Waren zum Kran gebracht werden sollten. Zu Hannes’ Erleichterung war der Kleinschiffer ein Hamburger, der Heyne einen ehrlichen Preis machte. Auf seinen Schilling bekam er noch sechs Pfennige heraus. Von den restlichen fünf Silbermünzen steckte er eine in seinen Schuh und ließ die übrigen vier in Hannes’ Hand gleiten.
„Da, Herr. Bei Euch sind die Schillinge besser angelegt! So könnt Ihr das Mädchen suchen, ohne Not.“ Hannes schüttelte zuerst den Kopf, dann nahm er den Jungen dankbar in den Arm.
„Ich such Euch bei der Witwe an der Ecke, wo Ihr gesagt habt, man solle den Tag fangen“, meinte er und machte sich aus dem Griff des Kaufmanns los.
„Carpe diem!“, rief Hannes ihm nach, während Heyne in die Schnigge sprang. Als er sich umdrehte, stand er Nase an Nase vor

einem rotbärtigen Kerl, der ihm bekannt vorkam. Bevor Hannes ihn ansprechen konnte, rannte der Mann davon. Hannes schüttelte den Kopf, doch er kam nicht darauf, wo er den Rotbart schon einmal gesehen hatte.

Gegenüber des Eckhauses an der Flohgasse verkaufte ein Scholar seine Dienste als Schreibkraft und Bildermaler. Sein Gelehrtentalar war geflickt und fleckig, die Baccalaureusmütze hatte auch schon bessere Tage gesehen, leicht ergraute schwarze Locken lugten lasch darunter hervor. Auf seinem Bauchladen lagen Tinte und Federkiele, Pergament und Farben. Bescheiden wartete er auf Kunden, die er mit Beispielen seiner Kunst anlockte, welche er an seinem Bauchladen, an seinem Hut und Mantel festgesteckt hatte: schön verzierte Gebete, Ex voti, illuminierte Gedichte, Schreiben an die Obrigkeit, Auszüge aus den Schriften der Kirchenväter, Liebesgedichte, bebilderte Briefe. Zum Schreiben hockte er sich auf die Stufen des Bürgerhauses, vor dem er stand.

Am Abend zuvor hatte er mit Hannes ein gutes Geschäft abgeschlossen, als er ihm für einige Pfefferkörner Pergament verkaufte und seine Feder für den Brief an Susana lieh. Nun grüßte er Hannes wie einen König. Hannes erneuerte die Bekanntschaft und fragte, an welchen Universitäten er studiert habe. Der andere zuckte mit den Schultern: „Dort, wo ich zu Fuß hinkam: Paris und Bologna. In Paris studierte ich die artes liberales und in Bologna beiderlei Recht. Hab dort den Grad des Baccalaureus erworben. Gerne hätte ich mir noch Oxford angesehen, doch dann reichte das Geld der Eltern nicht mehr. Auch nicht mehr zum Erwerb des Magistergrades."

Hannes glaubte an eine Ausrede. Vermutlich war der dürre, langhaarige Kerl ein gescheiterter Priester, schließlich studierten doch nur Adlige, Söhne sehr reicher Bürger oder zukünftige Geistliche. Wahrscheinlich war er nicht mit dem Zölibat zurechtgekommen und vor seinen Oberen geflohen, um als bettelnder Studiosus umherzuziehen. Mitleid zwackte Hannes im Herzen.

„Es ist schwer heutzutage, gelehrt zu sein, wenn man nicht zum geistlichen Stand gehört."

Der andere wurde rot über die Ohren, verschämt schaute er zur Seite. Dann meinte er: „Es kommt halt nicht auf den Kopf an, sondern auf das Geld, das man zum Studieren hat! Mir fehlten die Mittel. Ich musste meinen Lebensunterhalt verdienen, da blieb keine Zeit für die Scholastik und die hohe Jurisprudenz."

„Ein Missstand, ein unglücklicher. Nicht das Geld macht die klugen Ideen. Es ist nicht im Sinne des Herrn, wenn das Studium bezahlt werden muss. Doch nun habt Ihr eine gute, gottgefällige Tätigkeit gefunden. Ihr schreibt für die, die dessen nicht mächtig sind, und verkauft Erbauliches zum Lesen für jene, welche die Buchstaben entziffern können. Ein löbliches Geschäft!"

„Das seinen Mann nur schwer ernährt."

„Ich könnt zu Eurem Lebensunterhalt noch ein wenig Würze beitragen, wenn Ihr mir aufschreiben würdet, wie die Messen in dieser Stadt verteilt sind. Von heute bis zum Sonntag. Ich dank es Euch mit einer halben Nuss Muskat. Aber erst nennt mir Euren Namen."

„Frederik Schauenburg, gern zu Euren Diensten. Ich hör die Glocken doch jeden Tag, jede Stunde."

Hannes zauberte eine halbe Muskatnuss aus seinem Wams und reichte sie dem Studiosus.

Der Schreiber griff nach der Ware, die er schnell in seinem Gewand verschwinden ließ. Gerade zog er ein schönes Pergament hervor, als sich eine schwere Hand auf Hannes' Schulter legte: „Ihr seid doch der Hamburger, der seine Waren verloren haben will, nicht wahr?"

Hinter ihm stand der einäugige Torwächter, der ihn am Vortag nur ungern in die Stadt gelassen hatte. „Und was war das dann eben?"

Hannes sah den bitteren Mann ernst an.

„Ich sagte, ich habe alles verloren bis auf die Gewürze in meinem Gewand."
„Mal wieder will ein Hamburger uns Stader zum Narren halten. Diesmal hat es aber nicht gefruchtet. Dich hab ich erwischt, ab mit dir zum Marktvogt, du Hundsfott!"
„Wie Ihr befehlt!"
Bevor der kräftige Wächter Hannes beim Schlafittchen packen konnte, machte er sich selbst auf den Weg zum Fischmarkt am Hafen.
Nur kurz blickte er zu dem Schreiber zurück. Der glotzte ihm nach, als sei die Wirklichkeit mit Macht in seine kleine Welt eingebrochen.

Hannes ließ sich dem Marktherrn vorführen und nannte Namen und Herkunft. Der Torwächter behauptete, er habe die Waren an ihm vorbei geschmuggelt, Hannes erzählte seine Version. Dann öffnete er eigenhändig den Saum seines Wamses und zog die übrig gebliebenen Päcken heraus: sechs Mal eine Halbunze Pfeffer, vier Muskatnüsse, ebenso viele Stangen Zimt, drei Knollen Ingwer.
„Seit wann bist du in der Stadt, Hannes Michaelis aus Hamburg?", fragte der Ratsherr mit grimmigem Blick.
„Seit gestern erst. Ich kam am Abend an. Ich war bei Timbeke in einen Hinterhalt geraten und suchte zunächst Unterkunft, Essen und ein Bad."
„Wie auch die Hamburger haben die Stader Stapelrecht. Du hättest das Zeug heute hier auf dem Markt anbieten müssen!"
„Er hat schon mit dem Schreiber von der Schmiedestraße Geschäfte gemacht", fuhr der Einäugige dazwischen. „Er wollte schmuggeln und die Preise verderben!"
„Ich habe für ein Schreiben eine halbe Muskatnuss gegeben", meinte Hannes ruhig.
Der Marktherr wiegte den Kopf hin und her: „Das ist wahrlich ein schlechtes Geschäft für dich, Hamburger. Mehr eine Mildtätigkeit.

Dennoch musst du deine Waren jetzt und hier auslegen. Und dein Versäumnis, dies nicht schon bei Marktbeginn getan zu haben, sollst du mir mit drei Schillingen büßen!“

Hannes sank das Herz, doch er wusste keinen Rat. Wenn er nicht aus der Stadt geworfen werden wollte, musste er sich fügen. Aber er fragte sich, wie er seine Unterkunft, die Suche nach Marie und die Rückreise nach Hamburg bezahlen sollte.

Der Pfeffer war doch der Köder für Hausfrauen und Mägde, die etwas über das entführte Mädchen ausplaudern sollten. Er hatte ihn verschenken wollen. Innerlich fluchte und betete er gleichzeitig.

Er legte drei Silbermünzen in die Hand des Vogtes.

„Ich habe mein Auge auf dich“, schnaubte der Wächter wütend und trabte davon. Liebend gerne hätte er den Hamburger vor das Tor gesetzt.

Hannes trollte sich über den Markt und suchte einen Platz, auf dem er seine Waren ausbreiten konnte. Neben dem Kran fand er ein herrenloses, leeres Fass, legte seinen Mantel darüber und drapierte traurig die letzten Gewürze. Er holte aus seiner Wamstasche den Beutel mit den kleinen Gewichten und die zerlegbare Waage, baute sie zusammen und wartete zwischen den Fischern, Bauern und Krämern auf Kunden. Es dauerte nicht lange, denn mit Palmsonntag stand auch die Osterzeit vor der Tür, und jedermann wollte die Festspeisen so gut würzen, wie er konnte. Doch während er in Hamburg bei den Reichen für seine erstklassige Ware auch Spitzenpreise erzielte, mäkelten die Stader an seinem Angebot herum. Hätte er sich selbst betrachten können, wie er dort stand, wäre ihm das erklärlich gewesen. Der Saum seines einstmals schönen Gewandes war aufgeschlitzt, seine Hose hatte Hakenrisse, die Stiefel waren seit Tagen nicht geputzt worden, sein Bart spross ungepflegt und zottelig und die Haare standen ihm zu Berge, weil er sie nach dem Bade nicht gekämmt hatte. So wurde er mit jedem schachernden Kunden ärgerlicher, und als eine zitterige, alte Großmagd sogar ein Körnchen

Pfeffer zwischen den Zähnen zum Probieren zerknacken wollte, entriss er ihr die kleine Kostbarkeit und fluchte: „Was fällt dir ein, das mit deinen dreckigen Fingern zu verderben, Alte!"
Im nächsten Moment bereute er es, schließlich konnte sogar diese Frau etwas über Marie wissen. Er schloss die Augen zu einem stummen Gebet, lächelte die Alte dann an und gab ihr das Körnchen zum Kosten wieder. „Verzeiht meine Grobheit, aber ich bin in großer Not."
Die Alte war von dem plötzlichen Mienenwechsel so überrascht, dass sie fast den Pfeffer verschluckte.
„Wisst Ihr, ob in der Stadt ein stummes, blondes, wuschelhaariges Mädchen irgendwo als Kleinmagd dient?", wagte Hannes einen Vorstoß.
„Nein, mein Herr, aber ich kann mich nach so einem Kind umhören. Wie alt ist sie denn?", wollte die Frau neugierig wissen.
„So um die acht Jahre. Bitte erkundigt Euch und fragt auch alle Nachbarinnen. Es ist mein Schwesterkind, das unter die Räder zu kommen droht. Sie ist noch ganz klein, und ich war auf fernen Reisen, als sie fortgegeben wurde, weil meine arme Schwester sie nicht mehr versorgen konnte. Nun will ich sie wiederfinden und für meine Schwester Reymburg aufziehen."
Die Magd schaute ihn mit großen Augen an. Die rührselige Geschichte ging ihr ans Herz, und sie nahm von dem Pfeffer ein Lot zu Hannes' Preis, ohne zu handeln. Auch Zimt und Ingwer kaufte sie ihm ab. „Ihr findet mich an der Ecke Schmiedestraße und Flohgasse. Hannes Michaelis ist mein Name. Und sie heißt Marie", rief er ihr nach.
Ein reich geschmückter Geistlicher in dunklem Gewand hatte neben ihnen gestanden, ohne dass Hannes ihn bemerkte: „Ihr sucht ein Mägdelein?"
Hannes dachte nicht lange nach. Die alte Großmagd würde die Geschichte allemal herumerzählen.

„Ja, ich folge ihr von Hamburg aus. Sie sollte ins Kloster Lilienthal gegeben werden, aber das Unglück wollte es, dass sie Räubern in die Hände fiel, die sie hierher verkauften."

Der hohe Prälat zog die Augenbrauen hoch und lächelte. „Und sie ist blond und stumm?"

„Blond, sehr lockiges Haar, braunäugig. Und sie spricht nicht ein Wort", bestätigte Hannes und hielt plötzlich inne, denn ihm kamen Bedenken. Wem erzählte er das gerade? Sogar dieser Kirchenmann könnte Maries neuer Meister sein, vielleicht sogar ein dunkler, gefährlicher Meister, wenn Hannes der Celleraria von Lilienthal glauben durfte. Er hätte sich an Frauen halten sollen. Wie dumm ihn die Not machte!

Der Geistliche lächelte.

„Mein Name ist de Beverstede. Ihr braucht keine Angst zu haben. Ich bin auch fremd in der Stadt. Hier habe ich keinen Haushalt und schon gar keine kleinen Mägde. Wie Ihr stamme auch ich aus Hamburg und werde Euch gerne helfen, schließlich ist es ein Hamburger Kind. Ich will mich nach ihr umsehen und Euch so unterstützen. Wenn Ihr meine Hilfe braucht, findet Ihr mich im Gasthaus des Klosters St. Johannis."

Er kaufte zwei Muskatnüsse zu gutem Preis und machte das Segenszeichen über Hannes' Haupt.

Irgendwie glaubte er diesem Mann. Ein hoher Geistlicher, der bei den Franziskanern Unterschlupf suchte, konnte keiner der machtbesessenen Prälaten sein, die Hamburg so unter Druck setzten. Hannes' Mut stieg wieder. Hier war ein Weg, das Unglück des Abverkaufs seiner Waren zu nutzen.

Keinem Mann und keiner reichen Hausfrau erzählte er mehr von seinen Sorgen, aber jeder Magd, die an Mariechens Schicksal Interesse zeigte, verkaufte er zu billigsten Preisen von seinem guten Pfeffer. Als der Markt geschlossen war, verfügte er wieder über drei Schillinge. Er besaß nur noch ein Lot Gewürz, aber er hatte das

Gefühl, die halbe Stadt suchte nach dem stummen Kind.
Er fühlte sich dennoch müde und abgeschlagen und machte sich auf den Weg zur Flohgasse. Der Schreiber kam ihm entgegengeflogen, mit wehendem Talar und schaukelndem Bauchladen. Er streckte ihm eine saubere Tabelle mit den Messzeiten von St. Willehadi, St. Cosmae et Damiani, St. Pancratius, St. Nicolai buten und binnen Staden und St. Gertrudis entgegen: „Mein lieber Herr, wie wunderbar, Euch wohlbehalten wiederzusehen! Ich hoffe, Euch ist kein Ungemach widerfahren!"
„Nein, ich musste nur dem Stapelrecht genüge tun."
„Und konntet Ihr Euren guten Pfeffer gut verkaufen?"
„Ich habe gut verkauft, aber zu schlechten Preisen! Achtet darauf, dass Ihr für den, den ich Euch gab, mehr als drei Schillinge bekommt."
„Ach je, den hab ich schon verkauft. Und sogar mehr bekommen! Ihr habt mir nämlich Glück gebracht. Kaum wurdet Ihr abgeführt, kam ein Mann, der fragte, ob Ihr mit Gewürzen bezahlt habt. Ich zeigte ihm den Pfeffer, und er gab mir ganze zehn Schillinge dafür. Und dann wollte er auch solch eine Tabelle, wie Ihr sie erbeten habt, und ich habe dafür auch noch einen Schilling bekommen. Ich wusste gar nicht, dass ihr Hamburger so fromm seid!"
Hannes runzelte die Stirn: „Hamburger?"
„Ja, er sprach mit dem gleichen Akzent wie Ihr, und weil er wusste, dass Ihr Gewürzhändler seid, dachte ich, er kenne Euch aus Hamburg und wolle Euch in Frömmigkeit nacheifern."
„Wohl kaum, denn ich bin nicht als sonderlich fromm bekannt. Und ich brauche die Tabelle für einen anderen Zweck!"
Wieder erzählte er die Geschichte von Marie, wieder fand er jemanden, der nach ihr Ausschau halten wollte. Und der Schreiber wollte ihn ebenso benachrichtigen, wenn der seltsame Hamburger erneut auftrat. „Wenn Ihr noch einmal Schreibzeug braucht oder ein gut geschriebenes Gebet, dann kommt zu mir, zu Frederik, dem Schreiber", sagte er zum Abschied.

Verwirrt und erschöpft stieg Hannes in das Dachgeschoss seiner Unterkunft und schlief unruhig einige Stunden im Stroh.

*

Reymburg ging an der alten Mühle an Land. Sie gab dem Bootsführer zwei Pfennige, Geld, das sie aus der Kasse der Klosterküche genommen hatte, ohne zu wissen, wie sie es jemals zurückzahlen sollte. Und das Goldstück des Domherrn hatte sie auch noch eingesteckt. So sündhaft hatte sie sich noch nie verhalten. Dieses ganze Unternehmen war ein teuflisches Glücksspiel, aber nun gab es kein Zurück. Sie schwankte ein wenig, als sie die neue Bäckerstraße entlangging. Die Stadt schien ihr leerer, grauer als zuvor. Verschlossene Häuser und liegengebliebene Unratshaufen kündeten noch von der Pest. Der Weg führte über die Schreiberbrücke zu den Brotschrangen, hinunter bis zum Zollhaus, wo Mettekes Schwester auf sie wartete.
„Na endlich, du seltsame Metteke!", rief Janne mit einem Grinsen. Sie hatte das karierte Schultertuch ihrer Schwester erkannt und gab Reymburg einen dicken Kuss auf die Wange. „Dann wollen wir mal Gänse verkaufen gehen."
Sie trieb vier der fetten Viecher vor sich her durch den Grimm auf den locker bebauten Cremon bis zum Haus von Reymburgs Vater. Da ragte ihr Geburtshaus empor: Drei Erker hoch streckte es sich in den Himmel, umgeben von einem großen gepflegten Garten, gebaut aus Backstein und Holz, mit schönen Fensterläden und feinen Glasscheiben zur Straßenfront. Reymburg schluckte. Mehr als acht Jahre war sie nicht hier gewesen, und jetzt kam sie durch den Seiteneingang, denn Janne hatte die Gänse durch den Garten getrieben und an der Nebentür geklopft. Tybbe machte auf und winkte sie hinein.
Sie standen im Hof zwischen Ställen und Haupthaus: „Ich bring Euch die schönsten Viecher, Frau Tybbe", pries Janne die Tiere

an und fügte ohne Wimpernzucken hinzu: „Ach ja, das ist meine Schwester Metteke, die ist zu Besuch."
Reymburg blickte zu Boden, doch bei dem Anblick der alten Amme war ihr das Herz in den Hals gehüpft.
„Nun, ich wollte eine besonders fette Gans", meinte Tybbe hausherrinnenhaft, ohne Reymburg eines Blickes zu würdigen. Janne griff die dickste der Gänse beim Hals: „Was haltet Ihr von der hier?"
Tybbe packte das Tier geschickt mit ihren harten Mägdehänden, drehte die zeternde Gans hin und her und nickte dann: „Gemacht."
„Die kostet vier Schilling." Janne nannte einen ungehörigen Preis, doch Tybbe ließ das Tier nicht einmal fallen.
„Zwei", sagte sie. Ein guter Preis für eine fette Gans.
„Drei und sechs Pfennige."
„Drei."
„Drei, gemacht."
Tybbe überzahlte die Gans bei weitem. Reymburg runzelte die Stirn. Warum tat sie das? Spielte Geld keine Rolle mehr? Die beiden Frauen schlugen ein, und Tybbe scheuchte den zukünftigen Braten in die Geflügelställe auf dem Hof.
Reymburg war vor Erstaunen wie erstarrt. Alles war anders in ihrem Vaterhaus. Die Ställe barsten vor Geflügel, und aus der Küche stiegen verführerische Düfte, obwohl Fastenzeit war. In den Kübeln vor den Fenstern und in den Beeten streckten Frühlingsgemüse und Heilpflanzen ihre ersten Triebe dem Sonnenlicht entgegen, ein fettes Schwein grunzte im Koben und außer der Gans fand sich so einiges, das in zehn Tagen zum Osterbraten werden könnte: Stallhasen, Ferkel, ein Lamm. Doch die Fensterläden der Wohnräume der Ryben waren geschlossen, das Kontor verlassen. Kein Stimmengewirr, kein Handelslärm, keine Kinderstimme erhellte den Hof. Maries großes Schaukelpferd lehnte unbenutzt an der Hauswand. Und die Magd überzahlte die teuerste Herrenspeise als Alltagsfraß.

Reymburg stupste Janne an und flüsterte in ihr Ohr: „Sag, du willst das Geschäft in der Küche abschließen.“
Janne grinste Tybbe breit an: „Ob Ihr mir das Geld wohl in der Küche geben würdet? Hier zählt es sich so schlecht.“
Tybbe willigte sofort ein, und so kam Reymburg nach langen Jahren wieder in ihr Geburtshaus. Still und schüchtern folgte sie den beiden Mägden, unscheinbare Dreingabe zur resoluten Janne.
Auf dem Feuer brodelte eine starke Fleischbrühe und verbreitete Gewürzdüfte, die an einen Königshof gehört hätten, aber bestimmt nicht in die Zeit des Verzichts vor Ostern. Am Küchentisch saß ein gedrungener, kleiner Mann, dessen Arme mit Muskeln bepackt waren. „Ich hab die Gans gekauft. Schön fett, die leg ich in Wein ein“, meinte Tybbe zu ihm, während sie für ihre Geschäftspartnerin ein Bier eingoss.
„Gutes Weib“, murmelte er und stopfte sich Brot mit Brühe in den Mund. Das Brot war so weiß, so rein, so teuer, dass es im Kloster nicht einmal zu Weihnachten serviert worden wäre.
„Gib mal Geld“, forderte Tybbe den Mann auf. Sie reichte Janne einen Becher mit Hausbier. Er griff in sein Wams und zog ein Lederbeutelchen hervor, das gut gefüllt war. Reymburg zitterte innerlich. Wie kam ein grober Geselle an so viel Geld?
Tybbe kramte in den Münzen herum. „Hast keine Schillinge mehr?“ Er schmatzte und schüttelte den Kopf. Mühsam zählte Tybbe das Geld in Jannes Hand, Witten für Witten, Pfennig für Pfennig. Der Beutel war fast leer, als sie ihn zurückgab.
„Ich muss mal Nachschub holen, was?“, meinte der Mann.
Reymburg spitzte die Ohren, doch Tybbe drängte die beiden Frauen unhöflich in den Hof, öffnete die Tür zur Straße und ließ sie hinaus. Geschwind lief Reymburg zu einem der winzigen Küchenfenster, die zur Straße zeigten.
„Wieviel Geld brauchen wir?“, fragte Tybbes Freund.
„Am besten viel, so vor Ostern, ich weiß nicht recht!“

„Ich kann bestimmt erstmal so zehn Mark mitbringen."
Sie redeten über Geld wie andere über Stroh.
„Das wird wohl reichen!"
Reymburgs Herz flatterte. Die beiden sprachen über das Erbe der Ryben, als wäre es ihre eigene Krämerware. Irgendwo hatte der Bursche Diederiks Geld versteckt. Noch heute würde er etwas holen gehen. Sie musste ihm auflauern. Schnell verabschiedete sie sich von Janne. „Ich muss hier etwas herausfinden. Danke für die Einführung!"
Sie öffnete leise die unverriegelte Hoftür und kroch in eine Nische zwischen Tormauer und Pferdestall, einem Versteck ihrer Kindheit. Hier konnte man sie von der Küche aus nicht sehen, aber sie hatte den Hof und auch den Vorderausgang im Blick.
Einen Glockenschlag später machte der Mann sich mit gebeugtem Haupt über dem Stiernacken auf den Weg. Es gruselte Reymburg, als Tybbe ihm nachlief und zum Abschied einen Kuss gab: „Ach, mein Berend!" Dieser Teufel hatte ihre alte Magd ins Verbrechen geführt, und sie liebte ihn noch dafür.

Reymburg schlich ihm nach, den Cremon hinunter nach St. Katrein, durch die Gröningerstraße und die Twedorpstwiete zur Fleischerstraße, wo er etliche Männer mit Handschlag begrüßte. An den Fleischschrangen unterhielt er sich freundlich mit den Meistern. Immer wieder sah sie ihn einschlagen, Schulterklopfen. Dann schlenderte er zum Brunnen am Berg und wusch sich ordentlich Hände und Gesicht. Lässig ging er durch die Hundestraße, über die Schreiberbrücke und durch den Ness bis zum Rathaus, wo er zu ihrem Erstaunen in den Ratsweinkeller hinabstieg. Wieso, in aller Heiligen Namen, war ein grober Kerl wie dieser Berend in der Futterkrippe der Stadtherren willkommen? Reymburg begutachtete geistesabwesend einige dünne, frühe Lauchstangen auf dem Markt, ohne den Gasthauseingang aus den Augen zu verlieren. Nach einiger Zeit kam Tybbes Freund wieder heraus und wanderte durch die neue Bäckerstraße zum Gasthaus des Grünen Wirts gegenüber St. Johannis. Reymburg erinnerte sich, dass dieses Haus sogar Hannes zu teuer war, doch der Kerl blieb zumindest so lange, wie es ein Glas Wein erforderte. Dann schlurfte er durch die Weberstraße und verschwand im Bierkeller Zur Mühle. Reymburg spürte, dass sie hungrig war und ihr vor Aufregung schwindelig wurde, doch sie würde warten, weil sie der Wahrheit näher kommen musste.

CAPUT X
Vom Irrwege

Es fanden mich die Wächter, die in der Stadt umhergehen … (Hohelied Salomos III, 3)

Zur Abendmesse machte sich Hannes auf nach St. Willehadi. Außer Erwachsenen waren hier nur zwei kleine Jungen zu sehen, die ihre Mutter zum Gebet begleiten mussten und quengelten. Hannes überlegte, ob er noch zur Nachtmesse nach St. Pancratius gehen sollte. Eigentlich mussten Kinder zu dieser Zeit im Bett sein. Es war sinnlos, nach Marie Ausschau zu halten. Andererseits arbeiteten Kleinmägde den ganzen hellen Tag. Vielleicht würden sie erst spät am Abend mit der Altmagd in die Kirche geschickt. Er stieg müde den Berg hinauf in die ehemalige Hauskapelle der Grafen von Stade. Als die Burg abgetragen und der Spiegelberg Teil der von Bürgern regierten Stadt wurde, blieb nur die Kapelle stehen. Der Weihrauch schwängerte schnell den kleinen Raum, der von alten und jungen Gläubigen gefüllt war, die zu vorgerückter Stunde ihre Seele reinigen wollten. Diesmal waren keine Kinder dabei. Doch Hannes glaubte, ein Gesicht unter den Betenden zu kennen, den Rotbart. Nach der Wandlung ging der Mann nach vorne, um den Leib Christi zu empfangen, und Hannes folgte ihm. Der Weihrauch benebelte seinen Kopf. Er nahm die Oblate in den Mund und wollte dem anderen hinterher, doch der war verschwunden. Hannes drängte sich an der Gemeinde vorbei aus dem Portal. Der Mann war fort, aber Hannes war sich nun sicher, dass es sich um jenen handelte, der hinter ihm am Hafen gelauscht hatte. Ein großer Mann mit kurzem, ungepflegtem, rotem Bartwuchs. Jemand, der seit zwei oder drei Wochen nicht mehr beim Barbier gewesen war. Hannes setzte sich auf eine Bank auf dem St. Pancratius-Kirchhof. Am Morgen hatte er den Mann fast erkannt. Es waren die Augen, die ihm vertraut erschienen. War es Einbildung oder wurde er verfolgt? War dies der angebliche Hamburger, der vom Schreiber auch eine Messentabelle gekauft hatte? Es gab nur einen Weg, dies festzustellen. Er musste auch noch zu den Matutingesängen der Prämonstratenser von St. Georg gehen.

Die Mönche auf dem Jürgensberg lebten seit mehr als hundert Jahren in dem Stadtkloster, das noch von Markgraf Rudolf und seiner Mutter Ricarda gegründet worden war. Ihre Kapelle mit dem stumpfen Turm in Dachhöhe war dem Heiligen Geist geweiht. Sie lag an einem großen Platz, den Hannes todmüde überquerte. Er stolperte fast über seine eigenen Füße. Hier waren außer den Mönchen nur drei Gläubige in der Kirche. Es wurde an Weihrauch gespart, dafür war der Gesang sehr angenehm und half Hannes, nicht einzuschlafen. Als er eine halbe Stunde später aus der Kirche wankte, spürte er, dass er außer der Oblate bei der Eucharistie in St. Pancratius nichts zu sich genommen hatte. Ihm war elend und schwindelig. Er schwankte die Horgenstraße hinunter. Gerade als er in die Schmiedestraße einbiegen wollte, wurde er von hinten gepackt. Er drehte sich um, angriffslustig wie eine Katze, und wollte zu einem rechten Schwinger ausholen, als er den Einäugigen erkannte.

„Na, wen haben wir denn da? Den Hamburger, besoffen und gewalttätig. Den nehmen wir mal mit!“

Hannes hob die Hände beschwichtigend in die Höhe: „Halt, halt. Ich komm von der Matutin in St. Georg und wollte zu meinem angemieteten Schlafplatz an der Flohgasse, bei der Witwe mit dem Bierausschank!“

„Das erzähl mal den Gerichtsherren morgen“, sagte der Einäugige grinsend und zerrte Hannes die Schmiedestraße entlang zum Hagedorn. Hannes war so schwach und willenlos, dass er sich nicht wehrte. Das hätte ihm allemal nur Schläge und Schikanen eingebracht. Er torkelte hinter der Wache her, am St. Johannis-Kloster vorbei, durch die Hökerstraße zur Büttelei hinter der Bäckerstraße.

„Hier haben wir einen Hamburger, der sich auf der Straße rumtreibt. Kannst du mit dem was anfangen?“, brachte der Einäugige vor, als der Büttel sein müdes Gesicht aus der Tür steckte.

„Ein Hamburger Saufbruder? Für den hab ich immer Platz“, raunzte der Büttel. Hannes ließ sich ohne Widerstand einsperren. Er freute sich sogar, nicht in ein Loch unter der Erde geschubst zu werden, sondern in einem Verschlag zu landen, und sank auf einer fauligen Lage Stroh zu Boden. Er verfluchte die Idee seiner Hamburger Vorväter, sich durch eine gefälschte Urkunde vom Zoll in Stade befreien zu lassen, und den Schachzug seiner eigenen Generation, die Bestätigung dieses Unrechts von den Stadern zu erzwingen. Das war keine zwölf Jahre her, und es ging die Bürger der Schwingestadt hart an. Denn ihre Hafeneinfahrt wurde langsam durch die Elbe zugespült, und nur das große Elbstapelprivileg und der Zoll hätten sie vor der Mittelmäßigkeit retten können. Während die Stader nun gegen die Versandung kämpften, bauten die Hamburger ihre Vorherrschaft auf dem großen Strom aus. Als sie den Turm auf Neuwerk errichteten, hatten sich die Stader zu einem Viertel beteiligt, aber wenig profitiert. Klar, dass sie ihren Unmut an den Hamburger Kaufherren ausließen. Doch warum traf es gerade ihn, der nicht zum Geschäftemachen gekommen war? Wie gerne hätte er bei seiner Wirtin ein auch noch so dünnes Stader Bier getrunken und wäre unter ihrem Dachstuhl in einen gesegneten Schlaf gesunken. Der Gedanke an ihr weiches Stroh war das letzte, was ihm vor dem Einschlafen durch den Kopf ging.

Am Morgen wurde er dem Bürgermeister de Stadis vorgeführt und musste sich erklären. Hannes reklamierte Hamburger Recht und wurde unterrichtet, dass dies auch in Stade gelte.

„Eure Rechtssetzungen sind weise und praktikabel, Herr Michaelis, doch der Benimm der Hamburger und ihrer Ratsleute lässt zu wünschen übrig“, sagte der Bürgermeister.

„In der Tat haben die Stader wenig von der Kooperation beim Ausbau der neuen Insel Nige O zu Neuwerk gehabt, und in der Tat ist es ein Unrecht, dass Hamburger, die auf der Süderelbseite reisen, keinen Zoll zahlen. Doch erinnert Euch an die gemeinsame Piratenjagd von 1309. In solchem Geist sollten die Hansestädte zusammenstehen!" Hannes lobte sich dafür, dass er stets den Geschichten von alten Seemännern gelauscht hatte.
De Stadis runzelte die Stirn. Ob ein Appell an Hansesolidarität hier nicht wirkte? Hannes dachte, dass die Stader nicht lange der Hanse angehören würden, wenn sie den Gemeinschaftsgedanken nicht in sich trügen. Aber sie tauchten auf Hansetagen selten auf und hielten sich lieber an den Erzbischof von Bremen. Jeder Stadt ihr Süppchen und nur in der Gefahr das Fleisch für die Hanse, so hielten es fast alle Städte. Und sein Süppchen war kein Stader Süppchen. Er betete, dass dies hier ein gutes Ende nähme.
„Was habt Ihr zu nachtschlafender Zeit auf der Straße getrieben?", fragte Hinrich de Stadis.
„Ich war Zuhörer bei den Matutingesängen in St. Georg. Mein Herz ist unruhig, weil ich meinen Lehrjungen um Geld nach Hamburg geschickt habe. Da suchte ich geistlichen Trost. Doch Euer einäugiger Zerberus hat mich für betrunken gehalten!"
De Stadis musste lächeln. „Ja, der scheele Jehann ist einer unserer besten Leute! Er sagt, Ihr seid wirklich betrunken gewesen."
„Ich hatte gefastet und war hundemüde. Ihr werdet niemanden finden, der aussagt, ich habe gegrölt, gepocht, gekräht oder Lieder gesungen!"
In diesem Moment klappte eine Tür, und ein junger Ratsherr trat ein, geschmückt mit einer breiten Ratskette.
„Aber Ihr seid kein unbeschriebenes Blatt, Hannes Michaelis!", griff der Neuankömmling ihn an.
„Andreas Buck, unser Kämmerer. Er soll heute mein Beisitzer sein, kommt aber, wie oft, zu spät", stellte der Bürgermeister ihn missgelaunt vor. „Buck, sprecht grad heraus, was Ihr meint."

„Ich habe den Morgen damit verbracht, mich über diesen Delinquenten zu erkundigen. Michaelis wurde vom scheelen Jehann gestern erwischt, als er das Stapelgebot brach. Der Marktherr hat ihn zu drei Schilling Strafe verurteilt, und er hat es einfach so hingenommen!"

„Und ich habe meine Waren auf dem Markt ehrlich angeboten." Hannes wurde langsam wütend.

„Ich ließ mir aber sagen, dass Eure Preise verdächtig niedrig waren. Wer weiß, woraus dieser Pfeffer gemacht war?"

Hannes schluckte. Er konnte sich nicht nachsagen lassen, dass seine Ware schlecht war. Er wandte sich von Buck fort. „Bürgermeister de Stadis, ich habe das Stapelgebot nur um einige Stunden verpasst, weil ich erst meinen Jungen nach Hamburg geschickt hatte. Dann habe ich meinen guten Pfeffer ehrlich angeboten."

„Vorher habt Ihr einen wandernden Studiosus mit Pfeffer überbezahlt, weil Ihr Schreibzeug brauchtet. Warum habt Ihr das gemacht, wo doch unser Pergamentmacher an der Hundestraße ein wohlfeileres Angebot bereitgehalten hätte? Benehmt Ihr Euch in jeder Stadt so daneben, Michaelis? Dann wundert es mich nicht, dass Ihr Euren Pfeffer aus Vogelkot drehen müsst."

Hannes kam die Galle hoch. Er überlegte, woher Buck von seinem Handel mit dem mittellosen Gelehrten wusste, und hoffte, dass dieser angriffslustige Ratsherr dem armen Schreiber nicht an den Kragen gegangen war. Er schloss kurz die Augen und sammelte sich.

„Herr Bürgermeister, verehrter Kämmerer. Mir waren die Preise in Stade unbekannt, und ich wusste nicht, dass diese Stadt über einen ehrenwerten Pergamentarius verfügt. Ich habe den Mann für seine christliche Freundlichkeit entlohnt, denn er lieh mir auch sein edles Schreibwerkzeug, so dass ich meine Angehörigen in Hamburg benachrichtigen konnte. Was meinen Pfeffer angeht, er kommt aus Venezia."

„Warum seid Ihr eigentlich nicht selbst gereist, statt Euren Jungen zu schicken? Trautet Ihr ihm den Handel mit dem seltsamen Pfeffer nicht zu?“, setzte Buck nach.
Hannes stierte ihn an. Diese Frage hatte mit der nächtlichen Ruhestörung nichts zu tun und auch nichts mit dem Marktvergehen, das er ihm vorher unterstellt hatte. Langsam hatte er dieses Verhör satt. Er zog das letzte Päckchen Pfeffer aus der Tasche, öffnete es vorsichtig und hielt es dem Bürgermeister hin.
„Das ist der Rest meiner Ware. Bitte bedient Euch! Probiert! Es ist bester Pfeffer, vor einem halben Jahr war er noch in Venedig frisch auf dem Markt. Ich habe ihn selbst geholt und bürge für seine Qualität.“
De Stadis nahm vorsichtig ein Korn, zerknackte das scharfe Gold mit den Vorderzähnen, ließ die Reste über die Zunge rollen. „Hmm!“, machte er genießerisch.
Hannes bot Andreas Buck ebenfalls Pfeffer an. Der griff zu, doch just in dem Moment, als seine Finger im Beutelchen waren, hustete er und riss dabei Hannes den Beutel aus der Hand. Der Pfeffer flog im hohen Bogen durch den Ratssaal.
„Das tut mir aber leid“, sagte Buck mit konsterniertem Gesichtsausdruck. „Jetzt muss jemand den Pfeffer auflesen. Ob er das wohl wert ist?“

*

Reymburg war erschöpft. So weit war sie seit langem nicht mehr gelaufen. So lange hatte sie nie ohne Essen und Trinken aushalten müssen. Aber sie hatte nichts herausgefunden. Wie sollte der Mann für Tybbe Schillinge holen? Der Mörder und Dieb, den sie verfolgte, hätte in jedem der Gasthäuser sein Geld hinterlegen können. Und wer war er überhaupt? Bestimmt kein Fremder, denn er kannte zu viele Männer in der Stadt. Aus der Mühle kam er zu Reymburgs

Erleichterung schneller wieder heraus als aus den Gasthäusern vorher.
Jetzt schritt er eilends aus. Bestimmt hatte er das Geld beim Mühlenwirt geholt, wo auch gewürfelt wurde, um es schnell zu Tybbe zu schaffen, dachte Reymburg. Doch der Mann bog in die Knochenhauergasse ein. Als er auf den Hof neben einem niedrigen, reetgedeckten Haus schleichen wollte, wurde er mit Gebrüll empfangen: „Berend, du fauler Strick, das kostet dich drei Pfennige für einen blauen Montag! Und wenn du jemals auf die Idee kommen solltest, dein Meisteramt zu heischen, dann nur nach Besserung, hörst du? Besserung!“
Reymburg setzte ihren Fuß in die blutverschmierte Gasse. Braun sammelten sich die Reste von Gekröse in der Mitte. Es stank nach Mist und Verwesung. Erst der nächste Regen würde den Wohnort der Schlachter wieder rein waschen. Der Kerl war offensichtlich ein Knochenhauer, und obendrein nur ein Geselle, der beim Meister wohnte. Reymburg würde ihm bis zum Arbeitsende auflauern müssen, wenn sie mehr erfahren wollte. Doch wie sollte sie ihn in der engen Gasse beobachten, Stunde um Stunde, ohne aufzufallen? Sie begutachtete ein abhängendes Schwein vor einem der Häuser, ging weiter, langsam, um noch lange den Blick auf des Meisters Haus zu haben. Dann hatte sie Glück. Zwei arme, abgerissene Kinder trieben fünf Schweine in die Gasse. Eine Sau wollte quiekend entfliehen, als sie den Blutgestank wahrnahm, doch Reymburg erwischte sie mit schnellem Griff am Ohr. „Lasst mich Euch helfen.“
„Wenn es nichts kostet …“
„Betet vorm Schlafengehen für mich.“ Kinder, in Maries Alter. Wie sehr sie sie vermisste.
Die Kinder wollten in der Tat zum Meister von Berend, sie sagten, er zahle gut. Reymburg dankte Gott für diese Hilfestellung.
Kurze Zeit später verfluchte sie ihren frühzeitigen Dank, denn sie musste beim Schlachten mit anpacken, wie auch die Kinder.

Reymburg, die sich mit Spezereien und Leckereien auskannte, hatte nie gesehen, wie ein Tier starb. Die Schweine schrien vor Todesangst, wenn der Meister sie packte und ihre Vorderbeine einknickte, so dass sie hilflos knieten, bis Berend ihnen mit dem Hammer eins auf den Kopf gab. Ihr Röcheln war lauter als jeder Chorgesang, sie zuckten und zappelten und besudelten sich im Ableben. Reymburg wollte den Blick abwenden, aber die Kinder riefen: „Komm, hilf mit!“ Sie spülten die toten Tiere sauber.

Das hier war ein anderes Geschäft, als Lendenstückchen für Äbtissinnengaumen zuzuschneiden.

Berend band den toten Schweinen Seile um die Hinterpfoten. Über eine Rolle und einen Haken zog der Meister das erste Schwein am Hinterbein hinauf und stach ihm in den Hals, so dass ein roter Strom sich aus dem Tier ergoss. Das Blut wurde sorgsam in einem Bottich aufgefangen. „Da, fass an“, sagte die Meistersfrau zu Reymburg, als würde sie alle Tage hier arbeiten, und zog sie zum Blutwurstmachen heran. Die Meisterin maß das warme Blut ab. Reymburg sollte ebenso viel Milch zum Köcheln bringen. Unter stetigem Rühren goß die Meisterin langsam den Lebenssaft der Schweine dazu. Dann musste Reymburg ein Zehntel so viel Schmalz aufheizen und einen Riesenhaufen Zwiebeln sieden. Weiter rührte die Meisterin den Brei, dem Reimburg die braunen Zwiebeln, das Fett und einige Hand voll Majoran, Zimt, Salz und Pfeffer beifügte. Ob die wohl von Hannes stammten, dachte sie.

„Vor Ostern ist immer viel Arbeit hier“, sagte die Meisterin, als die Kinder Därme heranschleppten. Reymburg versuchte ein Lächeln.

„Bist du vom Land?“, fragte sie dann.

Reymburg nickte.

„Aus welcher Gegend denn?“

„Von Harvestehude!“

„Arme Sau. Ihr Klosterbauern werdet mehr gepresst als alle anderen.“

Reymburg nickte: „Aber für unsere Seele ist gesorgt, anders als bei euch armen, vom Papst verfluchten Stadtbürgern!“

„Jesus, mein Herr, da hast du Recht. Kluges Frauchen. Wie heißt du eigentlich?“

„Reymeke“, sagte Reymburg zögerlich. Sie biss sich auf die Zunge, weil sie besser bei Metteke geblieben wäre.

Reymburg und die Schlachterin machten sich ans Wurstfüllen. Reymburg war froh, Berends Stimme auf dem Hof zu hören, so war sie sich seiner sicher. Die Augen hielt sie bei der Arbeit, denn sie wollte auf keinen Fall hinausgeworfen werden.

„Du machst dich gut. Willst du dich nicht bei uns verdingen? Wir brauchen fleißige Leute. Die sind rar seit der Pest“, bot die Meisterin ihr an.

„Soll ich allein fortlaufen vom Land?“

„Du kämst bei uns gleich in Anstellung. Hier findet dich keiner. Und in fünf Jahren bist du frei.“

„Und der Klosterstadtvermögensverwalter? Biscop?“ Reymburg machte große Augen.

„Der ist ein eitles, blindes Huhn. Der findet keinen.“

„Und dann? Was wäre mein Schicksal? Zuhause hab ich Vater, Bruder und Großvater. Hier gäb es keinen, der mich beschützt.“

„Du bist tüchtig. Wenn du gut arbeitest, findest du schnell einen Burschen.“

Reymburg hatte sie bei dem Thema, das ihr wichtig war: „Was ist mit Eurem Gesellen?“

„Ein guter Mann war das, der Berend. Aber seit einiger Zeit hat er ein Liebchen. Die ist nicht gut für ihn. Zu alt. Zu verwöhnt.“

„Und jetzt ist er kein guter Mann mehr?“

„Ach, es ist eine Plage. Er war der beste Schlachtergesell weit und breit. Doch jetzt bleibt er Nacht um Nacht aus, macht blau und zahlt die Strafe, ohne mit der Wimper zu zucken. Als hätt er Schillinge scheffelweise.“

„Wo hat er das Geld denn her?“

„Weiß der Teufel. Verzeih meine Worte. Ich glaub, die Alte gibt es ihm. Das Nachsehen haben wir. Grad deshalb könnte ich eine gute Magd brauchen.“

Sie legten die Würste in heißes Wasser. Vorsichtig bewegten die Frauen die wertvolle Fleischware in dem Kessel.

„Ich überleg´s mir“, sagte Reymburg.

Die Sonne war gesunken und die Arbeit fertig. Die Schlachterin legte das Feuer still und gab Reymburg drei Pfennige und eine warme Blutwurst.

„Da, die hast du dir redlich verdient. Und wenn du dich davonmachst, komm gleich zu mir, Reymeke.“

Auf dem Hof war ein Streit ausgebrochen.

„Und ich geh, wann ich will!“, brüllte Berend.

„So bekommst du nie dein Meisteramt!“, drohte der Knochenhauer.

„Darauf warte ich seit zehn Jahren und wart gern bis zum Sankt-Nimmerleins-Tag. Aber ich bin nicht Euer Knecht!“

Der Meister packte ihn am Arm: „Wenn du nicht arbeiten willst, setz ich dich frei!“

„Das tut Ihr nicht. Ihr kriegt keinen neuen Gesellen. Die meisten sind tot! Ohne mich seid Ihr nichts, das wisst Ihr genau.“

Berend riss sich los und stürmte vom Hof. Reymburg ging ihm nach, nervös und ängstlich. Bevor es ganz dunkel wurde, musste sie einen Nachen nach Harvestehude finden. Doch es war wichtiger zu sehen, wie Berend Tybbe das Geld gab, um dann Willekin Bescheid zu sagen. Sie musste dafür sorgen, dass das Geld bei ihm oder der verräterischen Magd gefunden wurde. Also folgte sie ihm quer über den Berg. Er legte so ein Tempo vor, dass sie nur schwerlich Schritt halten konnte, ihr war schwach und schwindelig vor Hunger. Doch er ging nicht zum Haus der Ryben. In der Garbraderstraße stolperte er in einen Keller mit Bierausschank. Reymburg hatte

Durst, doch sie wollte nicht zum Brunnen am Berg zurück. Sie roch an der warmen Blutwurst, und ihr floss der Speichel im Mund zusammen, aber der Hals war ihr trockener als altes Laub. Unmöglich konnte sie vor der Tür stundenlang auf Berend warten. Sie gab sich einen Ruck und ging die Stufen hinab in den Bierkeller. An einem groben Tisch saßen Männer mit Mädchen in schmutzigbunten Kleidern ohne Haube. Sie trugen ihr Haar lose. Reymburg zögerte, sich dazuzusetzen. Sie fragte nach den Preisen für ein Viertel Bier. „Willst du Export-, Stadt- oder Hausbraubier?"

„Das billigste!"

Für eine Kanne Hausbraubier bezahlte sie drei Scherf. Da stand sie nun, die Kanne in der einen Hand, den Becher in der anderen, schenkte sich schüchtern ein und nahm einen kräftigen Zug von dem schlappen Gebräu.

„He, du bist doch das Landmädchen, das der Meisterin geholfen hat", rief Berend, der Knochenhauer, als sie den ersten Becher hinuntergestürzt hatte. „Komm, setz dich zu uns!"

Reymburg überlegte kurz. Vielleicht ergab sich hier die Möglichkeit, ihn auszufragen. Kaum hatte sie sich neben ihn gesetzt, schenkte er ihr aus seinem Krug ein. „Da, das schmeckt besser!" Reymburg kippte auch diesen Becher und legte die Blutwurst auf den Tisch. Begrüßendes Gejohle und Hochrufe auf die Spenderin waren die Antwort. Sofort wurde ein Messer gezückt, die Wurst aufgeschnitten, zehn Hände griffen zu, nur für Reymburg blieb nichts übrig. Noch immer war ihr schwindelig. Sie trank noch einen Becher von ihrem Bier.

„Und, bleibst du in der Stadt?", fragte Berend.

„Ich weiß nicht recht. Die Arbeit war nicht schlecht." Das Bier wirkte, Reymburg fand sich leichtfüßig in ihre Lügengeschichte ein.

„Hättest du nicht vor Sonnenuntergang wieder auf dem Hof sein müssen?"

„So genau wissen die Herren vom Kloster nicht, wer da ist und wer fort." Reymburg nahm noch einen Schluck des starken Gebräus, um weiter zu fabulieren. „Nur wenn eine ganze Familie verschwindet, bemerkt das der Meier vom Dorf und meldet es. Früher war das strenger. Da durften Bauersleut nur mit Erlaubnis des Meiers in die Stadt."

„Und deine Kinder?"

„Das waren nicht meine, die finden allein zurück."

„Dann bist du also ledig." Berend sah sie interessiert von oben bis unten an.

Reymburg zuckte mit den Schultern. „Wohl." Ob er den Nonnenring nicht gesehen hatte?

„Ledig und hübsch. Da kann man in der Stadt was verdienen." Zwei der Frauen kreischten vor Lachen, und Reymburg versuchte, nicht verschüchtert den Blick zu senken, sondern Berend direkt anzuschauen. Das Bier machte sie mutig, ihm ein kleines Lächeln zu schenken.

„Ihr scheint ja auch recht gut Geld zu machen, Herr Knochenhauer! So wie Ihr die Strafen fürs Blaumachen abtut. Das kostet doch bestimmt jede Menge", hakte sie nach.

„Ich habe da so meine Quellen", versuchte Berend, sich zu drücken.

„Geldquellen? Das finde ich interessant!"

„Ja?" Irgendetwas in seiner Stimme kam Reymburg verhaltener vor.

„Ja. Wie macht Ihr Euer Glück? Wie verdient man als Knochenhauergesell ein gutes Geld?"

Seine Augen wurden zu schmalen Schlitzen. War sie zu schnell vorgegangen? Dann spürte Reymburg seinen Fuß an ihrem.

„Das kann ich dir nicht verraten, aber ich verrate dir gerne, wie du etwas davon abbekommst."

Besitzergreifend legte er den Arm um Reymburg. Ihr wurde heiß, ihr Magen revoltierte. Sie fühlte sich gelähmt, wehrlos, wollte schreien. Doch sie hielt einfach still.

Sie musste ja mehr herausfinden.

„Na, magst du das?“ Er kniff in ihren Busen.

Sie schrie, er lachte. Das war zu viel, sie vergaß ihr Vorhaben, griff nach dem Bierkrug und schüttete ihn unter dem johlenden Lachen der wandelbaren Frauen und Trinker über ihm aus. Reymburg sprang auf und wollte hinauslaufen, aber Berend ergriff ihren Arm. Er war vor Wut rot angelaufen. „Du entkommst mir nicht“, knurrte er.

Reymburg krallte ihre Fingernägel in seine Hand und befahl, er solle sie loslassen.

„Du hast mein Bier gesoffen, nun zahl!“ Er zog sie grob an sich.

Was dann kam, geschah so schnell, dass sie sich später kaum mehr erinnern konnte. Sie hob ihr Knie und rammte es in sein Gemächt. Berend schrie wie die Sau beim Totschlagen und ging zu Boden. Die Tür wurde aufgerissen, drei Stadtreiter stürmten herein. Sie wollte fortlaufen, wurde aber mit eisernem Griff von einem der Wächter festgehalten. Die anderen Frauen drückten sich an ihr vorbei zur Tür hinaus.

„Wer bist du?“, brüllte der Stadtreiter. Berend zeterte, sie sei eine Hure vom Land, die sich in der Stadt verkaufen wolle. Sie hielt dagegen, er habe sie unsittlich angerührt. Er blieb bei seiner Behauptung, sie sei eine entlaufene Klosterbäuerin und Dirne. Die Stadtreiter zerrten sie auf die Straße. Schnell verschwanden die anderen Gäste ins Dunkel des Abends. Schwer atmend und leicht betrunken, stand Reymburg auf der Garbraderstraße. Ihr gegenüber Berend, von zwei Stadtreitern gehalten.

„Wie heißt du?“, wurde sie wieder angesprochen.

„Metteke, ich bin Magd im Kloster Harvestehude“, antwortete sie.

Doch Berend fiel ihr ins Wort, sie lüge, beim Meister Knochenhauer habe sie sich Reymeke genannt.

Der Anführer der Stadtreiter fragte, ob das stimme.

Sie nickte. „Ich wollte mir Geld an meinem freien Tag zuverdienen“, log sie.

„Sie ist ein loses Ding, hat Bier gesoffen und mit einer Wurst herumgespielt! Als wär das kein Zeichen. Hure!“, fuhr Berend dazwischen.

„Bist du Einwohnerin oder Bürgerin der Stadt?“

Reymburg konnte die Wahrheit nicht sagen, doch sie wusste, was es bedeutete, wenn sie weiter behauptete, sie sei Metteke. „Ich bin Magd im Kloster Harvestehude.“

„Und du hast hier getrunken und gesessen wie die anderen Frauen?“

„Ja“, sagte Reymburg schlicht. Sie spürte den Alkohol immer noch, er machte sie ruhig und mutig, auch als sie zu hören bekam, was sie erwartet hatte. „Ab ins Frauenhaus mit ihr“, entschied der Wachhabende.

Berend spuckte vor ihr aus, als sie zwischen den Männern fortgeführt wurde. Sie brachten sie zu den Buden an der Mauer zwischen Stein- und Dovetor. Dort würde der Frauenwirt sie aufnehmen, und sie sollte als Hure dienen. Das geschah mit allen Frauen, die in den Ruf gerieten, sich zu verkaufen. Reymburg hielt den Kopf gesenkt und betete, dass keiner auf die Idee kam, ihr die Haube abzureißen, bevor sie beim Hurenwirt angelangt waren. Alles war besser, als wenn die ganze Stadt sähe, dass eine Jungfer von Harvestehude ins Frauenhaus gebracht würde. Ihr Leben wäre verwirkt, aber schlimmer noch: Der Ruf des ganzen Konvents wäre ruiniert. Als hätte der Herr sie erhört, begann es zu regnen.

Die Menschen flüchteten sich in die Häuser oder hüllten sich in ihre Mäntel und Gugel. Keiner achtete auf den traurigen, kleinen Schandzug.

Caput XI
Von der Obrigkeit

Die Wächter auf der Mauer nahmen mir meinen Überwurf …
(Hohelied Salomos V, 7)

Hannes spürte die Wut unaufhaltsam in sich rasen, als seine Pfefferkörner über den Boden des Ratssaales rollten. Er hätte schreien und weinen können. Die Ware war zwar zu retten, wenn man sie zusammenfegte, aber es bedurfter endloser Mühe, sie zu reinigen, und selbst dann konnte er sie nicht mehr hochpreisig verkaufen. Er hätte gerne von Buck den Preis gefordert, doch Buck tat unbetroffen, wie nur ein Mächtiger es in dieser Situation konnte. Hannes dachte an Marie und Reymburgs Auftrag und schluckte seine Wut herunter.

„Buck, was ist über Euch gekommen?", schnarrte der Bürgermeister in diesem Moment.

„Nur ein Hüsterchen, Ihr müsst verzeihen."

„Das ist unverzeihlich unter Kaufleuten. Vergesst nicht, dass Ihr Wandschneiderbruder seid. Der Mann ist ein ehrlicher Kaufmann. Ersetzt ihm seine Ware!"

„So verdorben kann sie ja nicht sein, nicht wahr, Michaelis? Ich werde einen Ratsdiener rufen!", sagte Buck mit einer Verbeugung gegenüber Hannes und dem Bürgermeister und ging, – nicht ohne einige Pfefferkörner zu zertreten.

„Unser junger Kollege ist manchmal ein wenig ungeschickt. Aber er ist ein wunderbarer Kämmerer und wird es noch weit bringen", meinte de Stadis.

„Das glaube ich gern!" Sinnierend sah Hannes zu, wie ein Ratsdiener mit einem Reisigbesen den Pfeffer zusammenfegte. Zum Glück war der Ratssaal schon vom Streusand des Tages befreit gewesen, sonst wäre das scharfe Gold vollends verloren.

Buck tauchte nicht wieder auf, aber Bürgermeister de Stadis erhob sich und schenkte aus einer Kanne zwei Humpen Wein ein.

„Michaelis, ich will die Vorwürfe gegen Euch vergessen. Kauft hier unsere guten dänischen Waren, bringt sie nach Hamburg und erinnert Euch der Stader als ehrliche Leute. Lasst uns darauf anstoßen!"

Hannes griff nach dem Wein, stieß mit dem Bürgermeister an und trank in tiefen Schlucken. Es war Rheinwein aus dem Ratsweinkeller, ein guter Tropfen, der seine Wut hinunterspülte. Er musste sich zusammenreißen, um sich hier keine Feinde zu machen. Nachdem er seine Fassung zurückgewonnen hatte, nahm er den schmuddeligen Pfeffer entgegen, verabschiedete sich vom Bürgermeister und trat auf die Hökerstraße hinaus. Für das Vorhaben, auf den Markt zu gehen, um die Mägde wieder zu treffen, waren weder seine verdorbene Ware noch seine besudelte Kleidung gut. Er torkelte zu seiner Witwe zurück, fand die Läden aber verschlossen. Ein leiser Gruß holte ihn aus seinem neu aufkeimenden Ärger. Hinter ihm stand der Schreiber. Ein Auge war blau unterlaufen und sein Mantel noch ärger geflickt als zuvor.

„Lieber Herr, lieber Herr. Das übelste Gesindel der Stadt ist Euch auf den Fersen. Man hat mich auf peinlichste Weise nach Euch befragt! Doch ich habe nur berichtet, was Ihr mir für meine Arbeit gabt, und nichts von Eurer Suche preisgegeben. Das Geheimnis verschließe ich in meinem Herzen", sagte der Gelehrte mit rauer Stimme.

„Ich dachte, die Wächter seien hinter mir her. Ist das in Stade das Gleiche wie das übelste Gesindel?"

„Ich weiß nur, dass der scheele Jehann hinter Euch her ist. Und der gehört zum Buck. Und Buck will die Wandschneider dominieren, die Großhändler. Der will keine fremden Kaufleute mit guten Waren in der Stadt sehen. Im Rat ist er schon, und auch Kämmerer, was noch schlimmer ist. Der Mann ist ehrgeizig und schreckt vor nichts zurück. Lasst Euch gewarnt sein. Euer Pfeffer bringt Euch in Gefahr."

„Und Euch auch. Ich kann Euch kaum für Eure Mühen entlohnen, Frederik!“ Hannes griff nach dem Beutelchen mit dem verschmutzten Pfeffer. „Hier, nehmt das. Buck hat mir diesen Pfeffer auf den Boden geworfen. Wenn Ihr mit feinen Fingern die Körner herauspickt und mit einem sauberen, trockenen Tuch abwischt, dann ist das noch gute Ware.“

„Ihr macht mich glücklich. So viel, wie ich von Euch erhalten habe, kann ich niemals wiedergutmachen. Seht Ihr, mein Traum ist hier, an der Straße, eine Stube mit einem Laden, so dass ich im Trockenen schreiben kann! Und gerne würde ich ganze Bücher kopieren. Durch Euren Pfeffer wird der Traum vielleicht wahr, der Herr sei mit Euch!“

Wäre nicht der Bauchladen gewesen, hätte der Schreiber ihn umarmt. Hannes schüttelte beide Hände des Mannes und entschloss sich, für die Suche wenigstens gut gerüstet zu sein. Er ging zur Badestube bei der Wassermühle.

„Ist Euch und dem Kleinen das Bad wohl bekommen?“, begrüßte ihn die Bademutter. Grinsend stand Rieken hinter ihr.

„So wohl, dass der Kleine gleich nach Hamburg gefahren ist“, spottete Hannes.

Die Bademutter kniff Rieken die Wange. „Das kann doch nicht sein! Das solltest du dem Herrn ausgleichen.“

Hannes musste einiges klarstellen: „Hört, Ihr lieben, holden Damen. Ich habe nur wenig Geld auszugeben, brauche saubere Kleider, gewaschene Haut und etwas in den Magen, aber nichts fürs Gemächt. Bekomm ich das bei Euch und, wenn ja, für wieviel?“

„Ihr seht aus, als seid Ihr ganz schön runtergekommen in den letzten Tagen“, meinte die Bademutter. „Dann wollen wir Euch mal aufbürsten. Sechs Pfennig für ein Mahl, ein Bad und gesäuberte Kleider!“

Hannes handelte sie auf fünf herunter.

Er schwamm genüsslich in dem heißen Zuber, aß süßes Brot und trank das laue Stader Bier mit Wohlbehagen. Die Bademutter hatte sich nicht lumpen lassen. Als sie, über den Dreck in seinen Kleidern schimpfend, auf den Hof ging, ließ sich Rieken wieder blicken. Hannes zuckte vor Schreck in seinem Zuber zusammen.

„Keine Angst, mein Herr, wo kein Geld ist, biete ich auch keine Venusdienste!“ Sie grinste breit. „Aber wo Geld ist, kann man gutes Fleisch abzweigen! Zum Beispiel bei meiner Herrin.“

Sie ließ eine fette Scheibe gesottenen Schinken auf Hannes’ Brot fallen.

„Dem Heiligen Urban sei Dank“, sagte Hannes, griff ihre Hand und küsste die Fingerspitzen.

„Wie weit seid Ihr mit Eurer Suche?“, fragte sie.

„Ich war in drei Messen und im Gefängnis.“

Rieken kiecherte: „Ihr, Herr, im Gefängnis? Da findet Ihr das Kind nicht!“

„Habt Ihr eine neue Idee, wo ich sie suchen kann?“

„Nein, aber ich habe eine gute Nachricht. In keinem der bekannten und unbekannten Häuser der Venus ist solch ein Kind im Angebot! Da könnt Ihr also beruhigt sein.“

Er starrte sie an. „Wie kommt Ihr darauf?“

„Danach zu forschen? Ganz einfach. Ein Kind, das nicht reden kann, kann man gut für Dinge brauchen, über die man nicht redet! Und falls Ihr wissen wollt, warum ich mich für Euch einsetze, da gibt es zwei Gründe. Erstens: Euer Jungknecht war mehr als lieb. Zweitens: Mir ist es nicht gut ergangen als Jungfer. Ich war fünfzehn, als man mir das angetan hat. Es war so schlimm, dass ich danach Tag und Nacht geweint hab. Und mich verfolgt das heute noch im Traum. Ich werde es nicht los, auch wenn es mir hier recht wohl ergeht. Ich bin keine arme Hure mehr, sondern Baderin. Und ich kann entscheiden, was ich will oder nicht. Für mich ist das Leben hier besser als für manche Hausfrau. Aber wenn einer was macht mit einer kleinen Jungfrau oder einem Kind, dann krieg ich immer noch eine Wut!“

Hannes mochte ihr gar nicht in die Augen schauen. Sie hatte so ernsthaft gesprochen, dass es ihn im Hals würgte. Doch dann lachte sie plötzlich und bespritzte ihn mit seinem Badewasser.
„Nun blast aber nicht Trübsal um meinetwillen! Carpe diem, fange den Tag, das hat doch Euer kleiner Freund gesagt! So halte ich es. Und Ihr esst schnell Euer Brot und geht wieder auf die Suche!"

Hannes zahlte drei Pfennig bei seiner Wirtin für die nächsten zwei Tage, dann setzte er sich an ihren groben Eichentisch und studierte seine Messen- und Kirchentabelle. Es war anzunehmen, dass die Familie, bei der Marie untergekommen war, immer denselben Gottesdienst in derselben Kirche besuchte, wenn auch nicht täglich. Bestimmt aber zum Sonntag. Die Messen der beiden großen Kirchen und von St. Pancratius überschnitten sich nicht. Die wahrhaft Frommen sollten mehrere Gottesdienste hintereinander besuchen können. St. Gertrudis außerhalb des Schifferthors und St. Nicolai buten Staden waren in diese Abfolge nicht eingeschlossen. Ebenso wenig die im Bau befindliche Kirche St. Nicolai auf dem Bischofshof. Sie zogen andere Gläubige an, die letztere die Diener des Erzbischofs, die beiden ersten die Bewohner der ärmeren Viertel an den Stadtmauern. Wenige Überschneidungen gab es mit der Kapelle der Beginen und der Kapelle zum Heiligen Geist des Georgsklosters.
Hannes fasste deshalb den Plan, früh vor dem Gottesdienst an der Kirchentür zu sein, den Einzug der Gläubigen abzuwarten und dann vor Beendigung der Messe zu verschwinden, um die nächste Türöffnung abzupassen. Während der Gottesdienste würde er am Portal die Nachzügler in Augenschein nehmen. Auf keinen Fall durfte er die Feiern durch sein Hinausschlüpfen stören, denn er wollte es sich nicht mit den Stader Gläubigen verderben. Aus Hamburg, Brügge und Venedig wusste er, dass während der meisten Messen ein großes Kommen und Gehen herrschte, aber Stade war klein, und

vielleicht waren die Leute fromm. Trotzdem war er guten Mutes.
Er begann am Samstag mit dem dunklen, alten Gotteshaus von St. Willehadi. Dann rannte er nach St. Cosmae et Damiani. In der Pause hastete er nach St. Nicolai binnen Staden und zur Burgkapelle St. Pancratius, dann wieder nach St. Willehadi. Als die Torwächter zur Nacht riefen, hatte Hannes zehn Messen teilweise oder ganz gehört und war etliche Male durch die halbe Stadt gelaufen.
Kein Mariechen in Sicht. Hannes hatte Durst und war fast abgebrannt. Am liebsten hätte er ein richtig gutes Hamburger Bier im Baumhaus zu sich genommen, aber er musste auf seine Pfennige achten, schlich zurück zu seiner Wirtin und trank das Stader Stadtgebräu. Sein einziger Trost war das gute Brot, das sie anbot. Dänisches Getreide und jütländische Butter waren würzig und in Stade billig zu haben. Ebenso der feine Kleehonig, den sie dazu reichte und der auch aus dem ehemaligen Reich der Wikinger stammte. Hannes war mit Stade versöhnt, als er unterm Dach ins Stroh kroch.

*

Aus den Fenstern des Frauenhauses drang Lachen und Musik. In Reymburgs Ohren war es wildes Kriegsgeheul. Durch die Läden im oberen Stock schien Kerzenlicht, unten wurde getrunken. Der Stadthauptmann klopfte so laut, dass Reymburg Angst hatte, die gesamte Gasse würde geweckt. Ein winzig kleines Männchen mit rotem Haar, rotem Kittel und goldenen Schuhen öffnete.
„Die haben wir in der Garbraderstraße aufgegriffen“, sagte der Hauptmann und schubste Reymburg an dem Männchen vorbei in die hell erleuchtete Diele.
„Ach, bringt mir doch nicht immer altes Kroppzeug. Die kann sich hier doch keinen Witten verdienen“, piepste der Kleine mit entrüsteter Stimme.

„Entweder du nimmst sie, Frauenwirt, oder du bist deines Amtes ledig", brummte der Stadtreiter. Zu Reymburg gewandt, meinte er: „Wenn ich dich noch mal nach Torschluss auf der Straße treffe, dann heißt es für dich Pranger. Ich hab ein Auge auf dich, Metteke aus Harvestehude!"

Reymburg wollte antworten, aber der Frauenwirt sah ihr reines Gesicht und nahm sie beiseite: „Ist ja schon gut, komm schon, Mädel, komm! Hübsch genug wirst du wohl sein."

Als die Tür geschlossen war, schaute Reymburg ihm direkt in die Augen. „Ich bin keine Hure!"

Eine hoch gewachsene Frau mit hüftlangen, schwarzen Haaren, die glänzend über ein schwarzrotes Gewand fielen, war leise hinzugetreten. Sie griff Reymburg unters Kinn: „Das sagen alle zuerst, aber du hast es einmal getan, also kannst du es weitermachen. Warte ab, dann wirst du Spaß daran haben! Und schön machen wir dich im Handumdrehen."

Reymburg wischte ihre Hand weg: „Ich habe es noch nie getan!"

Die Hure brach in Gelächter aus. „Eine Jungfrau, angeschleppt vom Stadtreiter! Das ist was Neues!"

„Und gut für dieses Haus. Für eine Jungfrau zahlen die hohen Herren besonders viel", meldete sich der Frauenwirt mit Fistelstimme. Er fingerte an Reymburgs Brusttuch herum, aber sie schob energisch seine Hand von ihrer Kleidung.

„Ob Jungfrau oder Sünderin, seitdem du dies Haus betreten hast, bist du eine berüchtigte Frau!", zeterte der Wirt. Er riss Reymburg das Tuch so schnell von den Schultern, dass sie nicht danach greifen konnte. Ebenso schnell verschwand ihr Brusttuch. Dann griff er in ihr Mieder und riss es mit einer Kraft auf, die Reymburg nie bei solch einem Männchen vermutet hätte. Reymburg presste die Augen zusammen. Die Schande nahm ihr fast die Sinne. Der Hurenwirt pfiff leise durch die Zähne, sie spürte seine dünnen Finger an ihrem Busen.

„Du bist zu grob, Kerl. Lass sie mir!“, sagte die dunkle Frau. „Komm, trink mit uns! Es gibt Musik und Minne, keusche und weniger keusche.“ Sie fasste Reymburgs Hand und wollte sie ins Nebenzimmer zerren. Doch Reymburg entzog sich ihr. Sie hielt ihr Mieder zusammen und machte einen Schritt in Richtung Tür. Da packte die große Frau sie mit eisernem Griff am Handgelenk. Aber Reymburg sah ihr in die Augen, mit einem Blick, der die Dirne das Fürchten lehrte.

„Ich will nicht trinken, und ich werde nicht huren. Auch in Eure Sündenkammer tu ich keinen Schritt“, zischte Reymburg leise. „Egal, wie fest Ihr zupackt!“

„Doch das wirst du, heute und morgen und danach“, keifte der Wirt. Er griff nach Reymburgs Haube und riss sie herunter.

Ein Entsetzensschrei entfuhr der Schwarzhaarigen, als sie das kahle Nonnenhaupt sah. „Herr, Jesus, Maria, wer hat dir das angetan?“

„Ebendiese. Der Herr, Jesus und Maria“, antwortete Reymburg ruhig.

„Ihr seht, Ihr könnt mich hier nicht brauchen. Also lasst mich gehen.“

Die Hure fuhr ihr mit einer beringten Hand über das Haupt und schüttelte sich vor Ekel: „Kahl wie eine Ratte. Die will wirklich keiner. Lass sie gehen!“

Reymburg machte einen Schritt in Richtung Tür, aber der Wirt trat ihr in den Weg: „Und wie werd ich entschädigt? Ich muss dich beim Rat vorführen, wenn der nächste Hurenumzug ist.“

Reymburg griff nach dem Beutelchen mit dem Geld des Klosters an ihrem Rock. Sie zog das Goldstück des schwarzen Domherrn hervor. „Da, nimm! Und sag, ein Ratsherr habe mich ausgelöst, einer, der nicht genannt werden will.“

Gierig griff der Wirt nach dem Geld. Er schaute Reymburg an, als sei sie eine Mischung aus Zauberin und Geldkatze. „Woher hast du das?“

Reymburg wollte nicht mehr erklären, wollte keine Antworten auf Fragen geben, die mit ihrem Leben nichts zu tun hatten. Sie nahm dem staunenden Frauenwirt ihr Haubentuch ab und band es sich um den Kopf.

„Betet für mich, denn ich suche den Mörder meines Bruders."

„Herr, Jesus, Maria!", stieß die große Hure noch einmal hervor. Der Wirt schaute immer noch verdattert auf die Goldmünze in seiner Hand, als Reymburg aus dem Haus trat. Sie schloss die Tür hinter sich und hastete, so schnell sie konnte, um Ecken, durch Gärten, quer durch das arme Kirchspiel St. Jacobi. Am Friedhof setzte sie sich weinend hin. Ohne das Brausen des Bieres im Blut hätte sie nie den Schneid gehabt, das alles durchzustehen, nie das Klostergeld so verschwendet, wäre nie so gerannt, so spät in der Nacht. Aber was hatte es ihr gebracht? Sie hatte keinen Blaffert mehr im Geldbeutel, sie war eingeschlossen in ihrer Vaterstadt, denn die Tore waren zu, die Stadtwache hatte sie auf der Pike, selbst am nächsten Morgen würde sie keinen Nachen mieten können und heute Nacht war sie ohne Unterkunft und konnte niemanden um Hilfe bitten.

Niemanden – außer Hannes' Magd Susana. Doch die hasste sie. Sie wischte die Tränen fort und schlich langsam und vorsichtig durch die Straßen der Stadt. Susana war ihre einzige Rettung.

*

Am nächsten Morgen wurde Hannes von himmlischem Getöse geweckt. Alle Glocken aller Kirchen und Dachreiter läuteten der Sonne entgegen. In das Läuten mischte sich die Musik von Zimbeln, Trommeln, Schalmeien und Trompeten, sich überschlagend, von allen Seiten kommend. Es war Palmsonntag. Die Stadt rüstete zur Prozession. Wie von einer plötzlichen Erleuchtung getroffen, stürzte sich Hannes in seine Kleider. Niemand würde ein Kind von der Palmsonntagsprozession fernhalten, was auch immer er ihm sonst antat. Er raste die Treppenstufen hinunter und rannte fast seine Vermieterin über den Haufen, die sich eine besonders weiße und schön gefältelte Haube auf ihr schütteres Haar drapiert hatte. „Ich dachte, Ihr verschliefet sogar Palmsonntag“, zeterte sie, doch er lachte und umarmte sie kurz. „Gesegneten Sonntag!“, rief er und sauste in den Hinterhof, wusch sich Hände und Gesicht am Wassertrog und trat gespannt auf die Straße. Die Menschen liefen, hinkten, stolperten, schwankten, jeder so schnell er konnte, einem Ziel zu: dem Sand.

Dort formte sich ein grandioser Zug. Aus St. Nicolai auf dem Bischofshof, der unfertigen Kirche, trat ein prächtig geschmückter Geistlicher, der Vertreter des Erzbischofs von Bremen. Ihm folgten die grauen Mönche des benachbarten St. Georgsklosters, singend, das Weihrauchfass schwingend. Acht Vikare zogen eine Figur aus der Kapelle. Es war ein Esel, auf dem eine Jesusstatue ritt, überlebensgroß. Kaum war die Nase des Holzesels in der Kirchentür zu sehen, jubelten die Zuschauer, die Trommeln wirbelten in wildem Rauschen auf und alle Musikinstrumente fielen in den Gesang der Mönche ein. Hinter dem Esel formierten sich die Weltgeistlichen der Stadt und wedelten mit Buchsbaumzweigen, die die Palmenzweige ersetzten. Dann reihten sich die Benediktinermönche von St. Marien ein und die Franziskaner von St. Johannis. Blumen, Gras, Blätter wurden dem Esel vor die Rollen geworfen. Hinter den Mönchen sammelten sich die Beginen und ließen ihre hellen Stimmen in den geschulten Chor der Männer einfallen. Je weiter die Prozession über den Sand rollte, desto mehr Menschen folgten der Eselsreiterstatue. Nach der Geistlichkeit kamen der Rat, danach die Bruderschaften und Zünfte mit ihren Fahnen, Trommeln und Schauwerkzeugen: die Wandschneider, Seidenkrämer, Goldschmiede, Pelzmacher, Wollenweber, Bäcker, Schuhmacher, Schiffer, Fischer und Sattler. Alle nach ihrem Rang. Ganz am Ende gingen die Knochenhauer, auch wenn ihre Zunft eine der ältesten der Stadt war. Daran konnte sich jedermann anschließen, und ein buntes, tanzendes, musizierendes Gemisch machte den Schluss des Zuges aus. Hannes hatte jedes kleine Mädchen, das sich einreihte, genau gemustert. Jetzt musste er die Zuschauer beobachten. Er lief gleich hinter den kräftigen Schlachtern mit und stierte an ihren breiten Rücken vorbei nach rechts und links, damit ihm auch kein Kindergesicht entginge. Es war zwei Jahre her, dass er Marie gesehen hatte.

Damals war er nach Venedig aufgebrochen und hatte vorher Reymburg in Harvestehude besucht. Die Sechsjährige hatte wie ein Engelchen am Arm ihrer ernsten Schwester gelehnt. Nie würde er den feinen Mund und die Haselnussaugen vergessen – und das Wuschellockenhaar. Aber ob sie noch so aussähe? Zwei Jahre später? Er verfiel wieder in Zweifel an seinem Unternehmen.

Die Prozession war von der Holzstraße in die Steile Straße gelangt und mühte sich langsam am Reitstall vorbei um die Ecke in die Bäckerstraße, als Hannes in der Ferne eine kleine Person mit blondem, langem, tausendlockigem Engelshaar erblickte, an der Stelle, wo die Bäckerstraße mit der Grovebrücke die Schwinge querte. In seinem Herzen jubelte es, er war sich sicher: Dort stand Mariechen, die Stumme, seiner Liebe Schwester. Er wollte seine Nachbarn beiseiteschieben, um besser zu sehen, da wurde er von der Menschenschlange um die Ecke gedrückt. Hannes musste sich zur Wasserseite der Bäckerstraße durchdrängen, aber Trommler und Tänzer versperrten ihm den Weg. Er stieß nach vorne vor bis zu den im Gleichschritt marschierenden Knochenhauern. Sie trugen auf einer hohen Stange die Figur eines Schweins mit Messer im Rücken als Hinweis auf ihr Gewerk. Vor dem Zunftzeichen war eine Lücke. Hannes quetschte sich zwischen die marschierenden Schlachtermeister und lief dem hünenhaften Stangenträger vor die Füße. Der riesige Mann stolperte, das Schweinchen schwankte und krachte auf den Ältermann und seine Familie. Dabei sprang das Messer aus dem Rücken des Holzschweins und sauste unter die Beine der Sattler, die vor den Knochenhauern gingen. Die Ehefrau des Ältermanns erhob ein Klagegeheul. Die Sattler brachen in Hohngelächter aus, der ganze Zug kam zum Halten. Ein Tumult entstand unter den Schlachtern und Sattlern, die sich anschrien und schließlich prügelten. Aber Hannes konnte sich auf die andere Seite der Prozession retten. Er schlug sich wieder nach hinten durch, zur Schwinge. Da war sie, es gab kein Verwechseln: Marie Ryben, das Kind – schön, still und traurig. Er eilte, flog, drängelte, stieß seine Ellenbogen in Rippen und Mägen, wurde beschimpft, aber schimpfte selber nicht, denn er rief ihren Namen, so laut er konnte: „Mariechen! Mariechen!" Das Kind drehte langsam den Kopf. Es konnten nicht mehr als zwanzig Fuß zwischen ihnen sein, allerdings zwanzig Fuß Straße voller Tänzer, Sänger und Betender.

Dennoch erkannte Marie Hannes und wollte zu ihm laufen. Doch ein kräftiger Arm hielt sie, ein Mantel wurde um sie geschlungen. Hannes schrie und stolperte zugleich. Er stieß gegen einen Tänzer, der ihn auffing und mit zum Tanz ziehen wollte. Verzweifelt machte er sich frei und sah gerade noch den breiten Mägderücken der Frau, die Marie davonschleppte. In dem Tumult bemerkte niemand Maries wildes Gestrampel. Wer nicht sang oder betete, der tanzte oder schlug eine Trommel. Hannes wurde vom Strom der Prozession mitgeschleift, stemmte sich dagegen und kam endlich auf der Bäckerstraße zum Stehen. Er suchte am Pottwärder und schaute um die Ecke. Auch an der Wassermühle waren sie nicht. Er lief bis zum Schifferthor und zurück. Frau und Kind waren nicht zu sehen, nicht beim Brauhaus, nicht vor der Müggenborch. Hannes durchforstete die Straßen östlich der Bäckerstraße. Sie waren wie leergefegt. An der Salzstraße traf er wieder auf die Prozession, die St. Willehadi zustrebte. Noch einmal ließ er alle Stände der Stadt an sich vorbeiziehen, noch einmal schaute er die Gesichter der Zuschauer an. Er traf Frederik, den Schreiberling, der glücklich besoffen Halleluja sang. Er sah im Augenwinkel den Hamburger Geistlichen, – aber keine Marie. Verzweifelt machte er kehrt und stand Aug in Aug mit dem Rotbart. Wut keimte in ihm auf. Warum folgte der Kerl ihm? Er wollte nach ihm greifen, alles an ihm auslassen, aber der Mann war schon in der Menge untergetaucht. Hannes' Herz pochte, seine Beine zitterten, in seinen Ohren dröhnte es. Tränen liefen ihm über die Wangen. Langsam, wie ein uralter Mann, ging er die vereinsamte Hökerstraße hinauf nach St. Cosmae et Damiani und betrat den weihrauchgeschwängerten Raum. Ganz hinten kniete er nieder zu einem Gebet. Doch so inbrünstig er auch um Hilfe bat, so wenig wich der Zorn darüber, dass der Herr ihn nicht zu Marie hatte gelangen lassen. Er beendete seine mühseligen, unnützen Gebete, verließ das Gotteshaus und trampelte die Horgenstraße hoch. An der Ecke der Voderstrate hatte ein Gasthaus schon die Läden geöffnet. Ein unwiderstehlicher Duft von frisch gebrautem Bier und Schweinebraten mit Honig wehte über die Straße. Hannes trat ein und ließ einen seiner letzten Schillinge auf den Tisch fallen. Bier, Brot und Braten kamen zuhauf. Er hatte den zweiten Krug des prickelnden Gebräus in sich, als eine Traube kräftig gebauter Männer in die Stube drängte. Hannes hatte noch nicht aufgeblickt, als einer der Kerle ihn am Wamskragen hochzog. „So wahr ich Hinnerk Ossenborch heiße, bei meiner Seel! Das ist doch der Kerl, der unser Zunftzeichen umgerannt hat! Komm mal her, Oswald Bömmelbrugg, was meinst du?"

Statt einer Antwort setzte es einen Kinnhaken für Hannes. Er wollte sich aus Ossenborchs Griff befreien, aber zwei weitere Schlachtermeister hatten ihn gepackt. „Da, lang zu, Bömmelbrugg, für die Schande!"

Es gab ein Gerangel. Bevor Bömmelbrugg zuschlagen konnte, landete Hannes einen Schwinger auf dessen Auge, trat Ossenborch ins Gemächt und stieß einem Dritten den Ellenbogen in den Magen.

„Lasst mich los, Ihr Stadeschen Kinderräuber!", schrie er angetrunken. Er verpasste Bömmelbrugg noch eine Faust aufs andere Auge und trat nach Ossenborch, als der aufzustehen versuchte.

„Stadt der Mädchenräuber!“

Die anderen Knochenhauer hatten sich zurückgehalten, aber jetzt reichte es ihnen. Hannes konnte zwar mit dem Schlachtruf „Das ist für Marie!“ Bömmelbrugg noch eine Kopfnuss und einen Tritt ans Schienbein versetzen, aber sein Kampf war verloren.

„Dummer Sauhund!“, brüllte einer der Männer, und sie stürzten los. Siebzehn Knochenhauer droschen auf ihn ein.

Als er im Gefängnis aufwachte, wusste er vor Schmerzen nicht, ob er ein alter oder ein junger Mann war. Er fühlte sich wie ein Kater nach einem Kampf mit fünf Hofhunden.

Caput XII
Vom Dunkel

Es fanden mich die Wächter, die in der Stadt umhergehen; die schlugen mich wund. (Hohelied Salomos V, 7)

Hannes lag am Boden eines jener höhlenartigen Löcher unter der Frohnerei, in die man Schwerverbrecher sperrte, damit sie alsbald krepierten. Er hatte Durst, aber das Wasser, das man ihm in einem Krug hinunterließ, stank faulig. Erst als er spürte, dass sein Kopf heiß wurde, trank er, voller Furcht krank zu werden. Tausenderlei Sorgen quälten ihn: die Angst, hier vergessen zu werden, zu verrecken, bevor man ihn wieder hinauszog, – die Angst, krank zu werden, – die Angst vor dem Dunkel. Er hatte versagt. Wäre er nur schneller gewesen oder hätte sich heftiger durch die Prozession gedrängt, hielte er Mariechen jetzt in seinen Armen. Stattdessen saß er hier und verfaulte. Die Aussicht, das Kind wiederzufinden, war gering. Vermutlich hatte man sie schon weiterverkauft. Und all das war seine Schuld, – eine Schuld, die sein Herz wie eine Kralle umschloss. Selbstmitleid plagte ihn, denn wenn er ohne Marie nach Hamburg zurückkehrte, würde Reymburg kaum noch ein Wort mit ihm reden. Hätte er sich nur geschickter angestellt, wäre er jetzt ein zufriedener Mann. Stattdessen war er ein Gefangener, der nicht einmal eine Idee hatte, wie er aus dem Loch entfliehen konnte.

Getrieben warf er den Kopf hin und her, seufzte und stöhnte, weinte und schrie. Marie tauchte vor seinen Augen auf, unerreichbar verfrachtet auf ein fremdes Schiff. Marie, die weinend an Deck stand und die Ärmchen nach ihm ausstreckte. Hannes verscheuchte diese Bilder, indem er an Heyne dachte: Wo mochte der Junge jetzt wohl stecken? Bestimmt hatte Susana ihn mit Geld gestopft und nach Stade zurückgeschickt. Doch Hannes sorgte sich, ob der Junge in der Lage wäre, ihn zu finden, oder womöglich selbst im

Loch landete. Jeder wache Augenblick brachte neue Befürchtungen. Irgendwann, an irgendeinem Tag oder in irgendeiner Nacht, begann Hannes, seine juckenden, verschorfenden Wunden zu kratzen. Das Blut floss, und er genoss den Schmerz, der ihn aus seinen kreisenden Gedanken herausriss. Nun hatte er etwas zu tun. Er musste mit den Resten von Hemd und Wams die neue Wunde tupfen und sie dann wieder bluten lassen, bis sie sauber war. Kaum war das Lebensnass im Fluss gestillt, kamen die Ängste zurück: Er fragte sich, ob, wann und wofür man ihn vor Gericht stellen würde. Dann nahm er sich die nächste verschorfende Stelle vor und kratzte. Er verlor das Gefühl für Zeit und Raum. Wenn er sich zu bewegen versuchte, taumelte er, stieß gegen die rauen Wände, schlug sich an der Decke Beulen in die Stirn. Er vergaß, in welcher Ecke er sich entleert hatte, beschmutzte sich selbst. Kratzte sich wieder und wieder die Wunden auf. Irgendwann wurde die Luke geöffnet und ein Seil hinuntergelassen. Hannes ergriff es nicht. Er wollte eingehen wie ein Tier, sich nicht mehr wehren, sich nicht bewegen, nicht reden müssen.

*

Das Haus des Hannes Michaelis, des Mannes, an dessen Liebe sie nicht stark genug geglaubt hatte und der sich trotzdem für sie in Gefahren begab, war Reymburgs letzte Hoffnung. Die großen Straßen meidend, schlich sie sich in das Reicheleuteviertel St. Petri, durch die Niedernstraße über die Kattrepelbrücke nach St. Katrein, wo die Schiffer, Kapitäne, Schiffsbauer und aufstrebenden, wagemutigen Händler wohnten, wo ihr Vaterhaus stand. Hier wagte sie, schneller auszuschreiten, hier kannte sie sich aus. Sie lief durch den Hüxter, den Grimm und die Katharinenstraße zum Cremon. Mit zitternder Hand und wild schlagendem Herzen klopfte sie an die Tür. Susana öffnete vorsichtig den oberen Teil. „Reymburgis sum. Monialis monasterii In Valle Virginum.“

Susana legte den Kopf schräg. „Quatsch nicht so gehoben. Inzwischen kann ich Eure Sprache. Ich fang sogar an, mein Veneto zu vergessen. Komm rein!"

Reymburg kam nicht herein, sie brach auf der Schwelle zusammen. Susana zerrte sie durch die Tür und hielt ihr gemahlenen Pfeffer unter die Nase. Mit einem lauten Niesen kam Reymburg wieder zu sich. „Komm in die Küche!", gebot Susana streng.

Sie schob ihr ein Stück Käse und einen Kanten Brot hin, übergossen mit einer dickflüssigen Rosinen-Apfel-Essig-Sauce, die mit Zimt und Pfeffer abgeschmeckt war und einen wunderbaren Kontrast zum grauen Brot und dem feinen, weißen Schimmelkäse bildete. Vorsichtig aß Reymburg, den Blick züchtig gesenkt. Sie wagte nicht, der Frau in die Augen zu schauen, die sie so freundlich aufnahm und der sie selbst so sehr im Weg stand.

„Was ist mit dir geschehen, Schwester Reymburg? Wo ist dein Habit?", fragte Susana, als sich Reymburg den vierten oder fünften Happen Käse in den Mund geschoben hatte.

„Ich habe krank gespielt, mit der Küchenmagd die Kleider getauscht und bin an ihrem freien Tag davongeschlichen, um selbst nach dem Mörder meines Bruders zu suchen. Aber alles ist schiefgegangen. Die einzige Hoffnung ist, dass man mich weiter für malad hält und sich um Metteke nicht schert."

„Und wie hast du dir das Mieder zerrissen?"

„Ich war im Frauenhaus."

„Du warst im Frauenhaus?" Susana lachte schallend. „Da hab ich immer Angst, dass sie mich beim Hurenumzug mal hier rausholen und dahin schleifen, und stattdessen kommt die heilige Reymburg rein. Wenn Hannes das erfährt!"

„Bitte verschone ihn damit. Es ist besser, wenn er nichts von meinen Eskapaden weiß."

„Weil er sich sonst Hoffnungen macht? Solche Hoffnungen braucht er gar nicht, um dich zu lieben."

Reymburg schloss die Augen. Sie hatte immer gewusst, wie schwer Hannes' Vernarrtheit auf seiner Seele lastete. Der zynische Ton in Susanas Stimme offenbarte, was er damit anrichtete. Und die Bemerkung über ihre Angst, ins Frauenhaus gebracht zu werden, konnte doch nur bedeuten, dass er mit ihr schlief, sie zu seiner Hure machte. Reymburg stöhnte.

„Was kann ich nur tun? Ich würde ihn gerne kurieren."

„Bist du schon mal richtig eklig zu ihm gewesen?"

Reymburg schüttelte den Kopf. „Nur unnahbar vielleicht. Unfreundlich konnte ich nicht sein, nicht zu ihm."

„Das versteh ich. Es ist schwer, eklig zu ihm zu sein. Er ist viel zu brav. Stell dir vor, er hat mir die Ehe angeboten."

Susana wollte sehen, ob die Nonne schockiert war, aber stattdessen ging in Reymburgs Gesicht die Sonne auf.

„Das ist ja wunderbar!"

„Fand ich gar nicht. Er ist doch in Gedanken immer bei dir. Jetzt sucht er zum Beispiel dein Schwesterlein für dich."

Reymburg war froh über die Möglichkeit zum Themenwechsel.

„Und ich habe den Mörder meines Bruders gefunden!"

„Im Frauenhaus?"

„Nein, natürlich nicht. In meines Vaters Haus. Es ist der Geliebte von Tybbe, unserer Magd."

„Berend? Wie kommst du darauf? Ich mein, er ist ein Weiberverderber und ein Vielfraß, aber einen Mord trau ich ihm nicht zu. Und Tybbe schon gar nicht. Außerdem lässt Berend die anderen Röcke in Ruh, seit er mit ihr zusammen ist."

„Da hab ich aber etwas anderes erlebt. Er war es, der mich ins Frauenhaus hat schleppen lassen!", erwiderte Reymburg empört.

Susana prustete los vor Lachen: „So nah seid ihr euch gekommen?"

„Nicht, was du denkst", meinte Reymburg.

„Ich denke nur, dass du deine Gründe hattest, ihm auf den Pelz zu rücken. Nun erzähl aber mal, was du herausgefunden hast."

Susana lauschte Reymburgs Bericht grübelnd. „Geld verdirbt die Welt. Wenn man es nicht in solcher Fülle hat wie Hannes, dann begeht man sogar Unrecht, um es zu bekommen. Scheint so, als wäre das mit unserer Tybbe passiert. Was sollen wir tun?"
„Ich muss so schnell wie möglich ins Kloster zurück."
„Kommst du nachts rein?"
„Erst bei Sonnenaufgang! Bei Anbruch der Nacht machen sie die Tore zu."
„Klar", sagte Susana nachdenklich. „Du solltest ja auch vorher im sicheren Dormitorium sein."
„Und stattdessen sitze ich hier in der Stadt fest und werde es nicht einmal bis Sonnenaufgang schaffen."
„Und daran ist auch kein Rütteln, weil die Stadtwachen ein Auge nach dir aufhalten werden!"
Reymburg nickte und faltete die Hände zu einem stummen Gebet.
„Wenn sie mich noch einmal schnappen, stehe ich am Pranger!"
Susana zog die Stirn kraus: „Dann gehen wir einfach aufs Ganze. Sie suchen eine kleine, verschüchterte Landdirne, stattdessen sollen sie zwei echte venezianische Edeldamen bekommen. Los!"

Mitten in der Nacht wurde im Obergeschoss des Michaelishauses gleißendes Kerzenlicht entzündet. Zum ersten Mal seit vielen Jahren öffnete Susana ihre venezianische Truhe.
Aus ihr quollen Seidengewänder, duftend nach Sandelholz, gold- und rubinglänzend, blauer Damast, geschorener, bestickter Sammet, dazu Schleier, die wie Feengespinst silbriggrün schimmerten. Susana hielt ein schweres Gewand aus leuchtend grünem Stoff an Reymburg hoch. „Da! Das wird passen."
Sie gab ihr ein sauberes Unterkleid und eine Tunika, die sie unterzuziehen hatte. Dann noch eine.
„Bei der Rückkehr ins Kloster will ich wieder christlich bescheiden gekleidet sein!"

Die doppelten Hemden und Röcke passten in der Tat unter Susanas Prachtgewänder. Schließlich war die ehemalige Lustdame um einiges fülliger als die kleine Nonne. Reymburg schlüpfte in die Röcke, ließ sich von Susana das Mieder eng schnüren, einen Goldgürtel feststecken und schließlich eine turbanartige Haube aufsetzen, die ihre Kahlheit verbarg. Während sie in einem handtellergroßen Glasspiegel jede Elle von sich erstaunt betrachtete, warf sich Susana mit wenigen, geschickten Handgriffen in eine rotsamtene Robe, die einer Königin Ehre gemacht hätte. Sie schlang ein gelbes Seidentuch um ihr loses Haar und steckte es mit einer glitzernden Fibel fest. Zum Schluss kramte sie ein Tiegelchen mit roter Farbe hervor und schmierte sie Reymburg und sich auf die Lippen.

„So. Im Moment liegt grade ein Engländer auf Reede. Wir erzählen, wir kämen vom Schiff, wären auf einem Tanz im Hause des Nicolas Franzoyser gewesen und müssten zurück an Bord. Jetzt darfst du mal zeigen, was du im Frauenhaus so gelernt hast“, neckte sie Reymburg und beträufelte sie reichlich mit Moschusparfüm. „Wir müssen nämlich die Wachen bezirzen.“

„Gibt es denn überhaupt einen Tanz bei Franzoyser?“

„Bei irgendeinem Bürgermeister gibt es immer einen Tanz, und immer gibt es dort wandelbare Weiber!“

Reymburg schüttelte den Kopf über diese Sitten. Die kleinen Nutten brachte man ins Frauenhaus, die Geliebten einfacher Kaufleute und niederer Geistlicher zerrte man durch die Straßen und der Rat feierte Bälle mit Edelhuren.

Reymburg war nie gewahr geworden, wie schnell Männer auf weibliche Reize reagierten, wenn diese nur offen ausgespielt wurden: Sie kannte nur ihren Bruder, ihren Vater, Pater Willekin, die kleinen Kapläne und Hannes. Hannes hatte sie von gleich zu gleich angesehen, als ebenso neugierigen, wissensdurstigen Menschen, wie sie es war. Sie hatte mit ihm geschwätzt, gelacht und gekocht und sich nichts dabei gedacht. Erst als er einst von ihrem Vater nach Brügge

geschickt wurde, spürte sie die Leere in ihrem Herzen und wurde sich klar, dass ihre Seele mit seiner verbunden war. Umso enttäuschender war es, dass er nichts von sich hören ließ, als ihre Mutter einen neuen Mann ins Haus brachte.
Das, was jetzt mit den Torwachen geschah, spielte sich auf einer ganz anderen Ebene ab. Und Reymburg war froh darum, dass sie nur aufrecht und stolz dazustehen brauchte, eine Hand lässig hinabhängend, die andere kokett in die Hüfte gestützt. Susana hingegen sprühte, tänzelte vor den Männern auf und ab, während sie mit heftigem Akzent ihrer beider Unwissenheit beklagte, dass sie, allein und fremd in der Stadt, die Torsperrenzeit nicht kannten, gurrte, Hamburg habe die schönsten Wachen, lobte die Bärte der Männer und bleckte immer wieder ihre weißen Zähne, durch die manchmal sogar ihre rosa Zunge schoss, um über die knallroten Lippen zu fahren. Sie fasste den einen Wächter unters Kinn, den anderen klopfte sie am Bauch. Unter ihrem schwingenden Kleid zeigte sich mal ein Fuß, mal sogar eine Wade, und immer wogte ihr Busen. Die Männer präsentierten sich wie der Pfau der Äbtissin und versprengten verführerische Lächelattacken auf beide Frauen. Reymburg lächelte zurück. Sie wagte sogar einmal, mit den Wimpern zu klimpern. Als die Kerle eine Tür im Kütertor öffneten, war sie unendlich erleichtert. Keiner der beiden hatte gefragt, warum sie nicht zum Brooktor oder zum Millerntor gelaufen waren, wenn sie doch in den Hafen wollten. Keiner hatte sich Gedanken darum gemacht, ob der Bürgermeister Franzoyser wirklich feierte. Sie hatten ihr kleines, kostenloses Vergnügen gehabt und waren bereit, fünfe dafür gerade sein zu lassen.
Ähnlich verliefen die Verhandlungen mit dem Nachenruderer, den Susana aus dem wohlverdienten Schlaf in seinem Boot riss. Sie müssten nach Harvestehude, weil dort die Grafen von Schauenburg zu Besuch seien, war hier die Ausrede. Ein vorgezeigter Fuß, ein hochgerutschter Kleidersaum, ein Lächeln – und der Mann legte sich in die Riemen.

So geschah es noch im Dunkel der Nacht, dass sich im Gebüsch vor dem Kloster zwei venezianische Lebedamen in bescheidene Hamburger Mägde zurückverwandelten. Sorgsam legten die beiden Frauen die wertvollen Gewänder zusammen. Susana schnürte sie sich unter den Röcken fest, so dass Po und Hüften übergroße Dimensionen annahmen.

„Wie eine Bäuerin, die Kissen schmuggelt."

„Lass dich nicht erwischen!"

„Am besten sag ich gleich, es seien Daunen, und bezahl dafür Torgeld." Dann lachte Susana über ihre unmöglichen Formen. „Wenn Hannes das sähe!"

Die Augen der beiden trafen sich.

„Heirate ihn, Susana, um eurer beider Seelen willen. Du bist mutig und gütig. Du wirst seine Wunden heilen."

Susana seufzte. „Aber er nimmt mich nur aus Pflichtbewusstsein und Mitleid. Gib mir noch ein Jahr. Ein Jahr mit ihm zuhause. Wenn dann nichts Besseres kommt, nehm ich ihn. Aber erstmal finde ich den Mörder deines Bruders!" Sie hauchte der Nonne einen schwesterlichen Kuss auf die Wange: „Sei vorsichtig!"

„Gib Acht auf dich!"

Der feine Ton der Laudes-Gesänge schwang durch die Luft, als sich Reymburg mit klopfendem Herzen ihrem Kloster näherte. Noch würde die Infirmaria nicht nach ihr geschaut haben; wie alle Nonnen war sie bestimmt erst vor einer Stunde geweckt worden und verschlafen in die Kirche geeilt. Reymburg ging vorsichtig zum Wirtschaftstrakt. Hier herrschte schon erste Geschäftigkeit. Ein Knecht begann, die Ställe auszumisten. Sie öffnete die kleine Tür zum Brauhaus und schlich die Treppe in den Bierkeller hinab, dann wieder hinauf in die Küche. Alles schien hier gestern seinen Gang genommen zu haben, nur die kleine Magd fehlte beim Kamin. Die Lütte würde bei Metteke schlafen, dachte Reymburg und drückte sich leise den Kreuzgang entlang. Hier war alles mit Gesang erfüllt, der Gruß an den Morgen hob Reymburgs Gemüt. In dem Glauben, gerade noch rechtzeitig gekommen zu sein, stieß sie die Tür zu ihrem Krankenzimmer auf. Im Bett lag niemand, und vor dem Bett war kein Lager für die Kleine. Doch im Halbdunkel saß eine Gestalt, aufrecht und bewegungslos.

„Spar dir jede Erklärung, Reymburg Ryben!“, zischte die Äbtissin Gertrud Stacius.

Reymburg war ihr zu Füßen gefallen und hatte um Vergebung gebeten, sie hatte Metteke und das Kind von jeder Schuld freigesprochen, doch Gertrud Stacius blieb hart. Reymburg kam in eine Büßerzelle im Keller, tief unter den Arbeitsräumen und dem Dormitorium. Die beiden Mägde waren des Klosters verwiesen worden. Metteke hatte die weinende Lütte an die Hand genommen und war mit ihr nach Hamburg gegangen. Das war das Einzige, was Reymburg erfuhr, bevor sich die Tür hinter ihr schloss. Über ihr eigenes Schicksal sollte der Konvent entscheiden. Doch das war ihr egal im Vergleich zum Schicksal der beiden Komplizinnen. Es war ihr schwerer ums Herz als je zuvor.

Sie hatte keine Matratze, keine Decke. Ein Holzbrett auf Beinen war ihr Bett, ein Stein ihr Kopfkissen. Ein Kübel diente als Abort, Wasser und Altbrot als Nahrung. Kein Licht drang in ihre Zelle, kein Laut, kein Lied. Reymburg wusste, dass der Konvent entscheiden konnte, dass sie fortan ihr ganzes Leben so verbringen müsste. Doch sie hatte einen Trost. Sie stellte sich vor, wie Hannes Mariechen aus Lilienthal holte, mit ihr an Bord eines Schiffes ging und sie nach Hause brachte. Im Dunkeln konnte sie immer wieder diese Szene vor ihr inneres Auge rufen: Hannes mit Marie an der Hand, eine winkende Scholaria, die das Kind in Lilienthal verabschiedete, Hannes, der Marie vor sich aufs Pferd setzte und mit ihr

nach Bremen ritt, Hannes und Marie an Bord einer Kogge, die die Weser hinabfuhr und dann die Elbe hinauf, Hannes, der mit Marie in Hamburg ankam.
Sie wusste nicht, wieviel Zeit vergangen war. Nur ihr Körper mit seinen durch die Klosterdisziplin geschulten Intervallen machte es ihr möglich, Rhythmen zu bestimmen. Fünfmal verlangte er nach Schlaf. Fünfmal hatte eine grobe Magd ihr Nahrung an die Tür gebracht und den Kübel verlangt. Wie lange würde der Konvent brauchen, um über ihr Schicksal zu entscheiden? Wollten sie das Thema nicht in der Karwoche besprechen, oder hatten sie schon längst verfügt, dass sie in ewig unwissendem Warten ohne Zeit, ohne Licht und ohne Trost ihr Dasein fristen sollte? Reymburg verscheuchte diese Fragen, sie halfen nicht weiter. Stattdessen streckte und reckte sie sich zwischen kurzen Nickerchen und betete jeweils siebenmal in den sieben Haltungen der Demut für Hannes und Marie. Wenn Ängste und Sorgen kamen, nahm sie den Rosenkranz zu Hilfe, um dem Geist eine Krücke zu geben. Noch nie war Reymburgs Denken so sehr bei Gott wie im Karzer. Sie war nicht aus Liebe zu Jesus Nonne geworden, doch sie hatte das Nonnenleben umfangen wie eine Braut den Bräutigam. Das Kloster, insbesondere seine Wirtschaftsführung, hatte ihr das Zuhause mit den dortigen Aufgaben ersetzt. Aber hier, im endlosen Dunkel, glomm der Gedanke an die Liebe des Herrn wie das Licht einer Kerze für den verlorenen Wanderer. Reymburgs Geistesstärke und ihre stetigen Übungen im Gebet entfachten daraus ein loderndes Feuer.

Caput XIII
Vom Mitleid

O dass du mein Bruder wärest, der meiner Mutter Brüste gesogen …
(Hohelied Salomos VIII, 1)

Die Stader Schergen schickten einen Mann herunter, der unter groben Beschimpfungen ein Seil zwischen Hannes' Beinen durchführte und um den Bauch verknotete. So wurde er hinaufgezerrt. Im Tageslicht sank Hannes zu Boden und wimmerte wie ein getretener Welpe. Der Einäugige zerrte ihn hoch. „Da haben wir ja unseren Hamburger wieder. Herzlich willkommen vorm Hohen Gericht der Stadt Stade."

Hannes sackte erneut zusammen und bekam einen Tritt. „Steh auf!" Zwei Männer griffen ihm unter die Schultern und brachten ihn auf die Beine.

„Puh, wie der stinkt! So können wir ihn nicht vor die hohen Herren lassen."

Der Einäugige holte einen Eimer Wasser und leerte ihn über Hannes aus. Er prustete und schluckte, wurde fast ohnmächtig in dem kalten Schwall. Dann sah er seinem Widersacher in die Augen.

„Bringt mich doch endlich an den Galgen, dann hat es ein Ende!"

„Das kannst du haben, nur zu!"

Man stieß ihn auf die Straße, und weil er kaum noch laufen konnte, setzten sie ihn auf einen harten Holzwagen. Aus der Leprosenstraße, an der die Büttelei lag, fuhren sie in die belebte Hökerstraße. Hannes sah feixende Gesichter am Straßenrand. Sollten sie doch lachen, sollten sie doch mit dem Finger auf ihn zeigen. Er war so schwach, dass ihm alles egal war.

Hannes hatte Glück: Bürgermeister de Stadis saß zu Gericht. Auch wenn das stinkende Bündel Mensch dem pfiffigen Hamburger Gewürzhändler von vergangener Woche wenig ähnelte, kam ihm der wunderbar scharfe Pfeffergeschmack in Erinnerung, als er den Namen Hannes Michaelis hörte. Er fragte sich, welch Unglück den armen Mann getroffen hatte, war aber überzeugt, dass es keine schlimme, selbstverschuldete Untat sein konnte, denn ein guter Händler war in de Stadis' Augen immer auch ein ehrenwerter Mensch. Und wer solchen Pfeffer wie Hannes Michaelis im Angebot hatte, war ein guter Händler. Hinrich de Stadis ließ sich die Anklage vom Ratssekretarius reichen und überflog das Pergament. Neben ihm saß sein Ratskollege Ruffi und rümpfte die Nase. Mit einem Seitenblick vergewisserte sich de Stadis, dass Ruffi das stinkende Bündel Mensch gerne schnell aus den Augen hätte und ihm daher alles ohne Nachfragen überlassen würde.

„Seid Ihr Hannes Michaelis aus Hamburg?"

Der Vorgeführte nickte.

„Ihr seid der Unruhestiftung am Tage des Herrn Palmarum angeklagt! Was habt Ihr dazu zu sagen?"

Hannes blinzelte, versuchte, in sich eine Antwort zu finden, schüttelte aber nur den Kopf.

„Habt Ihr überhaupt etwas zu sagen, Michaelis?", hakte Ruffi nach, weil er meinte, etwas beitragen zu müssen.

Hannes schüttelte den Kopf.

„Dann rufen wir die Zeugen auf. Die Meister der Knochenhauerzunft: Oswald Bömmelbrugg und Hinnerk Ossenborch!"

Die beiden Schlachter erzählten ihre Geschichte. Von der gestörten Prozession berichteten sie, ohne zu flunkern, doch dann wichen sie von der Wahrheit ab. Angeblich hatte Hannes die Streiterei in der Kneipe angefangen und etliche Knochenhauer grün und blau geschlagen.

„Und wie kommt es zu den Wunden am Körper des Angeklagten?", fragte de Stadis.

Die Schlachter zuckten die Schultern. „Ich musste mich wehren, als er mich totschlagen wollte", gab Ossenborch zu.

„Gibt es weitere Zeugen dafür?"

Im Gerichtssaal rührte sich niemand. De Stadis war Handwerkern gegenüber immer mißtrauisch. Goldschmiede und Maler waren ja durchaus ehrenwerte Leute, aber diese rauen Knochenhauer konnten einem wie Michaelis eigentlich nicht das Wasser reichen. Er blickte seinen Ratskollegen Ruffi an, der damit beschäftigt war, sich die Fingernägel zu säubern, so dass der Bürgermeister das Urteil allein formulierte.

„Hannes Michaelis aus Hamburg! Du bist der Ruhestörung in dieser Stadt überführt, auch wenn nicht klar ist, in welchem Maße. Erwiesen ist, dass das Zeichen der Knochenhauer in unserer heiligen Prozession umgestoßen wurde. Hast du damit etwas zu tun?"

Hannes blickte de Stadis an. Die Prozession, das Zunftzeichen, Marie – ihm schossen die Bilder durch den Kopf. „Ich wollte doch nur mein Mariechen finden", stammelte er.

„Hast du das Zunftzeichen umgestoßen?"

Hannes nickte.

„Dann verurteile ich dich zu einer Geldstrafe wegen Ruhestörung!"

Die Knochenhauer erhoben ein lautes, unzufriedenes Schnauben, wurden aber von den Ratsdienern zurechtgewiesen. An ihrer Stelle trat Andreas Buck hervor.

„Ehrenwerter Bürgermeister! Habt Ihr in Betracht gezogen, dass der Mann das zweite Mal wegen unzüchtigen Verhaltens hier vor Euch steht?"

Ärgerlich zog de Stadis die Brauen zusammen. Was Buck nur gegen den Hamburger hatte?

„Das habe ich sehr wohl getan, Buck", sagte er leise drohend, so dass Ruffi neben ihm sich nicht einmal traute, die Stirn zu runzeln. „Und mein Urteil steht. Michaelis soll drei Schilling zahlen."

Das wäre sicher leicht machbar, dachte de Stadis, doch der abgerissene Mann vor ihm brach weinend zusammen. Hannes fingerte in seinem verschmutzten Geldbeutel und jammerte: „Ich hab nur noch einen Schilling und ein wenig, ach mein Mariechen, mein Mariechen ..."

Jetzt konnte ihn de Stadis auch nicht mehr retten.
„Bringt ihn in den Engelsturm für Schuldner“, ordnete er an. „Und gebt ihm derweil aus meiner Armenstiftung bei St. Johannis ein Hemd und Hosen.“
Hannes ließ seine letzten Münzen über den Boden rollen und wimmerte nur einen Namen: „Mariechen!“
Mehr hatte de Stadis für seinen Standesgenossen nicht tun können. Ein Bankrotteur musste sich selbst helfen oder seine Freunde bitten. Schließlich hatte der Mann ja vor ein paar Tagen erzählt, er habe nach Hamburg geschickt. Also war davon auszugehen, dass Michaelis die Miete für sein Gefängnis mitsamt seinen Schulden begleichen könnte, sobald sein Jungknecht aus Hamburg zurückkehrte. Das würde schon gutgehen, dachte de Stadis, denn der Pfeffer dieses Händlers war von besonderer Qualität.

Hannes fing sich langsam, als er im Engelsturm beim Hohen Thor saß. Er konnte sich waschen, bekam die Armenkleidung und eine Zelle für sich, in die durch eine Schießscharte Tageslicht kroch. Er hockte sich auf das trockene Stroh und versuchte, einen klaren Kopf zu bekommen. Immer noch fühlte er sich wie ein Versager, wie ein Hund, der es nicht wert war, dass man ihm Beachtung schenkte, doch sauber und mit einem Kanten unverdorbenen Brots im Bauch ließ sich dieser Zustand besser ertragen. Im Geiste durchlebte er die Gerichtsverhandlung ein weiteres Mal: Er war nur ein Bündel aus Selbstmitleid und Selbstvorwürfen gewesen, eine peinliche Rolle hatte er gespielt. Aber wenn er sich jetzt zusammennahm, konnte er vielleicht noch einiges nachvollziehen. So fragte er sich, warum de Stadis ihn so sanft anfasste, dieser Andreas Buck jedoch etwas gegen ihn hatte. Die Knochenhauer waren einfach nur wütend, aber hinter den Handlungen der hohen Herren steckte meist mehr. In diesem Moment schlug ein Wächter mit der Faust an die Tür: „Besuch, Hamburger!“

Bömmelbrugg war der erste, der in seine niedrige Zelle im Engelsturm kroch. Ossenborch folgte vorsichtig hintendrein.

„Was wollt Ihr denn hier?", fragte Hannes völlig verdutzt.

„Reden."

„Dann redet mal."

„Als du am Boden lagst, heute Morgen vor Gericht, da hast du geweint wie ein Kind, Hamburger."

„Ja, und?"

„Und du hast immer nur nach einem Mariechen geseufzt."

„Das hat uns zu denken gegeben."

„Hat uns fast das Herz umgedreht. Da tat es uns leid, dich gestern vertrimmt zu haben."

„Und Ossenborch hier, der hat sich erkundigt und rausgefunden, wo du gehaust hast in der Flohstraße. Da war dieser Frederik, der Schreiberling, der sagte, du suchst ein Kind."

„Die Magd vom Ältermann Crocus, die erzählte meinem Weib, dass so einer, der aussah wie du, auf dem Markt nach einem Mädchen gefragt hat."

„Dann ist mir wieder eingefallen, wie du uns beschimpft hast im Wirtshaus, als Kinderräuber und so! Und wir haben uns einen Reim draus gemacht, dass du ein Kind befreien willst."

Bömmelbrugg machte riesengroße Augen wie ein trauriger Hund.

„Dann hatten wir ein schlechtes Gewissen, weil du doch hier hockst. Und jetzt wollen wir dich freikaufen!"

„Doch der Obere deiner Wächter, das ist der scheele Jehann. Dem trauen wir nicht. Der würde weitersagen, dass wir dich freigekauft haben. Das darf aber nicht rauskommen. Er gehört nämlich zu denen, du weißt schon, zu Buck."

„Deshalb geben wir dir die nötigen Schillinge. Und du bezahlst die Wächter jetzt gleich. Sag, du hast das Geld noch in deinen Schuhen gefunden. So verwirrt, wie du warst, glaubt dir das Pack bestimmt. Aber mach schnell!"

Hannes verstand nichts, außer dass er rauskam aus dem Schuldturm. Sie steckten ihm einen Beutel zu.
„Wir warten draußen auf dich. Ruf jetzt gleich den Wärter, der Einäugige ist grade weg, und die anderen haben kein Hirn. Die machen nur, was man ihnen sagt. Warte nicht lange. De Stadis hat befohlen, dass du freikommst, wenn du drei Schillinge zahlst. Noch haben sie mehr Respekt vorm Bürgermeister als vor dem Einäugigen und vor Buck – noch."
Hannes fühlte die Münzen in dem Lederbeutel und spürte Freudentränen in sich aufsteigen. Als er den beiden danken wollte, waren sie schon verschwunden.
Er ließ einige Augenblicke vergehen, dann stimmte er ein Geschrei nach dem Wächter an.
Sie kauften ihm ab, dass er zu besoffen und mitgenommen gewesen war, um sich an seine Notration an Münzen zu erinnern, und entließen ihn mit der Verwarnung, sich nichts zuschulden kommen zu lassen. Als freier Mann verließ Hannes den Engelsturm. Auf der anderen Straßenseite lauerten die beiden Knochenhauer und feixten sich eins. Sie zerrten ihn in eine schmale Gasse. Im Umschauen sah Hannes den Einäugigen in den Engelsturm zurückkehren. Es war gerade noch gutgegangen.
Die beiden Knochenhauer nahmen ihn in die Mitte und schlangen die Arme um seine Schultern, als seien sie seit Jahren Freunde. Doch dann schlugen sie einen Trab ein, dass er vor Schwäche fast ins Stolpern kam.
„Nun lauf mal, es geht um was!", sagte Ossenborch. Sie sausten durch schmale Gänge und Gassen, mieden die Straßen, schlichen um Ecken und durch Höfe, bis sie in die Hundestraße kamen. In der Mitte der Straße lief ein rotbrauner, verkrusteter Streifen von getrocknetem Blut vor den Häusern der beiden Schlachtermeister entlang. Ossenborch schubste Hannes schnell in seine Hoftür. „Weib, wo steckst du?", schrie er. Eine große Frau mit roten Wangen,

dicken, blonden Zöpfen, kräftigen Armen und einem drallen Busen lief auf den Hof.

„Ist er das? Der, der das Mädchen sucht?"

„Klar, mein Walburgchen, ich hab ihn dir geholt", antwortete Ossenborch zärtlich, als sie sich mächtig vor ihm aufbaute. Sie ähnelten sich wie Geschwister. Beide groß, beide blond, beide wohlgenährt.

Walburg Ossenborch griff Hannes bei den Schultern und beäugte ihn. Er musste lächeln, als sie sein Gesicht studierte. „Ich fühle mich geehrt, Euch kennenzulernen, Meisterin Ossenborch!", sagte er.

„Das ist mal ein höflicher Mann!", rief sie. „Und ich freu mich, dass die beiden Dummbatze wieder gutgemacht haben, was sie angerichtet hatten." Unter ihren Blicken zuckten die starken Schlachtermeister zusammen. „Aber so höflich Ihr auch seid, Herr Kaufmann, Ihr stinkt!" Jetzt war es an Hannes zusammenzuzucken. „Hinnerk, lauf zum Badehaus und hol Essenzen und Seife!" Ossenborch trabte vom Hof.

„Und du gehst zu deinem Gesellen und lässt ihn Wasser aufsetzen!" Auch Bömmelbrugg gehorchte, und Hannes konnte sich ihrer meisterinnenhaften Autorität gleichfalls nicht entziehen, als Walburg ihn mit einem Wink anwies, sich auf ein Fass zu setzen.

Bald rannten zwei Lehrjungen und ein Geselle über den Hof, schrubbten einen Bottich sauber. Eine Magd, die ihrer Herrin an Statur und Befehlston nicht nachstand, brachte ihm unterdessen einen Krug warmes, süßes Kräuterbier, – das erste Gebräu, das ihm in Stade schmeckte. „Nach dem Bad gibt es Schinken, also trinkt Euch nicht satt", mahnte sie.

Hannes fühlte sich wie ein Zuschauer bei einem perfekt aufgeführten Mirakelspiel. Vom Nachbargrundstück wurde eimerweise heißes Wasser angeschleppt, aus der Ossenborchschen Küche auch. Die Knechte bauten um den großen Bottich sogar einen Sichtschutz auf, sorgten für einen Hocker zum Einsteigen und legten Tücher bereit.

Hannes begann sich gerade zu fragen, ob ihm in diesem Schaustück die Rolle der Heiligen Fausta zugedacht wäre, die zu Tode gekocht worden war, da traf Rieken, die Bademagd, ein, bepackt mit Tiegeln und Bürsten. Er wollte aufstehen, um sie höflich zu begrüßen, aber sie drückte ihm vertraut ein Küsschen auf die Wange.
„Ich soll Euch wieder sauber kriegen! So wie Ihr riecht, Hamburger, wird das ein ganzes Stück Arbeit!"
„Für das ich nun rein gar nichts zahlen kann!"
„Keine Angst, die Meisterin Ossenborch mag keine verdrecken Männer, besonders nicht in ihrem Gewerbe. Nach dem Schlachten schrubbe ich stets ihr ganzes Gesinde und bin immer gut entlohnt worden."
Rieken lachte kehlig und kippte einen Tiegel mit Lavendelöl in den Zuber. Hannes ergab sich in sein Schicksal, zog sich aus und stieg ins Wasser. Eine Stunde später war jeder Fingerbreit seines Körpers gut durchweicht, eingeseift und abgebürstet worden. Rieken hatte ihn dann trockengerubbelt und eingeölt. Walburg Ossenborch ließ ihm Lendentücher, einen sauberen Gesellenkittel und Hosen bringen. Seine Füße glitten in grobe Lederschuhe mit Holzsohle, wie Heyne Cletzen sie getragen hatte. Hannes wurde wieder düster zumute. Wo der Junge wohl stecken mochte? Gerade als der Trübsinn erneut nach seinem Herzen griff, kam Walburg Ossenborch mit einem anständigen, braunen Wams.
„Hinnerk ist zu mächtig dafür geworden", bemerkte sie mit einem schelmischen Grinsen. „Ihr aber seid ja geradezu ein Haken!"
Hannes sah an sich herunter. In der Tat war der Wohlstandsleib geschrumpft. Er ähnelte eher einem Bettler als einem Bürger.
„Da will ich mal was gegen tun!", lachte die Meisterin. „Und du kannst auch ein gutes Stück Schwein vertragen, Mädel", lud sie Rieken ein.
Hannes und die Bademagd folgten der prächtigen Frau in die Diele. Auf einem großen Eichentisch lagen elf Brote.

Bömmelbrugg und sein Knecht saßen schon an der Tafel. Rieken, Hannes, die beiden Ossenborchs, ein Geselle und zwei Lehrlinge setzten sich dazu. Die große Magd wuchtete eine Kasserole mit einem in Bier und Sirup gesottenen Schweineschinken auf den Tisch. In diesem Moment schien etwas die Treppe hinunterzukugeln. Ein kleines Mädchen, vielleicht vier Jahre alt, aber in ihrer Drallheit der Mutter nicht nachstehend, kletterte auf Walburg Ossenborchs Schoß.

„Willst du mitessen, mein Ferkelchen?“, fragte die Mutter mit vor Stolz glänzenden Augen.

„Ja, bitteschön!“ piepste das Töchterchen mit gierigem Blick auf den Braten. Walburg trennte von ihrem Brotfladen ein Stück ab. Ossenborch lächelte seiner Leibesfrucht zu und teilte den Schinken. Das erste Stück bekam das Kind. „Iss schnell, denn du musst bald zu Bett!“

Die Eltern tauschten wissende Blicke.

„Sie ist der Grund für deine Freiheit, Hamburger“, sagte Ossenborch. „Vor ihrer Geburt waren alle Kinder für mich Bälger.“

„Dummer Kerl!“, kommentierte Walburg und stopfte ihrer Tochter einen Happen Brot mit Fleischsoße in den Mund.

Die Scheiben, die Ossenborch vom Braten abschnitt, waren fett und dick. Dazu verteilte er gesottene Äpfel und Zwiebeln. Hannes dachte, dass dieses Mahl das beste der Welt war, auch ganz ohne Spezereien. Noch nie war ihm der Speichel so sehr geflossen. Ein Brot allerdings blieb unberührt. Der Tisch war fast leergeputzt, als an der Tür ein zartes Klopfen zu hören war. Die Meisterin brachte ihr Kind nach oben, und Ossenborch öffnete einer alten, von Arbeit gebeugten Frau. Er fasste sie unter dem Ellenbogen und geleitete sie zu dem unbenutzten Brot. Die Alte lächelte ihm zu, und Hannes erkannte die Magd, die auf dem Markt seine Pfefferkörner naschen wollte.

„Wo Hardexe jetzt hier ist, können wir mit dem Kriegsrat beginnen“, sagte Walburg Ossenborch, als sie sich wieder setzte. Ihre Magd schenkte noch eine Runde Kräuterbier aus und hockte sich neben einen der Gesellen.

„Hardexe ist Magd bei unserem Zunftvorsteher, dem Ältermann Crocus."

„Und für den Herrn hab ich bei Euch Pfeffer gekauft, recht billig. Erinnert Ihr Euch?", fragte sie Hannes.

Hannes nickte. Welch verzweifelter Tag dies gewesen war, und wieviele verzweifelte Tage gefolgt waren!

„Seid Ihr mit Eurer Suche weitergekommen?", erkundigte sich Hardexe.

„Ja und nein", antwortete Hannes. Dann erzählte er, warum er Marie suchte, wie es zu dem Zwischenfall bei der Prozession gekommen war und dass er Mariechen erkannt hatte.

„Und ich Dummbatz hau mich mit ihm dafür!", stöhnte Bömmelbrugg und schlug sich an den Kopf.

„Ihr beide habt euch nicht mit Ruhm bekleckert", urteilte Walburg streng. „Doch jetzt gilt es, das auszuwetzen. Ihr Kerle habt einen Tag Zeit verloren, aber wir Weiber haben schon etwas davon aufgeholt. Los, Hardexe, erzähl, was du seither rausgefunden hast!"

Hardexe stopfte sich das letzte Stückchen Brot in den Mund und spülte einen großen Schluck Bier nach. „Mich hat Eure Verzweiflung nicht losgelassen, Kaufherr Michaelis. Deshalb habe ich mich umgehorcht, wo das Kind stecken könnte. Ich habe alle Mägde und Haushälterinnen gefragt oder fragen lassen. Und meine Meddere, die Glückliche, die bei den Beginen lebt, hat sich in allen geistlichen Haushalten umgetan.

In die reichen Häuser, wo ich keinen kannte, und das sind wenige, hab ich meine Kleinmagd zum Ausbaldowern hingeschickt. Ihr könnt Euch auf Folgendes verlassen: In keinem Haushalt in Stade arbeitet ein stummes, blondes, wuschelhaariges Mädchen als Magd!"

„Jesus, steh ihr bei!", stöhnte Rieken.

Hardexe warf ihr einen wissenden Blick zu. „Nu mal nicht vorschnell, Mädchen! Was wäre, wenn jemand sie an Kindes statt aufzieht? Jemand, der kein eigenes bekommen kann?"

„Das wäre doch rauszubringen!", meinte Walburg. „Morgen früh geh ich zum Brunnen und tratsch darüber. Wenn so was in unserer Stadt passiert, hör ich das Gerede bis zum Abend."

„Gut!", bestätigte Ossenborch. „Im Klatschen bist du die Beste."

Die Meisterin warf ihrem Mann eine Kusshand zu.

„Sie redet aber nur unter den freien Frauen", warf die junge Magd der Schlachtermeisterin ein. „Wir Mägde wissen so manches, das eine gute Hausfrau nicht erfährt! Ich hör mich bei den Frauen meines Standes um!"

„Ich komm aus dem Armenviertel um das alte Harschenfleth, da kann ich nachhören", schlug Bömmelbruggs Geselle vor.

„Bömmelbrugg und ich, wir gehen von Handwerkerhaus zu Handwerkerhaus, in die Gaststätten und Wirtshäuser und zu den reichen Herren und reden über Haushalt und Mägde. Da kommt bestimmt so manches raus, auch wenn es uns einige Humpen Bier kostet", sagte Ossenborch entschlossen.

Bömmelbrugg prostete dem älteren Meister zu.

„Ich kann die andere Seite beleuchten", meinte Rieken still. „Ich frag bei den Dirnen rum, wer kleine Mädchen vorzieht und sich gelegentlich welche besorgt. Das wird nicht verborgen geblieben sein."

Hannes wollte zum Hafen gehen, um Heyne, seinen Knecht, abzufangen. Doch das wurde ihm strikt verboten. Er durfte nicht gesehen werden, bis der Einäugige ihn nicht mehr verfolgte, bis er wieder Geld genug hatte oder man seine Hilfe brauchte. Die beiden Lehrjungen der Ossenborchs sollten beim Baumhaus herumlungern und jedes Schiff aus Hamburg nach dem jungen Cletzen absuchen.

Der nächste Tag war fürchterlich für Hannes. Gelangweilt saß er im Ossenborchschen Hof herum und tat nichts, denn ohne die

Meisterin und die Lehrjungen war keine auch noch so geringe Hilfsarbeit anzugehen. Gegen Mittag hielt es Hannes nicht mehr im Haus. Er nahm sich eine Schlachtergugel aus Walburgs Kleidertruhe. Als er auf die Gasse trat, huschte etwas davon. Die Schritte waren noch zu hören. Hannes spurtete los, bog um die Ecke und kam auf die belebte Straße. Auf der anderen Straßenseite hielt sich jemand die Seiten, jemand der zu schnell gerannt war. Hannes ging auf ihn zu. Doch kaum hatte der Rotbart ihn erblickt, verschwand er in der Menge wie ein Aal in den Algen. Das war kein Zufall mehr. Der Mann folgte ihm. Doch warum? Wenn alle anderen nach Marie suchten, konnte er wenigstens dieses Rätsel lösen. Entschlossen machte er sich auf die Verfolgungsjagd. Nach einigen Schritten traf er den schwarz gewandeten Geistlichen, der ihn freundlich grüßte, aber weitereilte, ebenfalls dem Rotbart hinterher. Hannes stutzte und blieb stehen. Wenn der Priester den Rotbart verfolgte, und der Rotbart Hannes beobachtet hatte, dann aus einem einzigen Grund: Beide wollten Marie. Eine andere Möglichkeit kam Hannes nicht in den Kopf. Das wiederum bedeutete, dass beide Marie nicht hatten und es unsinnig wäre, ihnen nachzulaufen. Wichtiger war vielmehr, ihnen aus dem Weg zu gehen. Er musste sich damit abfinden, auf dem Ossenborchhof zu warten, bis etwas geschah. Grübelnd machte er sich auf den Rückweg.

Es hatte vier geschlagen, da kam die Meisterin mit ihrem schlafenden Kind über der Schulter zurück. Walburg brachte ihre Tochter ins Bett und entfachte ein Feuer im Kamin. „Kein Mädchen an Kindesstatt seit langem. Das letzte kam vor sechzehn Jahren bei einem Schusterpaar unter. Die Jungfer hat jetzt einen Gesellen geheiratet. Tut mir leid.“ Sie schaute Hannes traurig an. „Könnt Ihr helfen? Fleisch schneiden?“

Nichts tat Hannes lieber. Er zerschnippelte die Reste des Vortags, schnitt ein Stück Speck in feine Stifte, schälte und zerstückelte Möhren, Kohl, Zwiebel, Sellerie, rieb getrocknetes Bohnenkraut und Petersilie und zerstieß Altbrot. Die Essensreste wurden zu einer Suppe verarbeitet. Er briet den Speck in Butter an, schmorte darin das Gemüse und goss Braunbier hinzu. Das ganze wurde mit Altbrot angedickt, gesalzen und mit Pfeffer, Zimt und den Kräutern abgeschmeckt.

Als die Suppe fertig war, waren alle eingetroffen, bis auf Rieken. Sie kamen mit langen Gesichtern und schlechten Nachrichten: Keiner hatte etwas herausgefunden.

Doch die schlechteste Nachricht brachte die Bademagd: Sie berichtete von einem Mann, der regelmäßig Huren bestellte, und immer die kindlichsten. Dieser Jüngling, dem bisher kaum Flaum auf den Lippen wuchs und der dennoch schon ein Vermögen in die Frauenhäuser getragen hatte, war seit Wochen nicht mehr bei einer Dirne gewesen.

Schweigen war um den Tisch eingetreten. Keiner mochte mehr essen.

„Und als ob diese Nachricht noch nicht schlimm genug wäre: Es handelt sich um den Bruder des mächtigen Vorstehers der Tuchhändler, den jüngeren Bruder des Kämmerers Andreas Buck", schloss Rieken traurig.

Entsetzt presste Hannes die Hände vor die Augen und stöhnte auf.

„Wir müssen in sein Haus!", entfuhr es Ossenborch.

„Der spricht doch nicht mal mit Handwerkern, schon gar nicht mit Knochenhauern", wandte Bömmelbrugg ein.

„Schlimmer noch", sagte Walburg, „er sammelt um sich das bewaffnete Gesindel der Stadt."

„Und seit einiger Zeit traut sich keiner mehr, etwas gegen Buck zu sagen! Außerstädtische Händler vergrault er, und innerstädtische Konkurrenten setzt er unter Druck. Er will die Macht in der Stadt und reicher werden, immer reicher", meinte Ossenborch.

„Damit kommt er aber nicht durch", empörte sich Oswald Bömmelbrugg.

Walburg und ihr Gatte zuckten mit den Schultern.

„Wenn er geldgierig und machtbesessen ist, wenn er den Handel an sich reißen will, dann kenne ich den Weg in sein Haus. Er wird mit mir sprechen, wenn ihr mich wieder zum Händler ausstaffiert“, sagte Hannes mit wachsender Zuversicht. „Aber ich brauche dazu auch eine kleine, private Schlägertruppe!“

*

Als sich die Tür von Reymburgs Zelle öffnete und Propst Willekin zu seinem Beichtkind kam, fand er eine andere Frau vor als die, die eingeschlossen worden war. Die Fackel, die für ihn aufgesteckt wurde, zeigte ihm nicht die verheulte, schmutzige Nonne, die er erwartet hatte, sondern eine aufrecht sitzende Frau, in deren grünbraunen Augen etwas leuchtete, das er nie an ihr gekannt hatte. Er hätte sich seine Begrüßung mit der Frage nach ihrem Befinden sparen können, denn sie sprach freundlich und ruhig: „Gut geht es mir, Willekin. Was führt Euch hierher?“

„Ich will Euch die Beichte abnehmen und Euch Trost spenden, Schwester Reymburg.“

„Ich danke Euch, Vater.“

Bereitwillig kniete sie nieder, sprach von dem Hochmut, dass sie den Karzer nicht als Strafe empfand, und bat ihn um seinen Segen.

Verwirrt erteilte er ihr ohne Auflagen die Absolution. Dann setzte sie sich blinzelnd ob des ungewohnten Fackellichts wieder auf ihre karge Pritsche und lächelte.

„Wollt Ihr nicht wissen, was der Konvent beschieden hat?“, fragte der alte Geistliche.

„Ich werde es dann erfahren, wenn der Herr die Zeit für gekommen hält.“

Willekin schluckte. War sie wirklich so gelassen, oder war sie verrückt geworden? „Ich komme, um dich aus diesem Loch zu befreien, aber nur wenn du versprichst, fügsam zu sein.“

„Ich werde stets dem Weg folgen, den Gottes Liebe gebietet!“ Wieder lächelte Reymburg wissend. Irgendwie war Willekin mit dieser Antwort nicht ganz zufrieden, aber er konnte sie nicht zur Demut zwingen. Er hatte keine Zeit zu rechten.

„Du wirst dein Amt als Celleraria wieder aufnehmen und für das Ostermahl sorgen. Heute, am Karfreitag, sollst du in der Kirche Buße tun.“

„Der Herr sei gepriesen!“ Sie stand auf.

Willekin hatte schon zuvor Nonnen aus dem Karzer geholt, aber keine war so sicher und aufrecht geschritten wie Reymburg Ryben. Sie ging vor ihm her in die Kirche. Die Klostergemeinschaft hatte befunden, Reymburg über die Woche Karzer hinaus nicht weiter zu bestrafen. Jetzt standen die Schwestern auf der gegenüberliegenden Seite des Kreuzgangs und verfolgten den Gang der Sünderin. Doch keine konnte in ihren Augen Resignation, Trauer, Wut oder Verzweiflung finden. Nein, sie beugte sich sogar gelassen zur grauen Klosterkatze hinab, um dem Tier den Buckel zu streicheln. Mit einem freundlichen Morgengruß ging sie an den Schwestern vorbei. In der Kirche warf sie sich vor dem Bildnis der Muttergottes flach zu Boden. Doch statt zu büßen, dankte sie, dankte sieben Stunden lang. Dann holte die Priorin sie zur Arbeit.

Es war dem Konvent unmöglich, seine Celleraria im Karzer zu lassen. Denn für das Osterfest hatte sich hoher Besuch angesagt: Bürgermeister Franzoyser und Bürgermeister Miles, der Spendenbevollmächtige Hardeneck und die Söhne des Grafen von Schauenburg mitsamt Erzieher. Schon am zweiten Tag von Reymburgs Kerkerhaft wurde Gertrud Stacius klar, dass dem Kloster eine gastgeberische Katastrophe ins Haus stand. Die Brauerei des Klosters war berühmt. Die Annehmlichkeiten des neuen Gasthauses zogen oft die Potentaten der Gegend an. Hier wurde verhandelt und gefeiert. Und egal, worüber verhandelt und was gefeiert wurde, das Kloster gewann immer. Die Gäste brachten wertvolle Geschenke mit und revanchierten sich durch spätere Geschäfte. Diese guten Beziehungen durften auf keinen Fall durch ein fades Ostermahl gefährdet werden. Deshalb trug Gertrud Stacius dem Propst Willekin auf, über Biscop, den Klostervermögensverwalter in der Stadt, Metteke suchen zu lassen und sie zur Rückkehr zu bewegen. Metteke kam mitsamt der Lütten und forderte den doppelten Lohn für beide. Ihre Bedingung wurde erfüllt, als es aber ums Würzen des Hypocras und das Anmischen von süßem und scharfem Gewürz ging, fragte sie mit Unschuldsblick, wo die Schwester Celleraria sei. Denn die Kunst der Spezereien und Würzungen beherrsche sie nicht, schließlich sei sie nur Magd. Am vorletzten Tag von Reymburgs Gefangenschaft erhielt Gertrud Stacius glückhafterweise die göttliche Eingebung, dass das fade Klosteressen ein Zeichen sei, das besagte, man solle Reymburg nicht zu arg bestrafen. Schließlich war die Not oft der Weg zur Tugend.

Nach ihrer Buße mischte Reymburg wieder fröhlich mit Metteke Gewürze, zerlegte Hühner, buk Feingebäck, kochte geduldig Eier, pellte und frittierte sie und legte sie heiß in eine dicke, grüne Soße aus Essig, Zucker, Petersilie und Lauch. Die Nacht des Karfreitags war mit Arbeit gesegnet, das Herdfeuer brannte zu unheiliger Stunde. Die drei verwandelten Fisch in Pastete, Brot und Eier in Kräuterkuchen und Krebse und Lauch in Tartes.

Nach Mitternacht zog sich Reymburg zurück. Noch immer war ihr die Einzelkammer zugewiesen, eher um sie von den anderen Schwestern abzutrennen als um sie zu schonen. Sie schlief den Schlaf der Gottgesegneten. Zu den Laudes war sie frisch wie nie. Ihre Seele jubelte, als sie gemeinsam mit den Schwestern singend die Morgendämmerung begrüßte. Dieser Dienst war keine Last mehr, vergällt durch das frühe Aufstehen nach kurzer Nacht. Mit ganzem Herzen dankte sie Gott für die ersten Sonnenstrahlen, die er durch die vielfarbigen gotischen Fenster der Apsis schickte. Wer einmal das Dunkel erlitten hat, trinkt das Licht mit größerer Freude. Sie wusste, dass Gott bei ihr war, im Licht und im Dunkel. Gestärkt und ruhig wollte sie ihre Tagesarbeit beginnen, als sie von der Portaria ins Gesprächszimmer gebeten wurde.

Caput XIV
Vom Mute

Aber als ich meinem Freund aufgetan hatte, war er weg und fortgegangen ... (Hohelied Salomos V, 6)

Andreas Buck sammelte seit Jahren Verbündete um sich. Er hatte das Wandschneidergewerbe von seinem Vater gelernt. Sein jüngerer Bruder wurde im Kontor eines befreundeten Ripenfahrers ausgebildet. Das Geschäft verlief ohne Höhen und Tiefen, auch nachdem es vom Vater auf den Sohn übergegangen war. Die große Zeit des Andreas Buck kam mit der Pest: Er kaufte die Geschäftshäuser verstorbener Kaufmannsgenossen auf und übernahm den gesamten Ripenhandel. Mit dem Sterben der Bauern wurde die Nahrung im südelbischen Land knapp und die Landwirtschaftsprodukte verteuerten sich. Da die Krankheit Skandinavien später erreichte als das Hanseland, konnte Buck im Austausch gegen feines flandrisches Tuch Butter, Häute, Fisch, Leinwand, Talg, Aale, Federbetten und Pökelfleisch aus Dänemark einführen. Seine Importe nutzte er, um die Preise sacht, aber profitabel anzuheben. Besonders betroffen waren die Seeleute, weil die Pest auf den Schiffen mitreiste. Durch bessere Löhne warb er anderen Schiffern die Schiffskinder ab, immer über Mittelsmänner und nie in Stade, aber in Hamburg, Harburg und Friesland. Niemand kam ihm auf die Schliche. Buck wurde zum reichsten Mann Stades. Viele der abgeworbenen Schiffskinder blieben dauerhaft bei ihm: treu und bis an die Zähne bewaffnet. Einige arbeiteten weiter auf seinen Schiffen, andere brachte er in städtischen Diensten unter und manche lungerten einfach in der Stadt herum und achteten darauf, wer Feind und wer Freund des Andreas Buck war. Ein Jahr nach der Pest wurde er Kämmerer der Stadt, dann Magister der Wandschneider. Jetzt zielte er aufs Bürgermeisteramt. Aber es gab eine unberechenbare Größe in seinem Leben: seinen Bruder.

Andreas Buck konnte so reich sein, wie er wollte: Die Aussicht, Geld über neue Handelskontakte zu verdienen, lockte ihn immer. Deshalb nahm er den Brief des Hannes Michaelis aus Hamburg ernst, den ihm der seltsame Schreiber Frederik angstschlotternd überbrachte. An seinen „Bruder in Kaufmannschaft" schrieb Hannes, dass ihm das Glück wieder hold sei und er nun sein eigentliches Ziel in Stade zu verfolgen suche. Der Handel mit Gewürzen sei seit Beginn der Hanse stets nur ein Beihandel gewesen, hauptsächlich bestimmt durch die Lübecker, die alles in der Hanse an sich rissen. Fortuna folgend, hätten die Kaufherren aus Brügge mitgebracht, was ihnen die Levantiner zu bieten hatten, und an die Lübecker weiterverkauft. Doch der Gewürzimport sei verbesserungswürdig. Er, Michaelis, habe Erfahrungen mit Reisen nach Venezia gemacht, um einen wohlgeordneten, direkten Handel aufzubauen, und suche nun Partner in den Städten nahe Hamburg, – Partner, die mutig genug seien zu investieren, um die Lübecker zu umgehen. Das harte Auftreten vor Gericht habe ihn davon überzeugt, dass Buck ein machtbewusster und durchsetzungsfähiger Mann sei. Und bevor er mit de Stadis spreche, wolle er mit Buck reden. Er bitte, am nächsten Tag vorsprechen zu dürfen.
Allein schon aus markttaktischen Gründen lehnte Andreas Buck dieses Angebot nicht ab. Er lud Hannes Michaelis in sein Kontor ein.

Michaelis sah aus, wie ein Kaufmann auszusehen hatte – vielleicht ein wenig wilder, wagemutiger, als er am nächsten Abend zu Bucks Haus ging. Die verschworenen Mariechensucher hatten die Krämerläden abgeklappert und abgelegte Kaufmannskleidung gekauft: ein schwarzes Seidenwams, einen dunkelblauen Samtmantel, graue Beinkleider aus Leder, dazu feine Stiefel, die Hannes aber zu groß waren. Sogar ein Barett hatten sie gefunden, allerdings in grün. Das alles war seiner Litzen und Bänder beraubt gewesen, die die Krämer einzeln verkauften. Doch Ossenborch und Bömmelbrugg hatten sich nicht lumpen lassen. Den Mantel zierte ein Kaninchenkragen, eine goldene Litze schmückte Hannes' Brust.

Bucks Haus ragte in fünf Etagen über die Straße hinaus. Die Bäckerstraße galt zwar nicht als beliebtestes Wohnviertel für Kaufleute, aber das große Backsteinhaus war ein durchaus beträchtliches Anwesen. Der Hinterhof führte zum Schwingefleet, so dass die Handelswaren der Bucks bei Flut leicht in ihr Haus gebracht werden konnten, am Kran vorbei. „Wer Macht will, der wird daran nie satt“, murmelte Hannes, als er an der Fassade emporschaute.

Er betätigte den schweren Türklopfer. Ein vornehm gekleideter Knecht öffnete und ließ den Handelsherrn Michaelis ein. Er bemerkte nicht, dass Hannes einen zarten Schweineknochen in der Türöffnung fallen ließ, denn der Abenteurer aus Hamburg begrüßte ihn sofort mit Kaufmannshandschlag, so freundlich, wie es der Knecht noch nie erlebt hatte.

„Ich hoffe, Euer Herr und der junge Herr Buck empfangen mich beide!“

Der Knecht schaute betroffen unwissend.

„Lauft und fragt“, sagte Hannes freundlich und drückte dem Mann eine Münze in die Hand.

In diesem Moment schlüpfte die erste schwarzgekleidete, rußgesichtige Gestalt durch die Vordertür, ohne dass es jemand sah. Andreas Buck trat aus seinem Kontor und lächelte schief. „Wie ich sehe, hat Euch das Glück wiedergefunden, Michaelis!“

„Einem frommen und fleißigen Mann steht Gott stets bei“, lachte Hannes. Er breitete die Arme aus, so dass sich sein blauer Mantel gleich einem Pfauenschweif aufbauschte.

„Buck, ich habe Eure Wachsamkeit und Eure Gegenreden vor Gericht bewundert. Ihr seid ein streitbarer und kluger Mann. Und Ihr schützt Eure Stadt vor Scharlatanen, was in meinem Falle allerdings überzogen war. Doch jetzt freue ich mich, Euch unter gesitteten Umständen wiederzusehen.“

Er nahm den anderen brüderlich in seine Arme. Buck war durch die Freundlichkeit des Hamburgers irritiert und bemerkte nicht, wie zwei weitere Gestalten in sein Haus schlüpften.

„Ihr seid nicht nur der mächtigste Mann der Stadt, sondern auch einer der reichsten“, schmeichelte Hannes, als er den anderen aus seinen Armen entließ, und wies auf die Kassettendecke der Halle. „Und ich denke, Ihr habt vor, noch reicher und mächtiger zu werden. Der Beweis dafür ist, dass Ihr mich empfangt. Ihr habt Euch bestimmt gesagt, dass es Euer Schade nicht sein kann. Vor allem, wenn es um Spezereien geht!“

Er klopfte Buck freundschaftlich auf die Schulter. Der nickte verdutzt und bat den anderen in sein Kontor. Als er sich abwandte, schlich noch ein Schatten in sein Haus. „Und Euren Bruder lasst auch holen! Wenn Ihr in den Gewürzhandel einsteigen wollt, muss das ganze Haus Kenntnis haben, denn die Güter sind wertvoll. Und Ihr wollt doch nicht, dass ich mit de Stadis verhandeln muss.“

„Spezereien!“, sagte Buck sinnierend. Er schenkte Hannes gutes Hamburger Bier ein und bot ihm einen Platz an.

„Das Gold der Gaumen“, schwelgte Hannes.

Buck wiegte den Kopf hin und her. „Ein teures, risikoreiches Geschäft. Warum sollte ich mich darauf einlassen?“

„Weil Ihr einerseits ein ebenso mutiger wie ehrgeiziger Mann seid und es andererseits ein hoch angesehenes, profitables Geschäft ist. Ich will meinen Handel ausdehnen. Lübeck ist in der Hand des Hauses Jordan, Hamburg versorge ich. Und ich kann passgenauer und billiger liefern als die Lübecker, die in Brügge einkaufen. Stade hat keinen Spezereienhändler. Alles, was Ihr ersteht, hat den Aufschlag aus Brügge und Lübeck und ist dadurch doppelt teuer. Ich kann das ändern. Stade ist nah bei Hamburg, aber zu weit, um nur einen Kontoristen mit den wertvollen Gütern hierzulassen. Ich brauche einen Handelspartner, dem ich vertrauen kann und der das Risiko mitträgt.“

Hannes redete sich in einen Rausch. Die Idee, Stade zu beliefern, kam ihm gar nicht mehr so verkehrt vor. „Ich dachte auch, dass wir gemeinsam Bremen beliefern könnten. Am Einkauf der Ware und den Risiken würde ich Euch natürlich beteiligen müssen, doch rein finanziell. Das menschliche Risiko trage ich."

Buck lächelte. „Ihr habt mein Interesse wohl erregt, doch wie wollt Ihr mit mir in Vertrag kommen?"

„Was haltet Ihr davon, wenn ich Waren aus Hamburg als Probe kommen lasse? Ihr habt meine erste Probe ausgeschlagen, doch de Stadis' Gaumen ist mein Zeuge, dass ich keinen Vogeldreck verkaufe. Nun biete ich Euch weitere Proben an, die ich persönlich aus Hamburg holen werde. Ist das ein Beginn, der Euch genügend Raum für Entscheidungen lässt?"

Buck schaute den Hamburger kritisch an: „Ihr würdet für mich Proben holen und wiederkommen, ohne mit de Stadis zu sprechen?"

„Keine Verhandlungen mit anderen, bevor Ihr zum Entschluss kommt!", versprach Hannes ernsthaft.

Buck wollte zustimmen und streckte eine Hand aus, doch er erstarrte in der Bewegung. Die Tür hatte sich geöffnet. Ein schmaler, junger Mann trat ein. Er hatte tiefliegende, meerblaue Augen und schöne, sinnliche Lippen, wie die jungen Apostelfiguren an den Kathedralen. Sein Wams, seine Hosen, sogar sein Hemd waren aus wertvollstem Material, aber in grauer Farbe, ganz als wäre er aus Stein. Nur der Gürtel blühte blutrot auf seinen Hüften wie eine tiefe, frische Wunde.

„Mein Bruder Hinrich", sagte Buck leise. Der Jüngling verneigte sich. „Der Kaufherr Michaelis hier will uns ein Geschäft anbieten."

Ganz kurz glaubte Hannes ein Zucken in den Winkeln von Hinrichs schönem Mund gesehen zu haben, als Andreas Buck seinen Namen nannte. Doch vielleicht irrte er sich.

„Geschäfte sind stets von Interesse, also seid willkommen, Michaelis!"

„Das freut mich sehr!“ antwortete Hannes. „Geschäfte gehen die ganze Familie an, deshalb begrüße ich, dass Ihr zugegen seid!“
„Familie, das ist gut!“, meinte der junge Buck. „Wenn ich recht gehört habe, habt Ihr keine Familie, Michaelis, nicht wahr?“ Jetzt war es an Hannes, mit den Mundwinkeln zu zucken. Hinrich hatte sich informiert.
„Das ist wahr. Es gibt nur eine Freundin, eine Nonne, der ich verpflichtet bin. Sonst sind alle tot.“ Wenn er in Hamburg hatte nachforschen lassen, war ihm das bestimmt zugetragen worden. „Umso mehr möchte ich mich mit Geschäftsleuten verbünden, die nicht allein dastehen. Ich trage das Risiko, Ihr bietet die Sicherheit des hochpreisigen Absatzes.“
„Es geht um Spezereien, Hinrich“, erläuterte Andreas Buck.
„Von anderen Waren hat Michaelis ja auch keine Ahnung, Andreas“, kommentierte der Jüngere kühl. „Ich frage mich nur, wieso er zu uns kommt. Du hast ihm vor Gericht doch hart mitgespielt, wenn ich meinen Ohren trauen darf.“
„Das ist vergeben und vergessen, sofern wir ins Geschäft kommen“, wandte Hannes ein. „Aber wenn Ihr nicht wollt, gehe ich zu de Stadis. Nur geltet Ihr als solventer.“ Auf keinen Fall durften die Bucks ihm die Tür weisen.
Doch der junge Herr blieb feindselig. „Könnt Ihr so einfach Vertrauen gewinnen, wo man Euch misstraute?“
„Ich suche das Vertrauen derer, die klug, finanzstark und mächtig sind. Und ich hoffe, Eures Vertrauens würdig zu sein!“ Hannes schenkte Andreas Buck ein Lächeln, und dieser nickte zustimmend. Er hatte Geld gerochen. Doch Hinrich zweifelte.
„Was wollt Ihr wirklich in Stade, Michaelis?“
„Geschäfte machen, einen Händlerring für Gewürze aufbauen. Das habe ich Eurem Bruder schon erläutert. Ich will meinen Handel besser organisieren.“
„Aber Ihr kamt hier an ohne bedeutende Waren!“

„Das stimmt! Wie kam das?“, hakte Andreas Buck nach.

„Straßenräuber bei einem Ort namens Timbeke, – in der Nähe eines Gasthauses, wo ich einen Geschäftspartner erwartete. Das erste Mal, dass man mich übers Ohr gehauen hat, aber eben ein Schlag ins Kontor für meine Pläne im Bremer Raum“, log sich Hannes eine brüchige Geschichte zusammen. „Deshalb will ich mich jetzt an die wenden, die schon Macht in Händen halten, aber noch etwas wagen wollen: Euch!“

„Doch wie sollen wir Euch vertrauen, ohne Euch und Eure Waren zu kennen, Michaelis?“, fragte Hinrich direkt.

„Wartet auf meine Warenproben.“

„Und was wollt Ihr vorher von uns? Ist es nicht unredlich, ohne Warenproben zu kommen? Wer sagt mir, dass Euer Aufzug nicht ein Spielmannsstück ist und Ihr uns für nichts um Geld angehen wollt?“, fauchte Hinrich. Er baute sich vor Hannes auf. „Schau ihn dir an, er sieht doch aus wie ein Spielmann!“ Er fasste an Hannes' Karnickelkragen. „Hasenfell am Hals, abgetragene Kleider. Und so was vertraust du, Bruder?“

„Mäßige dich, Hinrich“, rügte ihn der Ältere verärgert und verunsichert.

„Wartet auf die Proben! Vorher will ich kein Geld und keinen Vertrag. Wartet auf den Pfeffer – schwarz, weiß, rot und grün, Zimt in braunen Borkenstücken, Majoran, frisch vom Feld getrocknet, Muskatnüsse, groß wie Taubeneier, und sogar goldenen Safran, den keiner mehr im Lager hat außer mir“, lenkte Hannes ab.

„Dann kommt wieder, wenn Ihr den Pfeffer habt, Michaelis“, sagte der junge Buck.

„Vielleicht sollten wir tatsächlich auf Eure Waren warten“, meinte Andreas Buck vorsichtig und stand auf.

Hannes sauste der Kopf. Er musste irgendetwas sagen, damit er bleiben konnte. Sonst war alles umsonst. „Lasst uns vorher bekräftigen, dass ...“ Doch was nur? Hannes wusste nicht weiter.

Da öffnete sich die Tür. Eine kräftige, schwarze Gestalt trat ein, auf dem Arm ein zappelndes Kind.
„Das ist es, was ich wirklich hier gesucht habe!“, rief Hannes.
Oswald Bömmelbrugg setzte Marie Ryben ab. Sie stürzte sich in die Arme von Hannes, der sich hingehockt hatte. Seine Augen füllten sich mit Tränen, er grub sein Gesicht in die blonden Wuschellocken, wollte sie küssen. Doch Marie drehte ihren Kopf weg.
Dann brach die Hölle los. Hinrich Buck riss an Maries Oberkörper, Hannes umklammerte, wie ein Schraubstock, das Kind. Marie wehrte sich, zappelte wild und stieß in ihrer Not heisere Laute aus.
Andreas Buck schrie: „Hinrich, warum tust du uns das an?“
Bömmelbrugg ging auf Hinrich los, der Hannes mit der Hand im Gesicht wegzustoßen suchte, Andreas zerrte an Bömmelbrugg. Der Tumult lockte die Bediensteten des großen Hauses an, die in der Diele auf unheimliche, mit schweren Schlachtermessern bewaffnete Gestalten trafen. Bömmelbrugg bekam endlich Hinrich zu fassen, drehte ihm den Arm um und legte ihm ein Tranchiermesser an die Kehle.
„Ruhe!“, brüllte der junge Knochenhauermeister. „Sonst stirbt der junge Herr. Und pfeift Eure Knechte zurück, Buck!“
Andreas Buck erfasste die Situation sofort. Er trat vor die Kontorstür, wo die schwarz bemalten Gestalten inzwischen sechs Knechte und die Großmagd in Schach hielten. „Alles in Ordnung, Leute. Mein neuer Handelspartner hat nur seine Wächter dabei. Alles in Ordnung. Geht zurück an die Arbeit!“
„Keiner geht!“, ließ sich Ossenborch vernehmen. „Alle bleiben schön steif und stumm!“
„Tut, was er sagt!“, befahl Andreas Buck und schloss die Tür zum Kontor.
Hannes fasste sich. „Dies Kind ist die Schwester der Nonne Reymburg Ryben und mein Mündel. Ich frage mich, wie sie in Euer Haus kommt.“

„Die kleine Dirne ist nichts als ein Bauernbalg ohne Stimme!", zischte Hinrich Buck. „Ich hab sie redlich angeworben und für sie gezahlt, damit sie Küchenarbeiten verrichtet!"

„In Samt und Seide?", zweifelte Hannes und hob einen Ärmel von Maries teurem, weißem Kleidchen. Das Kind war ausstaffiert wie eine Hofdame, mit weitem Dekolleté, spitzen Goldschühchen und geschlitzten Ärmelchen. „Mit goldenen Spangen im Haar?", bohrte Hannes weiter. Er löste eine Klammer aus Maries Locken und warf sie zu Boden.

„Hinrich, verdammt, Hinrich!", flüsterte der ältere Buck. „Du hast bei Gott und allen Heiligen geschworen, dass das aufhört!"

„Sie wollte das doch. Schau dir doch an, wie sie sich herausgeputzt hat!", schrie der Jüngere jetzt. „Und hättest du dem Hamburger ordentlich mitgespielt, wie ich dir riet, wäre alles in Ordnung. Alle wären glücklich. Auch sie war glücklich! Sie wollte es so!"

Andreas packte seinen Bruder beim Wams. Bömmelbrugg nahm das Messer weg, hielt aber den Arm des Mannes fest im Griff.

„Mir ging es um den Handel, du Schuft. Aber du hast deinen Eid gebrochen. Du wolltest damit aufhören und heiraten!", knurrte Andreas Buck seinen Bruder an.

„Der scheele Jehann hat dich auch gewarnt, Andreas. Du bist schuld, dass er hier ist, hier in unserem Haus. Du bist schuld, du und deine Geschäfte!" Hinrich Bucks Stimme überschlug sich vor Wut und Angst. Andreas sah seinem Bruder fest in die Augen.

„Am Sterbebett unserer Mutter hast du geschworen, von den Mädchen zu lassen, du Hund!", zischte er.

Da ging Hinrich in die Knie und begann zu heulen wie ein Kind. Wimmernd klammerte er sich an die Beine seines Bruders. „Verzeih mir! Verzeih mir! Als der Ritter sie anschleppte, da konnte ich nicht anders, sie ist doch so süß. Schau sie dir an. Außerdem kann sie nicht reden. Ich hab nichts getan, was sie nicht wollte. Sie hat sich immer

so gefreut, wenn ich ihr was mitgebracht hab“, stammelte er mit sabbernden Lippen.
„Ich kann das nicht mehr hören!“, sagte Andreas gefährlich leise. „Geh in deine Räume und bete!“
„Auf keinen Fall geht der!“, brummte Bömmelbrugg böse. Er tauschte einen Blick mit Hannes. Dieser setzte sich jetzt ruhig auf einen der Stühle. Er wollte Maries Hand nehmen, doch sie entzog sich. Das Kind starrte unentwegt Hinrich an.
„Buck, hört mir zu. Meine Männer sind angesehene Bürger dieser Stadt. Wenn sie gegen Euren nichtswürdigen Bruder aussagen, wird er gevierteilt und verbrannt. Aber darum geht es uns nicht. Nicht jetzt. Ich bin Geschäftsmann wie Ihr. Garantiert mir, dass ich mit dem Kind die Stadt sicher verlassen kann, und unsere Münder sind versiegelt. Es sei denn, in Eurem Haus lebt jemals wieder ein kleines Mädchen. Schickt Eure Töchter ins Kloster und stellt keine Mägde mehr ein. Tut Ihr das nicht, reden wir.“
„Sind das Eure Bedingungen?“ Buck war fahlgrau im Gesicht geworden, aber in seiner Stimme lag eine unverkennbar kaufmännische Ruhe.
„Nicht ganz. Als Unterpfand für meine und des Kindes Sicherheit nehmen wir Euren Bruder mit. Wir wissen, dass Ihr und Euer Bruder in der ganzen Stadt Männer unter Waffen in Diensten habt. Haltet sie zurück. Sonst stirbt Euer Bruder.“
Andreas Buck sah seinen Bruder mit tiefster Verachtung an. „Nehmt ihn mit. Und lehrt ihn mores und virtutes. Ich habe mein Bestes an ihm gegeben und versagt!“
Der Tuchhändler trat vor den anderen aus dem Kontor. „Geht an die Arbeit zurück, Leute!“, befahl er seinem Gesinde. „Hier gibt es nichts zu sehen.“
Auf ein Zeichen von Hannes gaben die Knochenhauer den Weg frei. Andreas Buck brachte sie durch die Diele in den abenddunklen Hof. Eigenhändig öffnete er eine Seitentür für die Geiselnehmer

seines Bruders. Bömmelbrugg und Ossenborch führten den Kinderschänder, dem sie aus dem roten Gürtel eine schmale, aber wirksame Handfessel gedreht hatten, durch die unbeleuchteten Gassen. Vor und hinter ihnen gingen die schwarz gekleideten Lehrlinge, die das Bucksche Haus durchsucht hatten.

Andreas Buck wandte sich Hannes zu. „Ich will gar nicht wissen, wer Eure Helfer sind. Aber sagt mir, wann ich meinen Bruder zurückerwarten kann."

„Es ist schon dunkel, aber ich frage beim Baumhaus noch um eine Passage nach Hamburg. Wenn ich mit meinem Mündel auf dem Fluss bin, lassen die Männer ihn frei."

„Ich wünschte, er würde auf immer verschwinden. Ich habe schon überlegt, ob ich ihn in ein Kloster stecken soll, aber er ist mein Erbe."

„Wir werden Euch dieses Problems nicht entheben, Herr Buck. Es ist eine Sache des Gerichts oder der Familie. Unsere Warnung kennt Ihr. Wir geben ihn preis, wenn Ihr nicht alle Jungfrauen aus dem Haus schafft. Wollt Ihr sicher sein, dass die Sünden Eures Bruders Euren Ruf nicht ruinieren, dann bringt ihn weg – weit, weit weg."

„Ich glaube, ich muss Euch danken!", sagte Buck.

„Von Euch kann ich nicht einmal Dank annehmen, nur das Ehrenwort eines Kaufmanns für meine und meiner Leute Sicherheit."

„Das habt Ihr, beim Heiligen Cosmas und beim Heiligen Damian!"

„Gott helfe Euch mit der Last Eures Bruders!", wünschte Hannes ehrlich.

Er schob Marie aus der Tür in Richtung Hafen. Wieder wollte er ihre Hand nehmen, doch sie wurde stocksteif, zog ihre Finger aus den seinen. Er ließ sie gewähren und ging neben ihr her.

Sie erreichten das Ende der Seitengasse nicht.

Der Angreifer kam von hinten. Hannes hörte Schritte und stieß Marie, einer Eingebung folgend, zu Boden. Er zog seinen Dolch und drehte sich um. Noch in der Drehbewegung, in der Hannes den anderen mit seinem linken Ellenbogen rammte, wurde er selbst von einem Dolchstoß am rechten Arm getroffen, der tief ins Fleisch drang. Schmerz raste durch seinen Körper. Die Hand, an der warmes Blut herunterströmte, war wie gelähmt, klirrend fiel sein Dolch zu Boden. Er schrie laut um Hilfe. Der andere setzte zum nächsten Stoß an, aber Hannes wich aus. Als sein Feind ins Straucheln geriet, erkannte er erstaunt den Rotbart. Diesen Moment nutzte der Verfolger und stach in Hannes' Schenkel. Hannes stöhnte und ging neben Marie, auf deren Gesicht sich blankes Entsetzen spiegelte, zu Boden. Gerade, als der Rotbart Hannes den Garaus machen wollte, flogen rasende Schritte durch die Gasse. Mit wehendem Talar stürzte ein Priester auf die Kämpfer zu, wie ein schwarzer Erzengel. In seiner Hand blitzte ein Schwert. Der Rotbart packte Marie und rannte davon. Der Geistliche beugte sich über Hannes. „Wie ist Euch? Seid ihr verletzt?"

„Rettet das Kind!"

Der Geistliche lief los.

Hannes kroch zur Straße. Sein ganzer Körper schmerzte. Am liebsten hätte er im nächsten Haus Hilfe gesucht, doch das gehörte Buck. So kroch er weiter die Straße entlang, bis ein paar Lieferknechte ihn fanden und zu Ossenborch trugen.

Im Hause des Knochenhauers war alles liebevoll auf Mariechens Empfang eingestellt. Blumenschmuck hing an der Tür und in der Diele, Spielzeug lag auf dem Tisch. Als Hannes auf den Hof getragen wurde, vertrieb der Schrecken jegliches Rot aus Walburg Ossenborchs Gesicht. Sie scheuchte ihre kugelige Tochter ins Bett und ließ den Bader rufen, um Hannes zu verarzten. Dann hörte sie sich seine Geschichte an.

Bömmelbrugg und Ossenborch hatten Hinrich Buck in Bömmelbruggs Keller verschnürt und ein Bier auf den Erfolg getrunken. Als sie zurückkamen und von Hannes' Unglück erfuhren, kehrte sich ihnen das Bier im Magen um. Sie machten sich auf die Suche nach dem Rotbart und dem Priester und ließen die übrigen sorgenerfüllt zurück.

Doch der Geistliche fand tief in der Nacht allein seinen Weg zum Ossenborchhaus und bat, zu Hannes Michaelis vorgelassen zu werden.

„Mein Name ist Johannes de Beverstede. Ich bin Domherr aus Hamburg und, wie Ihr, ein Freund der Familie Ryben."

In knappen Worten schilderte er, wie er Maries Entführer bis zu einem Gasthaus beim Schifferthor verfolgt hatte. Im Gastraum war der Mann nicht zu sehen gewesen. Also hatte er sich die Treppe zu den Kammern hinaufgeschlichen.

Als de Beverstede weiter berichten wollte, stockte seine Stimme.

Im ersten Stock hatte er mitanhören müssen, wie der Rotbart Marie geschlagen und ihr immer und immer wieder befohlen hatte, aufzuschreiben, wo das Geld wäre.

„Dann wusste er, dass sie stumm ist!", unterbrach Hannes entsetzt die Erzählung.

„Stimmt!", sagte de Beverstede. „Ob sie etwas aufgeschrieben hat, weiß ich nicht. Und ich konnte ihr auch nicht helfen, denn ich wurde vom Wirt überrascht, der seine Wut über lauschende Priester laut herausschrie."

De Beverstede beschrieb, wie er versucht hatte, den Wirt zu überreden, gemeinsam in das Zimmer einzudringen, wo das Kind geschlagen worden war. Aber der Wirt hatte geantwortet, ihm wäre egal, was seine Gäste mit ihren Kindern machten. Selbst als er erklärt hatte, dass das Kind entführt worden war, hatte der Wirt sich nicht gegen seinen gut zahlenden Gast einnehmen lassen. Nach einem vergeblichen Versuch, den Hausherrn mit Silbermünzen umzustimmen, hatte er ihn schließlich am Kragen gepackt, war aber von dem Knecht des Wirts mit einem Messer bedroht und hinausgeworfen worden.

Sofort war er zum Schifferthor gelaufen und hatte den Wachen erzählt, dass ein Kind entführt worden war, aber der einäugige Wachführer hatte ihm erst zwei Schergen mitgegeben, als ein paar Schillinge den Besitzer gewechselt hatten. Ins Wirtshaus zurückgekehrt, hatte er erfahren, dass der Rotbart mit Marie geflohen war. Allerdings hatte er gehört, wie der Wirt gegenüber den Schergen ausgesagt hatte, dass der Fremde Hamburger wäre, so dass er die Verfolgung noch in dieser Nacht aufnehmen würde. Er wollte zuvor nur Hannes ins Bild setzen.

Hannes folgte dem hastigen Bericht des Domherren aufmerksam. Dann erst bedankte er sich zutiefst für seine Rettung, fragte aber auch, warum de Beverstede zur Stelle gewesen wäre. Wie hatte er ihn gefunden?

„Vor einigen Tagen besuchte ich Reymburg Ryben, und sie sagte mir, Ihr wäret auf der Suche nach ihrer kleinen Schwester. Ich entschied, Euch zu helfen. Ich habe Euch per Zufall getroffen, als ich durch Stade nach Bremen reisen wollte. Wisst Ihr noch: auf dem Markt?“

„Doch warum wollt Ihr uns helfen?“

„Aus vielerlei Gründen. Ich war der beste Freund von Diederik Ryben, und ich trage Mitschuld an seinem Tod. Ich glaube zu wissen, wer hinter Diederiks Ermordung und Maries Entführung steckt. Aber ich bin mir nicht völlig sicher. Zwei oder drei Männer des Rats kommen infrage, auch wenn Reymburg anderer Meinung ist. Diederik schrieb mir einen letzten Brief, vermutlich kurz bevor er seinen Mördern in die Hände fiel. Daraus erfuhr ich, dass er das Geld an einem Ort versteckt hätte, den nur seine Schwester kannte, und dass sein Leben in Gefahr wäre – durch den Rat der Stadt Hamburg. Er meinte, die „Sache“ wäre gefährlicher, als er gedacht hätte. Ich werde dem Entführer folgen, ihn in Fesseln schlagen und zum Reden bringen.“

„Und wer ist nun der Entführer?“

„Gott verbietet uns, vorschnell Verdächtigungen auszusprechen. Nur so viel: Diederik schrieb, seine Feinde kämen vom Rat, wären mächtig und hätten mit sehr viel Geld zu tun. Also sind es die Bürgermeister oder der Spendensammler für fromme Zwecke: Franzoyser, Miles, Hoop, Uppemperde oder Hardeneck."

Hannes schüttelte ungläubig den Kopf. „Franzoyser ist ein aufrechter Mann, mit Miles und Hardeneck bin ich seit Ewigkeiten befreundet. Hoop und Uppemperde sind alt."

„Doch, glaubt mir. Einer von ihnen muss es sein. Und er ist zu allem entschlossen, also nehmt Euch in Acht. Kommt nach Harvestehude, sobald Ihr reisefähig seid. Ich werde Euch dort treffen. Wenn ich den Entführer finde, kann ich vieles aufklären."

„Passt auf, er ist schnell mit dem Messer!"

„Ich bin Sohn eines Ritters. Macht Euch keine Sorgen!" Er klopfte auf ein Kurzschwert unter seinem Mantel. Dann schlug er Hannes vorsichtig auf die linke Schulter und verabschiedete sich. „In Harvestehude, nach Ostern, sehen wir uns. Ich bringe Marie!"

Hannes bewegte vorsichtig die Finger der rechten Hand und den linken Fuß. „Noch vor Ostern", versprach er sich, „werde ich dort sein!"

Caput XV
Von der Eile

Steh auf, Nordwind, und komm, Südwind, und wehe durch meinen Garten … (Hohelied Salomos IV, 16)

Hannes schaute von seinem Hocker zu Bömmelbrugg, Hinnerk und Walburg Ossenborch auf. „Ich weiß gar nicht, wie ich Euch für die viele Hilfe danken soll, und auch nicht, wie ich um weitere Hilfe bitten kann. Aber ich muss noch morgen nach Hamburg."

„Meint Ihr, er bringt das Mädchen dahin?" fragte Bömmelbrugg nach.

„Das hat der Domherr gesagt."

„Der Domherr wird ihn schon einholen. Er hat ein gutes Pferd und muss kein widerspenstiges Kind mit sich herumschleppen. Ihr seid auf keinen Fall reisefähig, Hannes", meinte die Ossenborchsche.

„Ich traue ihm nur halb. Wer weiß, was er mit dem Kind anfängt. Und per Schiff kann ich wohl reisen", hielt Hannes ihr entgegen.

„Wenn er an das Geld will, wird er sie nach Hamburg bringen, damit sie zeigt, wo das Versteck ist", folgerte die Frau ernst.

„Genau deshalb will ich auch in Hamburg sein."

„Ich halte es für ganz vernünftig, wenn Hannes nach Hamburg fährt", meinte Bömmelbrugg. „Und wenn ihr meine Schlachterei für eine Woche mitführt, dann begleite ich ihn!"

„Über Ostern willst du dein Gewerk liegen lassen?", fragte Ossenborch erstaunt. „Ich meine, an mir soll es nicht liegen. Ich schlachte für dich mit, aber du verlierst Gewinn und Ansehen!"

Bömmelbrugg zuckte gleichgültig mit den Schultern. „Ich wollte schon immer mal probieren, was es mit dem Hamburger Bier auf sich hat."

Am nächsten Tag hinkte Hannes, auf Bömmelbrugg gestützt, zum Baumhaus. Ein Ossenborchscher Lehrling trug ihnen die Bündel nach. Just als sie am Kran vorbeigingen, lief ihnen von rechts eine nervöse Gestalt vor die Füße, die vor Verwirrung nicht mehr sah, was sie vor Augen hatte.

„Heyne Cletzen, du treuer Kämpe!“, rief Hannes.

Der Junge drehte sich um, prallte vor dem Schreckensbild seines seltsam gekleideten und hinkenden Herrn zurück und fiel ihm dann in die Arme, wobei er die Wunde am Oberarm drückte.

„Autsch, pass auf, du Lümmel!“, entfuhr es Hannes, statt den Jungen ordentlich zu begrüßen.

„Seit gestern such ich Euch, Herr! Ihr schienet wie vom Erdboden verschluckt!“

„Deine liebe Rieken hätte dir alles erzählen können.“

„Da hab ich mich nicht mehr hingetraut.“ Heyne wurde puterrot, besonders weil Bömmelbrugg schallend lachte.

„Meister Bömmelbrugg, das ist mein Kaufmannsgehilfe und Pferdeknecht Heyne Cletzen“, stellte Hannes die beiden vor. „Und dass wir uns wiedergefunden haben, enthebt Euch der Last, mich nach Hamburg zu bringen.“

„Kommt gar nicht in Frage! Ich hab Stade noch nie verlassen, hab im Gewerk meines Vaters geschuftet, seit ich laufen kann, bis ich selbst der Meister im Haus wurde. Jetzt will ich mich mal in der Welt umsehen, das schneidet mir keiner ab!“

„Gemacht! Aber Heyne nimmt die Bündel.“

Heyne griff sofort nach dem Gepäck.

„Und rück mal Geld raus an das Haus Ossenborch“, befahl sein Herr.

Heyne band seine Geldkatze los und gab dem Lehrling Münzen für die Meisterin und noch einige Pfennige für die Dienste der Boten. Dann machten sie sich auf in das Gewühl am Baum, wo gerade Leder in Ballen und gesalzene Aale in Fässern auf einen Hamburgfahrer geladen wurden. Der Schiffer freute sich über zahlende Passagiere, insbesondere weil Bömmelbrugg so aussah, als könne er gut anpacken. Hannes wurde auf ein paar Säcke auf dem Achterkastell platziert, denn die Märzsonne mühte sich nach Kräften, den Frühling voranzutreiben. Und für Malade ist Sonne bekannterweise das Beste. Ein feiner Westwind machte die Fahrt beschwerlich. Vor der Schwingemündung musste die einmastige Kogge kreuzen, und der Sand, der stets den Stader Hafen zuzuschwemmen drohte, machte nur kurze Schläge möglich. Hannes saß verkrampft und unruhig auf seinen Säcken, bis Heyne sich ihm endlich zugesellte. Der Junge hatte wenig zu berichten: Er war bei Susana gewesen, die seine Geldkatze gestopft und ihn sofort nach Stade zurückgeschickt hatte. Sie selbst war aufgebrochen, um Reymburg zu informieren. Von der spannenden Geschichte seines Herrn konnte Heyne gar nicht genug bekommen.

Als die Dämmerung hereinbrach, ankerten sie vor Wittenbergen, denn es war die fürchterlichste aller Nächte, die Nacht des Kartags, und kein gottesfürchtiger Mensch würde sie auf See oder auf einem Fluss segelnd verbringen. Dennoch genehmigten sich die Seemänner, ein kleines Fass Bier aufzumachen, und setzten sich zu Hannes, der noch einmal alles erzählen musste. Der Krug machte die Runde. Als Hannes von dem Rotbart sprach, runzelte der Schiffer die Stirn.

„Einer, dem das Barthaar rot sprießt, – das erinnert mich an was“, sagte er. „Vor zwei oder drei Wochen hatte ich einen an Bord, da fuhr ich nach Bremen runter. Der kam in Hamburg aufs Schiff, so piekfein hab ich noch nie einen zur See fahren sehen. Und hatte ein Gesicht, glatt wie ein Kinderpopo. Und dann hat er sich nicht mehr rasiert, was ja auch klar ist, so auf See, da will man sich ja nicht selbst den Hals abschneiden! Und was da rauskam, aus der Haut am Kinn und auf den Wangen, das war ganz anders als seine Haarfarbe. Stellt Euch das vor! Der war nämlich blond, wie Ihr seid, mein Herr, aber der Bart kam zu Tage in Rot. Und was glaubt Ihr, was er machte? Am Tag, bevor wir in Bremen waren, holt er den Schiffsjungen, der soll ihn barbieren. Aber nicht den Bart, sondern das Haupthaar, das blonde. Da waren nur noch Stoppeln. Ganz seltsam sah das aus!“

Hannes blickte Bömmelbrugg an. Beide dachten dasselbe: Es würde schwer werden, den Mann in Hamburg zu erkennen, denn er würde den Bart schon abgenommen haben. Ein Mann, dessen Aussehen niemand beschreiben konnte, würde mit dem Kind nach dem Schatz suchen. Vermutlich im Hause der Ryben. Es sei denn, der Domherr hatte ihn gefunden. Doch was, wenn nicht? Sie mussten vor dem Entführer in Hamburg sein.
In diesem Moment hörte Hannes das nahe Plätschern des Wassers an den Elbstrand, und ein Gedanke raste durch sein Hirn. Er schalt sich, nicht vorher auf die Idee gekommen zu sein, Heyne vorauszuschicken. Erst sollte der Junge seine Magd ins Bild setzen und dann das Haus der Ryben überwachen. Kurze Zeit später wurde der zitternde Heyne auf einem Floß aus Fässern an Land gepaddelt. Schwach von der Fackel der zurückrudernden Seeleute beleuchtet, winkte Heyne vom Strand erleichtert. Er war zuversichtlich, zügig ein Pferd zu finden. Schneller als sein angeschlagener Herr würde er Hamburg erreichen und Susana vor einem Mann mit kurzen, blonden Haaren warnen. Die würde dann sogleich Reymburg in Kenntnis setzen.

*

Aufgeregt und verstört saß Susana im Parlatorium, dem Besuchszimmer des Klosters Harvestehude. Sie fühlte sich vollends fehl am Platze. Als die Celleraria endlich eintrat, ergriff sie deren Hände: „Reymburg, alles ist schiefgegangen!“ Dann brach sie in Tränen aus.
Reymburg fuhr ihr schwesterlich mit der Hand über die Wange. „Beruhige dich! Erzähl erst mal, dann wird es dir gleich bessergehen!“
Susana schluchzte: „Hannes ist verletzt worden. Aber er hat den Jungen vorgeschickt, heute ist der angekommen. Vor einer Woche war er schon mal hier, gleich nachdem du in der Stadt warst!“

„Nun mal ganz langsam, Susana. Berichte mir, was geschehen ist, nachdem wir uns an der Alster verabschiedeten."

So ernst Susanas Geschichte klang, bei der Erinnerung an die Maskerade musste sie doch lächeln. Wie lange das alles her war! Ihr schienen Welten zwischen der verzweifelten Suche nach Diederiks Mörder und ihrem neuen Lebensgefühl im Kloster zu liegen. Sie nahm Susanas Hände in ihre, als diese anfing zu erzählen.

„Also, Hannes hat diesen Jungen mitgenommen: Heyne Cletzen, den Sohn eines Stadtreiters, der an der Pest starb. Einen Tag, nachdem du bei mir warst, tauchte Heyne bei mir auf. Er sagte, Hannes und er wären in Stade in Schwierigkeiten geraten und sie bräuchten Geld."

„Wieso waren sie in Stade?", hakte Reymburg nach. „Lilienthal liegt doch bei Bremen!"

Susana schlug die Augen nieder: „Ich habe versucht, es dir mitzuteilen, aber in den letzten Tagen ließ man mich nicht zu dir. Die Knechte vom Wirtschaftshof erzählten, du stecktest im Karzer."

„Das stimmt, war aber nicht schlimm. Was wolltest du mir mitteilen?", fragte Reymburg. Ein stummes Ave Maria wappnete sie gegen die schrecklichen Nachrichten, die nun kamen.

„Marie ist nie in Lilienthal angekommen. Man hat sie entführt. Irgendwelche Strauchritter, die mit Kindern handeln. Doch Hannes war in der Burg dieser adligen Schufte und hat herausgefunden, dass Marie nach Stade gebracht wurde. Dort hat er sie befreit. Bevor er aber mit ihr auf ein Schiff steigen konnte, hat man ihn überfallen und Marie geraubt. Das hat Heyne heute erzählt. Darum bin ich hier."

„Herr Jesus!"

„Irgendwie ist ihm ein Domherr zu Hilfe gekommen."

„Pater de Beverstede war hier und hat mir versprochen, Hannes zu unterstützen."

„Heyne und Hannes vermuten, dass Marie nach Hamburg gebracht wird, weil sie irgendein Geheimnis kennt."

„Das Geld!“, rutschte es Reymburg heraus.

„Ja! Vermutlich weiß sie, wo es ist. Und deshalb müssen die Entführer sie am Leben lassen, bis sie es gefunden haben.“

„Aber sie war doch schon auf dem Weg nach Lilienthal, als Diederik unsere Erbschaft verkaufte.“

„Stimmt, da hast du Recht! Das versteh ich auch nicht!“ Susana hob ratlos die Hände.

Reymburg atmete tief ein, schloss die Augen und sandte ein Stoßgebet zur Gottesmutter, der Namenspatronin ihrer kleinen Schwester. Ihr Atem verlangsamte sich und vor ihrem inneren Auge erschien das Bild des Kindes. Dann hörte sie Maries Freudenlaute, spürte ihre Hand, die Reymburg fortzog, um ihr einen kleinen Schatz zu zeigen, und sah sie auf der Suche nach einem neuen Versteck davonsausen. Sie riss die Augen auf. „Verstecke!“, stieß sie hervor. „Marie hatte überall kleine Verstecke. Bestimmt hat Diederik eins davon benutzt, um das Geld zu verbergen“, sagte Reymburg aufgeregt und dankte Maria für die Eingebung.

„Aber wie sollte der Entführer davon wissen?“ fragte Susana.

„Die Folter. Du hast doch die Spuren an Diederiks Körper gesehen. Vielleicht hat er ihnen einen Happen Wahrheit vorgeworfen, um den Schmerzen zu entkommen.“ Reymburg lehnte sich ruhig in ihren Stuhl zurück. „So muss es gewesen sein.“

„Und das durfte keiner wissen außer dem, in dessen Auftrag gefoltert wurde“, griff Susana den Faden auf. „Deshalb musste auch der Büttel sterben. Weißt du noch, er ist doch am Weinsuff gestorben, und seine ganze Familie und seine Freunde sind nach dem Jammerschmaus dahingesiecht.“

„Der Wein war vergiftet!“ Reymburgs Augen verengten sich, doch sie versuchte, nicht aufzubrausen.

„Genau! Der Büttel wurde ermordet! Damit er nicht ausplaudert, dass er jemanden ohne gerichtliche Anordnung gefoltert hat!“ Susana war vor Aufregung aufgesprungen.

„Vorher brauchten sie den Büttel, weil er ein Meister der Qualen ist und jeden zum Reden bringt", meinte Reymburg, dann schoss ihr ein weiterer Gedanke durch den Kopf. „Aber weil er ein Meister war, wäre ihm auch keiner unter der Folter gestorben! Bei Diederiks Tod hat jemand nachgeholfen!"
„Der Mörder ist der, der die Folter bestellt hat!", schloss Susana.
„Herr im Himmel, der Mörder muss doch dem Rat angehören. Sonst hätte der Büttel es nicht getan! O Gott! Ich hab es nicht wahrhaben wollen." Reymburg schluckte die Bitternis dieser Erkenntnis herunter. Die Ratsseite, die sie im großen Streit mit dem Domkapitel immer für die gerechte gehalten hatte, war für den Tod ihres Bruders verantwortlich. Und nun war ihre kleine Schwester Marie ein Spielball dieser Mächte geworden: Auf der einen Seite ein Mensch, sicherlich vom Rat gedungen, der sie benutzen wollte, um das Geld der Ryben zu finden, auf der anderen ein Domherr, der sie retten wollte. Reymburg kniff die Augen zusammen und suchte, aufgewühlt wie sie war, nach Rat. „Wo mag er Marie nur hinbringen, dieser Kinderräuber?"
„In ein Haus der Reichen natürlich", folgerte Susana. „Ich weiß, was zu tun ist! Ich werde alle Mägde zusammentrommeln und nach einem unbekannten Kind suchen lassen. Nicht einmal nach einem Mädchen, denn vielleicht hat er sie verkleidet. Nur nach einem Kind, das nichts sagt. Wenn ich mich spute, erwische ich meine Freundinnen noch am Abend beim Brunnen."
„Kennst du auch Haushälterinnen von Geistlichen?"
„Ich kenne alle Großmägde der Stadt!"
„Dann lass auch bei den Priestern suchen, falls Marie in die Hände des Domherren gefallen ist. Ich weiß nicht, was ich mir mehr wünschen soll", flüsterte Reymburg. Dann sah sie ihrer Vertrauten fest in die Augen. „Susana, ich werde auch in die Stadt kommen. Sowie das Essen für die Herren hier fertig ist, mache ich mich auf den Weg."
„Bring dich nicht in Gefahr! Du warst doch grad erst im Karzer."

„Ihre Strafen schrecken mich nicht. Es war falsch, den Mörder zu suchen, denn Gottes Weg ist der der Vergebung. Aber ich muss Marie helfen. Jesus liebte die Kindlein, und Marie ist schwach und allein. Mein Weg ist der Weg zu ihr. Lauf du in die Stadt, lass die Mägde und Knechte suchen. Ich treffe dich vor Sonnenuntergang an eurem Haus."

Metteke und die Lütte wunderten sich nicht schlecht, dass Reymburg nach dem Gespräch mit Susana bei der Arbeit die doppelte Geschwindigkeit an den Tag legte. Sie verlor kein Wort, aber sie beabsichtigte offensichtlich, vor der Mittagsmesse sämtliche Vorbereitungen für den Ostersonntag getroffen zu haben. Und sie betete bei der Arbeit. Nur, wenn sie in jenem neuen, erschreckend ruhigen Ton Anweisungen gab, unterbrach sie das ständige Ave Maria, das sie vor sich hinmurmelte. Ganz zum Schluß rieben sie zehn Pfund Altbrot und zehn Pfund harten Käse, vermischten die Krümel mit frischen Eiern und formten Hunderte von Kügelchen, die am Morgen zu Käsebällchen gebacken werden sollten. Reymburg war noch wach, fröhlich und stark. Die beiden anderen aber legten sich todmüde zur Ruhe, sowie es ihnen erlaubt war.

Reymburg klopfte an die Tür zu den Gemächern der Äbtissin. Gertrud Stacius erschrak fast, als sie sie sah. „Schwester Celleraria, was wünschst du von mir?"

„Euer Ostermahl ist gerichtet, liebe Mutter. Die Eierspeisen und Gemüsekuchen sind fertig, die Fische liegen in den Saucen, die feinen Kuchen und Puddinge stehen im Keller. Zum Morgenmahl sollte eine Weinsuppe mit getrockneten Feigen und Korinthen reichen, dazu das übliche weiße Brot. Nur die Bäckerin muss noch das Ihre tun, aber auch der Brotteig ist angesetzt und die Käsebällchen sind gerollt."

„Wunderbar, da dank ich dir, dass du dies meldest", sagte die Äbtissin verunsichert. War die Celleraria seltsam geworden? Was interes-

sierte sie, die Äbtissin, der Zustand der Küche?
„Ich werde daher die Zeit finden, etwas zu tun, was Ihr nicht gutheißen könnt, Mutter, was mir aber in Gottes Namen richtig zu sein scheint. Ich habe mich genügend geprüft. Ich werde noch in dieser Stunde das Kloster verlassen, denn meine kleine Schwester ist in der Hand von grausamen Entführern. Da keiner besser das Antlitz des Kindes kennt als ich, kann ich meine Nonnenpflicht zur Klausur nicht halten. Wenn der Herr über das Schicksal des Kindes entschieden hat, kehre ich zurück und Ihr dürft über meines richten. Möge der Herr Eure Osternacht mit Segen übergießen. Ich bitte Euch nur um die Gnade, für mich zu beten in der heiligsten Stunde."
Sie senkte das Haupt.
Gertrud Stacius saß mit offenem Mund da. Noch nie hatte eine Nonne die Regel gebrochen und es vorher angekündigt. Als Reymburg zu ihr aufsah, lag in ihren Augen ein tiefes, grünes Leuchten. Das Lächeln einer Heiligen spielte um ihre Lippen, und Licht glänzte auf ihrem Schleier. Gott war bei ihr. Gertrud lief um ihren Schreibtisch herum und nahm ihre Celleraria fest in den Arm.
„Alle Heiligen bitten für dich, mein Kind. Dein Weg ist nicht leicht!"
Reymburg fiel auf die Knie und küsste die Hände der Äbtissin.
„Komm, ich statte dich aus und entlasse dich aus der Klausur", entschied die Äbtissin. Mit einem kleinen Schlüssel, der an einer Kette um ihren Hals gehangen hatte, öffnete sie eine Truhe. Heraus kam ein wertvoller, pelzumfrämter Hoyken, das grüne Obergewand und die prächtige, perlenverzierte Haube einer reichen Bürgerstochter.
„Ich konnte meine Kleider damals nicht weggeben. Immer wieder habe ich versucht, den Tand zu verbrennen, immer aber zuckte meine Hand im letzten Moment zurück. Das geht jetzt seit fünfunddreißig Jahren so. Heute weiß ich, zu welchem Zwecke der Herr mich so schwach machte."
Über das grobe klösterliche Untergewand zog Reymburg die Kleidung, die Gertrud Stacius in ihrer Jugend getragen hatte.

Die Äbtissin steckte der verkleideten Nonne einen Geldbeutel zu und führte sie zu ihrem Schlafgemach. Hinter einer schön bemalten Holztür tauchte eine geheime Wendeltreppe auf. Die Äbtissin drückte ihr den Schlüssel zur Tür in die Hand. „Bring das Mariechen mit nach Hause", sagte Gertrud Stacius zum Abschied. Sie ließ Kerzenlicht auf die Treppe fließen, bis Reymburg am Fuße angelangt war. Dann lief sie mit unwürdiger Eile in die Kirche, um Abbitte wegen ihres Hochmuts zu tun und für Reymburg und Marie zu beten.

Die Treppe führte hinunter bis zur Ebene des Refektoriums. Dort lag eine verschlossene Tür, dahinter ein Gang, der nach rechts bog. Er führte zu einer weiteren Tür, die sich zur Seite schieben ließ. Reymburg stand im Dunkel hinter einem Wandbehang. Sie spähte vorsichtig um die Kante des Gewebes und sah, dass sie sich im Saal des neuen Gästehauses befand. Vor dem Kamin saßen etliche edle Gäste und wärmten sich an Reymburgs Wein für die lange Osternacht. Zu ihrem Glück hatte ihr Gebräu schon Wirkung gezeitigt. Die Männer und Frauen schwadronierten laut, auch die beiden jungen Kapläne, die sich eigentlich auf die hohe Messe vorbereiten sollten, ließen es sich gut gehen, einer von ihnen zupfte sogar auf einer Laute muntere Liedchen. Reymburg schlich sich, an die Wand gedrückt, hinter dem Vorhang zum Gang mit den Gästekammern. Von dort bewegte sie sich, langsam und würdevoll wie eine reiche Bürgerin, zum Ausgang. Auch auf dem Weg zum Alsteranleger verzichtete sie auf jede auffällige Hast. Wieder mietete sie sich einen Nachen. Sie dankte Gott, dass er ihr eine solch gute zweite Mutter gegeben hatte, und sang zur Überraschung des Bootsführers leise ein kleines Lied zum Marienlob.

Caput XVI
Von der Liebe

Fände ich dich draußen, so wollte ich dich küssen und niemand dürfte mich schelten! (Hohelied Salomos VIII, 1)

Reymburg war auf ihrem Weg durch die Stadt, die trotz des herannahenden hohen Festes kaum Zeichen von Schmuck zeigte. Einige Bürger hatten Kränze aus frühen Blüten über die Türen gehängt, vielleicht schmausten sie sogar heimlich. Aber es läuteten keine Glocken zur vorösterlichen Messe, aus den Kirchen drangen weder Gesang noch Gebetsgemurmel. In Harvestehude war es weitaus österlicher gewesen.
Seit dem Morgen hatte die Gesangsmeisterin Wechselgesänge geübt, die Stimmen der Schwestern waren in die Küche gedrungen. Gerne hätte Reymburg mitgesungen, aber sie war mit dem Kochen wieder der vita activa verfallen. Doch durch diese Disziplin hatte sie sich die Freiheit erschuftet, hier in Hamburg zu sein, wo Ostern ohne Segen gefeiert werden musste. Und gerne war sie hier, denn sie folgte dem Sehnen ihrer Seele.
Langsam ging sie den Cremon entlang, hielt kurz vor dem Haus ihres Vaters. Das Gebäude lag in völliger Dunkelheit, nicht einmal aus der Küche drang Licht. Kein Flimmern einer Kerze. Reymburg sah nicht, dass sich ein Schatten an der Hausecke regte. Vielleicht war die arme Tybbe mit ihrem groben Knochenhauer schon früh unter die Laken gekrochen, dachte sie. Sie war sich immer noch sicher, dass die beiden das Geld der Ryben benutzt hatten. Doch das war ihr egal. Mariechen sollte heil nach Hause, das hieß, ins Kloster Harvestehude gebracht werden, alles andere zählte nicht. Abrupt wandte sie sich um und ging zu Hannes' Haus. Der Schatten folgte ihr.
Kerzenlicht schien durch die Fensterläden des Vorderraums. Sie klopfte. Susana öffnete erst die Obertür ganz vorsichtig und lugte

hinaus, riss dann die Untertür auf und nahm sie in den Arm. Mit solcher Freude hatte Reymburg nicht gerechnet. Sie ließ sich in die Umarmung fallen.
„Gesegnet seist du, Susana, treue Freundin meines treuen Freundes“, sagte sie leise. Susana lächelte. Da trat ein Schatten aus dem Dunkel in den Lichtkegel der geöfneten Tür. Reymburg drehte sich um und schaute in ein aufgewecktes Jungengesicht.
„Das ist Heyne. Er ist Hannes' Lehrgeselle oder Pferdeknecht oder was auch immer. Jedenfalls hat er die schlechten Nachrichten gebracht“, stellte Susana ihn vor. „Heyne, das ist Reymburg Ryben, wenn auch in unüblicher Kleidung.“
Heyne beugte zur Begrüßung ganz ritterlich das Knie.
„Erzähl mal genau, was los ist, Junge!“ Reymburg half ihm auf.
„Erst einmal bin ich kein Lehrjunge, sondern Pferdeknecht“, sagte Heyne stolz. „Und jetzt muss ich zurück, Euer Haus überwachen. Das hat mir der Herr aufgetragen. Wollt nur mal schauen, was für eine Frau es war, die sich da eben herumgetrieben hat.“
„Nun weißt du es, es war die Jungfer Ryben. Zurück auf deinen Posten!“ befahl Susana.
Als er fort war, nahm sie Reymburgs Hand und führte sie in die Küche. Ausführlich und behutsam, wie es morgens im Kloster nicht möglich gewesen war, berichtete sie von Hannes' Erlebnissen und Maries Leid bis zu ihrer Befreiung aus dem Hause Buck.
Als Reymburg hörte, was ihrer Schwester widerfahren war, brach sie in Tränen aus. „Wie soll sie sich nur je wieder am Leben freuen?“
Susana nahm Reymburg in den Arm und wiegte sie ganz vorsichtig. „Du wirst ihr viel Liebe geben können, die die Wunden verheilen lässt. Sicher wird ihre Seele immer Narben tragen, die von Zeit zu Zeit schmerzen wie die Narben tiefer Wunden am Körper. Aber Liebe heilt diese Wunden, glaube mir!“

Reymburg hatte das Gefühl, Susana spräche aus Erfahrung, und diese Ehrlichkeit und Wärme halfen ihr. Sie sandte ein Gebet an die Gottesmutter für ihre kleine Schwester. „Erzähl weiter!"

Susana schilderte die Entführung und Hannes' Abreise: „Er dürfte bald hier sein."

„Dieser Draufgänger!", sagte Reymburg halb verängstigt, halb bewundernd.

„So ist er halt. Mutet sich selbst mehr zu, als gut ist." Susana grinste. „Aber ich wünschte, er wäre schon hier! Ohne ihn können wir wenig tun. Ich habe fast alle Mägde der Stadt in Alarmbereitschaft versetzt, doch keiner ist ein wuschelköpfiges Kind untergekommen."

„Wir können also nur warten?"

„Heyne wird uns alarmieren, wenn sich etwas tut."

Als hätte Susana es beschrien, brach im Nebenhaus ein tosender Lärm los. Poltern, Donnern, Geschrei, Kreischen und gebrüllte Flüche. „Hundesohn von einem Priester!", schrie jemand. Ein anderer brüllte, er wollte im Namen des Herrn losgelassen werden. Dann hörte man einen markerschütternden Schrei.

Schon trommelte Heyne an die Tür, und Susana öffnete eilends. Reymburg war wie erstarrt. Sie erinnerte sich sofort, wie der niedere Geistliche Konrad Hetfeld in der Stadt sein Unheil getrieben hatte. Erst hatte er im Suff mit einem eisernen Schlüssel einem Handwerker das Schienbein zerschlagen. Dann war er in das Haus zweier Frauen eingebrochen und hatte versucht, ihnen Gewalt anzutun. Zwar konnten die Wachen den Missetäter fassen und ins Loch stecken, aber das Domkapitel presste ihn frei. Statt ihm den Prozess zu machen, verklagte die hohe Geistlichkeit den Rat in Avignon, weil er einen Priester eingekerkert hatte, denn Geistliche sollten nur von Geistlichen verurteilt werden. Konrad Hetfeld kam frei. Die Sache Hetfeld war eine der Ursachen des großen Streits. Und mit dem leidigen Prozess hatte letztlich auch Maries Elend begonnen. Lähmende Wut auf ihren eigenen Stand stieg in Reymburg hoch.

Und jetzt passierte wieder so etwas, in ihrem Vaterhaus. Sie gehörte zur falschen Seite, dachte sie.
Heyne und Susana waren inzwischen auf die Gasse gestürzt und brüllten: „Nachbarn, erwacht! Gewalt, Gewalt!“
Die Nachbarn fuhren aus ihren Betten auf, Lichter wurden entzündet. Jetzt lief auch Reymburg auf die Straße. Susana rüttelte an der Tür des Rybenhauses. Drinnen war übles, lautes Gepolter zu hören. Heyne kletterte über den Zaun zum Hof und öffnete von innen das Tor. Sie hämmerten gegen die Küchentür. Da wurde die Haupttür aufgestoßen. Ein Geistlicher in schwarzem Talar und Kurzmantel stürzte mit einem schweren Bündel im Arm auf die Straße. Ein Schopf wuscheligen Goldhaars ragte aus der Öffnung des Mantels.
„Marie!“ Der Name explodierte geradezu in Reymburgs Kehle. „Marie!“
Das Bündel zappelte heftig. Reymburg rannte, wie sie noch nie gerannt war. „Lass sie los!“, schrie sie, wie sie noch nie geschrien hatte. „Lass sie sofort los!“
Die ersten Nachbarn steckten neugierig verschlafene Gesichter durch die Obertüren. Marie wehrte sich wie eine Furie. Der Mann kam ins Stolpern, sah sich um, sah Menschen aus den Türen treten und ließ das Kind los. Er rannte mit doppelter Geschwindigkeit den Cremon hinauf, einige Männer setzten ihm nach, auch Heyne Cletzen, „Gewalt, Gewalt!" rufend.

Reymburg hingegen spürte nur eins: Maries zarte Haut, ihre weichen Wangen, die Wärme der Tränen, ihre kindlichen Küsse, die feinen Locken, ihren klammernden Griff, das rhythmische Schluchzen, das den Körper der Kleinen schüttelte. Reymburg dachte nicht mehr an den Entführer, dachte nicht an Verfolgung und Rache. In ihr war nur ein Bewusstsein: vollendetes Glück, wahrer Segen, die Hand Gottes auf ihr und ihrer Schwester.

Sie konnte Marie nicht loslassen, auch als die Kleine sich gefangen hatte. Susana löste vorsichtig Reymburgs Arme von dem Kind. Sie half den beiden in Hannes' Haus und lotste sie in die Küche. Dann legte sie von innen den Balken vor die Hoftür, lief zur Haupttür und verbarrikadierte auch diese.

Schnell wärmte sie Wein auf dem Feuer und löste einige Paradieskörner darin auf, dazu noch Honig und Zimt. Sie stellte den warmen Wein vor die Schwestern hin. „Trinkt", sagte sie leise. „Nicht nippen, in großen Schlucken, Kleines", forderte sie Marie auf.

„Heute darfst du Wein trinken, mein Süß", sagte Reymburg mit belegter Stimme. Marie trank ohne Lächeln. Nochmals füllte Susana die Becher und nochmals. Bald lag Marie schlafend mit dem Kopf auf dem Schoß ihrer Schwester. Sie hörte nicht, wie an der Tür geklopft wurde.

Heyne Cletzen kam zurück. Er ließ sich auf die Bank am Tisch fallen. „Er ist uns im Petriviertel entwischt, bei den Reichen. Da kannte sich keiner von uns so richtig aus. Ist in eine Gasse zwischen zwei Häusern gerannt und wir hinterher. Hinter den Häusern gabelt sich der Weg und dann wieder. Da, wo wir hinliefen, war das Fleet. Wir wollten zurück, hinter ihm her, aber wir waren zu viele, haben die Gasse verstopft, sind über unsere eigenen Füße gestolpert. Peinlich." Heyne schaute betreten zu Boden.

„Es endet meistens peinlich, wenn ein Bürger das Recht in die eigene Hand nimmt", zischte Susana.

„Verflixt!", fluchte Reymburg mit schwerer Zunge.

„Ich frag mich, was nebenan passiert ist", meinte Heyne aufgeregt.

„Stimmt, haben wir nicht mehr dran gedacht", lallte Reymburg. Sie versuchte aufzustehen, doch in ihrem Kopf drehte sich alles.

„Ich geh schon rüber", sagte Heyne und erhob sich, aber Susana hielt ihn zurück.

„Wieso hast du den Priester eigentlich nicht bemerkt?" Sie zog den Jungen heftig am Ohr.

„Ich war doch hier!“, protestierte er. Aber das rettete ihn nicht davor, von Susana einen heftigen Knuff in den Arm zu bekommen.
„Du bleibst jetzt im Haus, bis dein Herr kommt“, sagte sie scharf. „Reymburg und Marie brauchen Ruhe, da gehst du mir nicht mehr hinaus, um Aufregung heimzuholen. Trink lieber was.“
Heyne bekam einen Becher Roten und goss selbst nach. Er holte im Trinken schnell gegenüber den Frauen auf, während er von der Reise erzählte. Reymburgs Herz klopfte jedes Mal heftiger, wenn er Michaelis' Namen erwähnte. Der Wein hatte ihre Seele gelöst, ihr Sehnen befreit. Hart arbeitete ihr Verstand dagegen, doch wie sollte man Herzklopfen besiegen?
Heyne berichtete von dem trostlosen, fast verwüsteten Bremen, von der Enttäuschung in Lilienthal, dem Regenritt nach Timbeke, von der betrügerischen, sündigen Wirtin, seiner Entführung und der Gefangenschaft auf der Gnarrenburg.
Reymburg bekam große Augen, als Heyne schilderte, wie Hannes ihnen mithilfe seiner Kochkünste zur Freiheit verholfen hatte. Sie fürchtete sich fast kindlich mit den beiden, als ihnen das Geld ausging, und zitterte mit Heyne, wie er allein nach Hamburg zurückreisen musste, um neue Barschaft zu holen.
„Die längste Nacht ist heute ... Osternacht“, jammerte Reymburg plötzlich mit glasigen Augen. „Und keine Glocken, keine Feiern!“
„Was willst du denn, du ungläubige Nonne? Gott hat dir doch schon ein Wunder geschenkt: Deine Marie ist zurückgekehrt“, schalt Susana. „Noch ein Wunder gibt es für uns nicht, auch keine Ostermesse in Hamburg. Unser Haus hat mit diesem Geschenk genug Ostern für viele Jahre. Dankt dem Herrn für unser Glück!“
Heyne und Reymburg schauten sie an. Den harten Worten folgte Schweigen – und ein dumpfes Klopfen an der Hauptür.

Hannes' Schiff war bei Anbruch der Dunkelheit vor Hamburg auf Reede gegangen. „Wir kommen da nicht rein, die legen bei

Sonnenuntergang einen Baum an Ketten in den Hafen, wegen der Seeräuber", erklärte der Schiffer.

„Ich kenn den Baumschließer, der lässt mich durch, gegen ein gutes Handgeld natürlich", meinte Hannes.

„Aber nicht das ganze Schiff!"

„Nein, nur eine Eke oder einen Pram. Bitte lasst ein Boot rufen."

„Wie willst du von Bord kommen?" fragte Bömmelbrugg lakonisch mit einem Blick auf Hannes' Bein.

„Auf deinem Rücken!" Hannes lächelte ihn an.

Ein Matrose schwenkte eine Fackel. Angezogen wie eine Motte vom Licht, kam eine kleine, geruderte Eke. Tatsächlich hievte der starke Stader Knochenhauer den Hamburger Gewürzkaufmann auf seinen Rücken und hangelte sich mit ihm die Jakobsleiter hinunter.

Als sie schwankend durch die hohen Elbwellen auf das Hafenbecken zugerudert wurden, sammelte Hannes seine Kräfte. Er zahlte dem Baumschließer ein saftiges Trinkgeld, damit der sie durch die Absperrung am Hafen ließ.

In der Stadt stützte sich Hannes auf einen Stock. Bömmelbrugg versuchte ihm zu helfen, doch er wollte nicht. Sein Stolz verbot es ihm. Er schlug ein ungeahntes Tempo an, humpelte über den Markt zurück in Richtung Cremon. Auf den letzten Metern war er außer Atem vor Schmerz, und ihm war schwindelig. Er musste sich an seinem eigenen Fenstersims festhalten. Nachdem Bömmelbrugg geklopft hatte, wurden die Läden so schwungvoll aufgestoßen, dass Bömmelbrugg den schwankenden Kaufmann gerade noch auffangen konnte. Erhellt vom Licht einer Kerze, sah er im offenen Fenster das schönste Gesicht, das er jemals erblickt hatte: Eine Haut von der Farbe eines frisch gebackenen Kuchens, ein kirschroter Mund und Haar, dunkel wie Pflaumenmus. Nun wurde ihm auch schwindelig, und er stolperte zurück, so dass die beiden Männer fast übereinanderfielen.

„Seid ihr betrunken oder verletzt?" Bömmelbrugg hörte eine gehörige Portion Spott in der Frauenstimme mitschwingen. Die

Tür wurde aufgestoßen, und ein weiteres Weibsbild tauchte auf, sehnig und klein, doch so kräftig, dass sie den großen Hannes allein hochwuchtete. Sie stützte ihn, als er unsicheren Schritts ins Haus wankte. Bömmelbrugg sah, wie sich ungläubiges Erstaunen und unbändige Freude auf Hannes' müdem Gesicht einen Wettstreit lieferten. Drinnen hielt er die Frau dann im Arm, wie nur ein Geliebter seine Angebetete im Arm halten konnte. Reymburg ließ es zu, denn Hannes zitterte vor Erschöpfung und ihr sauste der Wein im Kopf. Er seufzte an ihrer Schulter und kam langsam wieder zu sich. Sie wollte nicht zu sich kommen.

Susana, Bömmelbrugg und Heyne standen ein wenig ratlos in der Diele herum. Heyne genoss den Anblick des Paares und wünschte sich, später einmal auch so im Arm gehalten zu werden. Verliebt wollte er sein und mindestens drei Kinder haben, anders als bei diesem seltsamen Paar. Er dankte Gott, dem Herrn, dass er kein Reicher war und sich sein Mädchen aussuchen konnte.

Susana spürte die Augen des Fremden brennend auf sich, sie wagte kaum, ihn anzusehen, denn das feine Lächeln auf dem breiten Gesicht war unpassend selig. Doch die ungeheure Statur und die strammen Muskelmassen unter dem eng sitzenden, braunen Lederwams waren jeden Blick wert. Sie sann auf eine Ablenkung:

„Was haltet Ihr von einem Osterbrot in der Nacht?"

Susana ging in die Küche, um einen frischen Laib teuren, weißen Gebäcks vom Brotbrett zu holen. „Kommt helfen!", rief sie Bömmelbrugg und Heyne zu. Nachdem sie dem Jungen den Buttertopf zum Brot gegeben hatte, trug er beides auf den großen Tisch in der Diele. Bömmelbrugg hatte solch gutes Brot das letzte Mal bei der Taufe der Ossenborchtochter gegessen. Ihm lief das Wasser im Mund zusammen.

„Lasst mich auch helfen, Frau Susana", sagte er laut. „Ihr habt hervorragende Ideen in Eurem wunderschönen Kopf. Das wird ein leckeres Brotmahl mit Euch", flüsterte er dann, bevor Heyne zurückkam.

Bömmelbrugg trat nah an sie heran, während sie Bier aufwärmte und süßte. Susana trug ihm auf, Messer und Becher in die Diele zu bringen. Ihr wurde schwindelig vor Glück. Es störte sie nicht, dass er ihren Namen kannte, es freute sie sogar. Und wie geschickt er den Tisch deckte. Machte Weiberarbeit, ohne zu stöhnen. Er strahlte Wärme aus wie ein Herdfeuer, als er sich wieder neben sie stellte. „Oswald heiß ich!", sagte er leise. Er roch nach Leckerem, nach frischen Kräutern, Rauch und Wurst. Sie fühlte sich ganz wunderbar.

„Ich habe Marie wieder!" Reymburg ließ ihre Finger ein letztes, ein allerletztes Mal durch Hannes' schöne, lange Haare gleiten.
„Dem Herrn sei gedankt! Wo ist sie?" Hannes löste seinen Griff um Reymburg und strich ihr, den kostbaren Augenblick genießend, über den Rücken. Reymburg lotste ihn zu seinem Stuhl am Kopfende des Tisches. „Sie schläft in der Küche. Setz dich!"
Er hielt ihre Hände fest, streichelte ihre feinen Fingerknochen. „Wie kommt es, dass du in weltlichem Kleid hier bist?"
Sie lächelte. „Du wirst es nicht glauben: Das hat mir die Äbtissin Gertrud Stacius für meine Suche nach Marie gegeben."
Er runzelte die Stirn und lachte zugleich. „Sie hat dir Dispens erteilt?"
„So ähnlich. Sie glaubt, dass Gott mir auftrug, das Kind zu finden. Aber für meine Suche nach dem Mörder hat sie mich bestraft, und sie hatte recht!"
„Wie hast du nach dem Mörder geforscht?" Hannes nahm Reymburgs Hände jetzt fest in seine, er genoss jede Berührung, die sie ihm gestattete.
„Ich habe mit meiner Küchenmagd die Kleider getauscht und bin aus dem Kloster geflohen. Willekin hatte angedeutet, dass Tybbe, unsere alte Magd, das Geld haben könnte. Und dass sie sich einen Mann hielte, der in der Lage wäre, den Mord auszuführen. Aber Biscop hatte nichts herausgefunden."

„Der Biscop ist ein Windei."
„Deshalb bin ich selbst gegangen. Susana hat mir geholfen, als ich nachts nach Harvestehude zurück musste. Aber sie haben mich trotzdem erwischt!"
„Meine wagemutige Freundin!" Hannes küsste Reymburgs Fingerspitzen.
„Deine dumme Freundin! Denn ich bin im Karzer gelandet, – sieben Tage, glaube ich."
„Du warst im Kerker? Sieben Tage? Das muss ja fürchterlich gewesen sein! Diese vermaledeiten Stader haben mich auch eingesperrt. Es war schrecklich! Ich wurde zum Tier. Ich vergaß die Zeit und mich selbst."
„Armer Hannes!" Sie entzog ihm eine Hand und strich über seine Wange. „Ich habe im Karzer gebetet, und Gott hat mir geholfen. Er gab mir die Kraft, die Äbtissin um Freiheit zu bitten, und ihr den Mut, mich gehen zu lassen."
Hannes schaute ihr in die grünbraunen Augen. Dann schüttelte er den Kopf und sah verschämt zu Boden. Noch einmal küsste er ihre Fingerspitzen, dann kamen die anderen mit den Zutaten zum Morgenmahl herein.
Bömmelbrugg brachte in einer Schale saure Heringe mit Rosinen und ein Schüsselchen Schmalz, setzte sich und schnitt das Brot in Scheiben. Heyne trug warmes Bier auf den Tisch, und Susana führte eine hundemüde Marie heran. Sie zitterte, als sie die beiden Männer sah, und drängte sich sofort an Reymburg.
„Sollten wir nicht in Erfahrung bringen, was im Nebenhaus passiert ist?", schlug Heyne ungeduldig vor, angelte sich mit seinem Messer einen Hering auf seine Brotscheibe und biss kräftig hinein.
„Wieso im Nebenhaus?" Hannes nahm einen großen Schluck Bier.
„Der Domherr hat das Kind hingeschleppt und ist da eingebrochen", erklärte Heyne.

„Der Domherr? Das kann ich mir kaum vorstellen. Aber andererseits war er ja wohl auch hinter dem Schatz her. Ich muss mich in ihm geirrt haben. Heiliger Markus, war ich ein Dummbatz."

„Wie hat er Marie eigentlich befreit?", erkundigte sich Heyne mit vollem Mund.

„Frag sie doch!", sagte Reymburg. Sie ließ Marie an ihrem Bier nippen.

„Das versteht sie doch nicht."

„Hören kann sie", meinte Reymburg ruhig, „und antworten wird sie, wenn sie mag."

Heyne schaute von der einen Schwester zur anderen. Marie sah erst verschüchtert zu Boden, dann blickte sie Heyne direkt ins Gesicht, mit Augen, die ihm Angst machten.

„Wie hat er dich befreit?" fragte er eingeschüchtert.

Maries Hände zitterten neben ihrem weißen Brotstück, dann begannen sie in der Luft zu tanzen. Reymburgs Gesicht verdüsterte sich zusehends, als sie die Botschaft las.

„Sie sagt, der Entführer mit dem roten Bart habe im Wald mit ihr gelagert. Er habe ein Feuer angezündet. Da sei der Kirchenmann gekommen, und es habe einen Kampf gegeben. Dabei habe der Geistliche verloren. Er sei gestorben – durch ein Messer. Der Entführer habe die Kleider des Geistlichen angezogen."

Reymburg seufzte: „O Herr im Himmel! Was hast du alles durchgemacht, meine Kleine!" Sie zog Marie in ihre Arme, aber das Mädchen machte sich los und fragte mit den Händen: „Ist es alles wegen mir geschehen?"

„Nein, nicht deinetwegen", erklärte Reymburg. „Es sind die Sünden der Erwachsenen, die solche bösen Taten hervorbringen!"

„Aber ich bin schuld!"

„Das bist du nicht. Du bist ein Kind. Du bist frei von Sünden, was auch immer die Erwachsenen mit dir oder anderen Erwachsenen tun!"

Marie blickte zu Boden. Vorsichtig strich Reymburg ihr über die Haare, über die Stirn. Endlich ließ sie sich in den Arm nehmen. Bedrückt sahen die anderen zu, wie Reymburg ihr Schwesterchen wiegte.

„Marie, du musst mir erzählen, was dich bewegt. Sonst legt sich ein Schatten auf deine Seele, und das darf nicht sein!"

Marie hob plötzlich wieder den Kopf, machte sich frei und ließ ihre Hände sprechen.

„Was sagt sie?" Hannes steckte ein Brotstück mit Schmalz in den Mund.

„Sie sagt, der böse Mann habe Geld verlangt. Er habe wissen wollen, wo wir zu Hause das Geld versteckt hätten. Und sie habe ihm die verborgenen Kistchen und Löcher hinter den Ziegeln gezeigt. Aber mit den paar Münzen, die dort noch gelegen hätten, sei er nicht zufrieden gewesen. Dann habe sie ihm das Versteck in der Schlafkammer der Eltern zeigen wollen. Aber im Bett hätten die Magd und ein Mann gelegen. Der sei aufgesprungen und habe den falschen Domherren gepackt. Da habe der sein Messer gezogen und dem Mann in den Arm gestochen. Er habe sie die Treppe hinuntergeschleift und mit ihr das Haus verlassen wollen. Aber der Mann von der Magd sei hinterhergelaufen. Tybbe habe geschrien. Der Mann habe den Räuber von hinten gegriffen. Die beiden hätten geschrien und gekämpft. Dabei sei das Messer auf den Boden gefallen. Der Räuber habe sie schnappen wollen, aber sie habe sich gewehrt. Da habe der andere Mann wieder auf den Räuber eingeschlagen. Der aber habe einen Krug genommen und ihm dem anderen über den Kopf gezogen. Dann habe der böse Mann sie so fest gepackt, dass es weh getan habe, und sei mit ihr aus dem Haus gelaufen."

„Und dann haben wir ihn verfolgt", fügte Heyne an.

„Ich denke, wir sollten doch mal nach nebenan zu Tybbe gehen", meinte Susana. Sie schob ein mit Schmalz bestrichenes Stück

Osterbrot zu Bömmelbrugg herüber, der vor Aufregung vergessen hatte zu essen. Er kippte sein Bier hinunter.

„Wieso war die Tybbe denn mit einem Kerl in Eures Vaters Bett? Wie kommt die dazu?“, fragte Hannes verwirrt.

Susana sah ihn erst fassungslos an, dann prustete sie los. Bömmelbrugg fiel in ihr Gelächter ein. Sie schaute lang in das Gesicht des Staders und fand zwei warme, graue Augen und tausend Lachfältchen.

„Mein lieber Herr Hannes, was denkst du denn, was Dienstboten so machen, wenn die Herrschaft außer Haus ist?“, fragte Susana.

Hannes zuckte mit den Schultern.

„Alles, was nicht erlaubt ist und hinterher nicht auffällt. Aber jetzt mal rüber!“

Susana schenkte Bömmelbrugg ein bezaubernd freches Lächeln und stand auf.

Alle leerten schnell ihre Becher und steckten sich die Brotreste in die Taschen. Reymburg nahm Marie an die Hand, Hannes ging mit einer Fackel neben Reymburg, ohne sie zu berühren. Doch jede seiner Bewegungen strahlte Zärtlichkeit aus.

Ganz nah hinter Susana ging Bömmelbrugg, und Susana spürte wohlig seinen Atem in ihrem Nacken, dann seine Finger auf ihren Schulterblättern. Hinterdrein ging Heyne und amüsierte sich über das, was er sah.

CAPUT XVII
Von den Schätzen

Narde und Safran, Kalmus und Zimt, mit allerlei Weihrauchsträuchern, Myrrhe und Aloe, mit allen feinen Gewürzen … (Hohelied Salomos IV, 14)

Hannes klopfte an der Tür des Nachbarhauses, und Tybbe machte sofort auf. Sie wirkte übernächtigt, doch sie ließ die kleine Gesellschaft eintreten, als sie Hannes erkannte. „Gott mit Euch, Nachbar Michaelis. Wollt Ihr Euch ansehen, was passiert ist? Großer Schaden und schlimme Taten. Die Wache hat es schon begutachtet.“

„Gruß zum Ostertag, Mütterchen Tybbe“, antwortete Hannes. „Den Schaden seh ich mir gern mal an.“

Als Reymburg Tybbe gegenüberstand, erkannte diese sie nicht. Die Alte beugte sich zu Marie hinab.

„Na, mein Marie, hast es gut bei Susana gehabt? Willst du jetzt nach Hause kommen?“

Reymburg war, als würde ihr das Herz durchstochen. Sie hatte die Magd einst geliebt. Doch jetzt hegte sie immer noch üblen Verdacht gegen sie. Warum waren alle Verstecke ausgeplündert? Und womit hatte der Knochenhauer in der Woche vor Ostern Geld gemacht? Hannes hatte zwar gesagt, dass der Entführer auch der Mörder ihres Bruders sein musste, aber dennoch konnten die Magd und ihr Galan das von Diederik verborgene Geld gestohlen haben. Sie zog Marie entschlossen an sich. Da schaute Tybbe auf und erstarrte. „Frau Reymburg!“

„Auf Urlaub, erteilt von der Äbtissin, falls du fragen solltest, Tybbe!“, antwortete Reymburg so scharf, dass sich die Magd ganz steif machte.

„Das kann ja keiner wissen, dass Ihr herkommen dürft“, stammelte sie verlegen.

„Hast du dich deshalb so sicher gefühlt, als du hier in Saus und Braus gelebt hast?", entfuhr es Reymburg.
„Von Saus und Braus kann keine Rede sein!"
„Und für wen war die teure Gans, die du vor einigen Tagen gekauft hast? Und wer soll die Ferkel essen? Welches Bier trinkst du? Selbstgebrautes oder Stadtbier? Und wer hat letzte Nacht im Bett meiner Mutter geschlafen?"
„Ich hab nichts genommen, das ich nicht verdient hab."
„Dann erklär mir doch bitte, womit du all das verdient hast!"
Tybbe blickte aufgebracht in die Runde.
„Warum will niemand wissen, wie mein Berend das Mariechen gerettet hat? Und dass er dabei verletzt worden ist, das interessiert wohl keinen, oder?"
„Ich habe dich nach dem Geld gefragt!", zischte Reymburg.
Aus der Küche kam ein Mann mit verbundenem Kopf in die Diele geschlurft, den Arm in einer Schlinge. Marie versteckte sich sofort hinter Reymburgs Röcken.
„Und was hast du in meinem Haus zu suchen, Berend, Knochenhauergesell? Noch mehr Geld? Oder hast du etwa doch ehrsame Absichten mit Tybbe?", herrschte Reymburg ihn an, so dass es ihr im nächsten Moment leid tat.
Bedrohlich machte Berend einen Schritt auf sie zu: „Was redest du, Weib? Das hier ist wohl kaum das Haus von Straßendirnen!"
Hannes sprang ihn an wie ein Wolf, doch der andere hielt ihn sich mit seiner heilen Pranke vom Leib. Bömmelbrugg ging dazwischen, griff dem Hamburger Knochenhauer in die Ellenbeuge und drehte ihm den gesunden Arm um, bis er in die Knie ging.
„Du entschuldigst dich sofort bei der Frau Reymburg, du Hundsfott!", keuchte Hannes, sich vor Wundschmerzen krümmend.
„Halt, Hannes, er mag mich in der Tat für eine trebegängige Landmagd halten. Doch eine Erklärung ist er mir schuldig", sagte Reymburg jetzt ruhig.

Sie trat einen Schritt auf den knienden Mann zu. „Als ich dich das letzte Mal traf, hast du versucht, etwas zu Geld zu machen. Was war das?"

„Das geht Euch gar nichts an", brummte der Mann.

„Antworte lieber! Sie ist die Herrin des Hauses", drohte Bömmelbrugg leise. Eine leichte Bewegung seiner Hand brachte den anderen zum Stöhnen. Susana schenkte ihm einen bewundernden Blick.

Reymburg wandte sich an ihre alte Magd: „Tybbe, willst du wirklich, dass Michaelis' Freund hier deinem Liebsten noch mehr weh tut? Wie bist du an das Geld gekommen? Der Einbrecher gestern Nacht hat alle Verstecke durchsucht, hat Marie mir gesagt."

„Das Kind ist stumm", sagte Tybbe verstockt.

„Sie beherrscht die Klosterzeichensprache. Alle Verstecke sind leer. Mein Bruder hat aber alles zu Geld gemacht, was er besaß. Wovon hast du seit seinem Tod gelebt? Und warum so verschwenderisch? Wenn du mir erzählst, was ihr zu Geld gemacht habt, soll es nicht dein Schaden sein. Ich bin dir und deinem Freund für Maries Rettung über alles dankbar, und ich will euch angemessen entlohnen. Ich werde dich auch nicht aus dem Haus vertreiben, wenn es in meiner Macht steht. Nur sag mir, was ihr verkauft habt."

Wieder brachte Bömmelbrugg seinen Hamburger Berufskollegen zum Stöhnen.

Die alte Magd schluckte. „Nun gut, dann soll es sein!"

Sie ging in die Küche, alle folgten ihr. Mühsam holte sie sich einen Hocker heran und stieg darauf, um zum obersten Bord über der Tür zu gelangen. Marie gluckste entsetzt und ließ Reymburgs Hand los. Sie kletterte geschickt, wie ein Äffchen, an den Borden neben der Tür hinauf. Schnell griff sie vor der Magd nach einer riesigen, bauchigen Zinnflasche.

„Pass auf, Kind!", sagte Tybbe mehr mahnend als erschrocken, doch Marie achtete nicht auf sie, sondern schob einen Arm durch den

Kannenhenkel. Als sie die Kanne aber heben wollte, kam sie ins Schwanken. Das Zinngefäß war schwer wie Blei. Bömmelbrugg sprang hinzu und fing Kind und Kanne auf. Marie machte sich sofort von ihm los, zerrte das schwere Gefäß zu Reymburg und kuschelte sich in deren Röcke.

„Was ist das, Schwesterchen?“ fragte Reymburg.

Marie hielt die Kanne mit der Linken fest und machte zwei Zeichen mit der freien Hand: „Schweigen“ und „Meins!“

„Ach, das ist dein Schatzversteck. Klar, die Kanne hat schon zu meiner Zeit kein Mensch benutzt. Sie ist viel zu groß.“ Sie strich ihrer Schwester über den Kopf. „Und was wolltest du damit, Tybbe?“

Tybbe setzte sich auf den Hocker und sah sich auf die rauen, abgearbeiteten Mägdehände. „Nach dem Tod Eures Bruders war das letzte Haushaltsgeld schnell aufgebraucht. Und dann hab ich die Geldverstecke gesucht. Ich hab zwei gefunden, aber die waren leer. Da wusste ich nicht ein noch aus. Berend hat mich einige Zeit ausgehalten. Dann musste ich aber Futter für die Tiere Eures Bruders kaufen, Kaminholz und Seife und Streusand. Wisst Ihr eigentlich, was so ein Haus im Unterhalt kostet? Da fiel mir in meiner Verzweiflung Maries Versteck in der Küche ein. Möglich, dass da was drin wäre, das wir verkaufen könnten.“

„Das ist nur verständlich, Reymburg. Wenn die Herren dem Gesinde nicht genug dalassen, kann es nur zweierlei tun“, schaltete sich Susana ein. „Das Haus verkommen lassen und gehen oder Haushaltsgegenstände zu Geld machen. Tybbe war deiner Familie treu, Reymburg!“ Bömmelbrugg nickte unterstützend.

Reymburg runzelte die Stirn. „Also, was hast du mit der Kanne gemacht?“

„Nun, wir fanden da drin was zum Verkaufen.“

„Was?“

„Schaut selbst rein.“

Reymburg beugte sich zu Mariechen runter. „Marie, ich glaube, Diederik hat was in dein Versteck getan. Etwas, das uns beiden gehört. Mach mal auf, bitte, und lass es uns ansehen."

Marie schaute ihre Schwester an, dann blickte sie in die Runde und schüttelte entschieden den Kopf.

„Und wenn die anderen nicht zusehen?"

Marie zog die Stirn kraus und nickte schließlich.

„Wir gehen in die Diele!"

Reymburg nahm ihre Schwester an die Hand. Sie hob die Kanne, die schwer war, wie mit Steinen gefüllt. In der Diele setzten sie sich in eine Fensternische, und im hellen Schein einer Wachskerze öffnete Marie das Gefäß. Ihr Blick spiegelte unendliches Entsetzen, als sie darin graubraune Wachspakete entdeckte. Dann wandelte sich ihre Miene in ein wütendes Racheengelgesicht. Sie zerrte die Pakete eins nach dem anderen heraus und warf sie in Reymburgs Rock. Reymburg drückte eines der schweren Päckchen vorsichtig mit zwei Fingern. Pulver war darin, eng gepresst, da war sie sich sicher. Und nur ein Pulver verpackte man so sorgfältig. Marie stieß einen erleichterten Seufzer aus. Sie angelte vom Boden der Kanne einen Lederbeutel und öffnete ihn. Darin waren drei kleine, blaue Holzfische, eine Stoffpuppe im Nonnengewand, ein Heiligenbildchen, ein zerbrochener Kamm, der ihrer Mutter gehört hatte, zudem zwei Murmeln aus Stein.

„Sind deine Schätze alle da?", fragte Reymburg mit ehrlicher Besorgnis. Marie nickte, aber sie hob traurig einen Holzfisch hoch, dem der Schwanz abgebrochen war.

„Oh, armer Fisch. Marie, den bringt Hannes bestimmt zum Tischler. Der macht ihn heil. Bist du dann getröstet?"

Marie legte den Kopf schräg. Sie wollte sich das wohl noch einmal überlegen.

„Darf ich die Kanne für die Päckchen haben?"

Marie nickte.

Reymburg öffnete eines der Päckchen. Sie steckte den Finger hinein und rieb an dem fest gepressten Puder. Gelblich orange gefärbt, zog sie ihn wieder heraus. Ihr Herz schlug bis zum Hals: Safran. Diese Päckchen enthielten das gesamte Vermögen der Ryben in Form von Safran. Sie stopfte sie in die Kanne zurück, nahm Marie an die Hand und trat in die Küche.

„Mein Bruder ist am Ende seines Lebens doch noch Gewürzhändler geworden. In diesem Gefäß ist das Vermögen unserer Familie."

„Safran?", frage Hannes.

Reymburg nickte. „Nur Safran ist so wertvoll, dass man den Wert von Häusern, Brauerben und Renten in eine Kanne füllen kann."

„Das gibt uns einigen Vorsprung vor dem Entführer. Er suchte nach Geld und dachte, Marie wüsste, wo es ist. Marie, hat er dich nach Geld gefragt? Und nicht nach Verstecken?"

Marie schreckte zurück, als sie von Hannes direkt angesprochen wurde. Doch dann nickte sie.

„Er wird bald auf die Idee kommen, Marie anders zu fragen. Und er wird sich in seiner Entschlossenheit nicht davor scheuen, hierher zurückzukommen. Wir sollten schnell handeln. Marie muss nach Harvestehude, und Tybbe und ihr Berend sollten bei Susana unterkriechen."

Tybbe und Berend sahen den Gewürzhändler erstaunt an. „Ihr wollt uns beschützen?", vergewisserte sich der Knochenhauer.

„Ich nicht, ich fahr mit nach Harvestehude. Aber ich würde gern Meister Bömmelbrugg bitten, mein Haus zu hüten!"

Bömmelbrugg machte eine Verbeugung: „Mit größter Freude!" Sein Lächeln in Richtung Susana wurde erwidert.

„Wir müssen nur noch Marie umkleiden. Das Hofgewand ist ein Graus" , befand Reymburg.

„Ich hab all ihre Kleider und Hütchen aufbewahrt!" sagte Tybbe eilfertig. Und Reymburg ging das Herz wieder auf für ihre alte Amme.

Kurze Zeit später saß sie mit Hannes und Marie, deren Wuschelkopf gut unter einem samtigen Hütchen mit Fischen verborgen war, in einem Nachen nach Hause. Hannes hielt die Kanne zwischen den Knien. Marie hatte Hannes' Nähe gemieden, so gut sie konnte. Jetzt im Nachen hockte sie zwischen Reymburgs Beinen eingeklemmt und verbarg ihr Gesicht in den Rockfalten. Sie wollte weder ihren Nachbarn noch den Nachenführer ansehen. Ihre Hände krampften sich um ihren Schatzbeutel. Reymburg fuhr ihr über den schmalen Rücken. Es würde für sie schwer werden, Männern wieder Vertrauen entgegenzubringen. Vermutlich war sie im Kloster am besten aufgehoben. Schweigend ließen sich die drei die gestaute Alster hinter den Mühlen entlangstaken.

Hannes sprach Latein, als er sich an Reymburg wandte. „Woher wusste dieser Kinderräuber, dass Marie das Versteck kannte? Und woher wusste er, dass sie stumm ist?"

„Das verstehe ich auch nicht. Willekin dachte, ich wüsste um das Versteck. Ich nehme an, der Entführer glaubte das auch."

„Doch er hat nicht versucht, dich zu entführen."

„Eine Nonne aus dem Kloster zu holen, ist nicht so einfach."

„Vielleicht wusste er aber auch schon, dass du nicht eingeweiht warst, und hat sich deshalb an die zweite Schwester gehalten, sowie er erfuhr, dass sie lebte."

„Wem kann mein Bruder gesagt haben, dass seine Schwester das Versteck kennt?"

„Denen, die ihn gefoltert haben. Unter der Folter sagt man alles. Doch wer wusste, dass du es nicht kennst?" Hannes sah sie im Licht der Nachenlaterne scharf an. Sie schüttelte den Kopf.

„Reymburg, die Feinde deines Bruders – die, die ihn folterten – waren Leute vom Rat. Leute, die mit Geld zu tun haben. Diederik sollte den Safran nach Avignon schaffen, um den Ratsvertreter Tyge dort im Sinne des Domkapitels zu bestechen. Es waren Leute vom Rat, die das verhindert haben. Männer, auf deren Seite wir seit Jahren treu stehen, haben nun deinen Bruder umgebracht! Verstehst du das nicht?"

Reymburg seufzte.

„Ich sollte mir um den Mörder keine Gedanken machen. Meine Aufgabe ist erfüllt, wenn Marie sicher im Jungfrauenthal ist."

„Aber sie wird erst sicher sein, wenn wir ihren Entführer gefasst haben."

„Der Safran hier, der gehört doch Marie. Ich werde ihn Willekin übergeben, damit er den Wert in Renten auf den Klostergütern anlegt für ihre Mitgift oder ihre Nonnenausstattung, – je nachdem, was sie will. Dann kann niemand mehr auf die Jagd nach dem Schatz gehen."

„Du gehst also davon aus, dass der Schatz bei Willekin in Sicherheit ist. So sehr traust du dem Alten? Was wäre, wenn der Mörder durch Willekin erfuhr, dass du von Diederik nicht eingeweiht warst? Wer sonst wusste von Maries Überleben?"

Reymburg schwieg, ließ sich auf das rhythmische Plätschern des Wassers ein und folgte Hannes' Logik. Willekin wusste, dass Reymburg das Versteck nicht kannte. Willekin wusste, wo das Kind zu suchen war und dass Hannes es holen wollte. Von allem hatte auch der Entführer Kenntnis. Aber woher wusste Willekin eigentlich, dass eine der Schwestern Ryben das Versteck des Vermögens kannte? Von Diederiks Folter? Das kann nicht sein, schrie es in Reymburg. Willekin war ihr Freund, war es immer gewesen. Doch ebenso war Willekin ein Feind der Domherren, die versucht hatten, ihn zum Ketzer zu erklären. Sie schüttelte unwillig den Kopf.

„Hannes, das darf nicht sein", sagte sie leise. Er sah sie verlegen an. Die restliche Zeit der frühmorgendlichen Bootsfahrt schwiegen sie.

CAPUT XVIII
Von der Jagd

... Sei wie eine Gazelle oder wie ein junger Hirsch auf den Balsambergen ... (Hohelied Salomos VIII, 14)

Als Marie die hohen Mauern des Klosters Harvestehude sah, huschte ein Lächeln über ihr Gesicht. Reymburg freute sich, den reinen antiphonen Gesang ihrer Schwestern wie einen feinen, goldenen Schleier aus der Kirche schweben zu hören. Vor der Kirchentür flackerte noch das Osterfeuer. Wie gern hätte Reymburg daran in der Nacht mit den Schwestern die Osterkerze entzündet, umringt von den Klosteruntertanen. Sie zitterte ein wenig, und ganz sanft, ganz vorsichtig, nahm Hannes ihre Hand.

„Wir sollten durch den Gästetrakt gehen. Bestimmt sind alle im Ostergottesdienst", sagte sie leise. Unter Reymburgs feinen Schuhen knirschte der Sand des Weges, als sie um das Kloster herumgingen, und das leise Geräusch kam ihr wie ein Sakrileg vor. Sie sollte bei den Schwestern sein. Ihre Stimme sollte sich mit ihren mischen, eins werden im Körper der heiligen Schwesternschaft. Stattdessen ließ sie es zu, dass ein Mann ihre Hand hielt. Vor dem Gästetrakt blieben sie lange stehen und lauschten, doch in dem hohen Raum vor dem Kamin schien sich niemand aufzuhalten. Sie liefen zur anderen Seite des Gebäudes. Reymburg öffnete die Tür.

„Kommt schnell", flüsterte sie. Wie Schatten schlichen sie an den Kammern vorbei in die Halle. Reymburg ließ Hannes' Hand los und schlüpfte mit Marie hinter den Wandbehang. Sie ertastete die Schiebetür und öffnete sie lautlos. Die drei schlichen hindurch und schlossen sie hinter sich. Sie standen in völligem Dunkel.

„Was nun?", fragte Hannes leise.

„Sei still, ich muss mich vortasten. Nimm Maries Hand", befahl Reymburg flüsternd.

Marie aber ließ nicht los, wollte Hannes nicht anfassen.

Reymburg erkundete den Boden mit den Füßen, dann die Wände mit der freien Hand. Ihre Finger kratzten an rauem Backstein und feinem Mörtel. Mit aufgeregtem Pfeifen huschte eine Ratte an ihnen vorbei. Reymburg erschrak und musste von neuem ihre Suche nach dem Aufstieg beginnen. Es schien ihr eine Ewigkeit, bis sie die Wendeltreppe fand. Schritt für Schritt wagten sie sich nach oben. Reymburg betete, dass die Äbtissin ihre geheime Tür nicht verschlossen hatte. Tatsächlich öffnete sich diese wie von Zauberhand.

Der Schlafraum der Äbtissin lag im Halbdunkel des grauen Morgens. Marie und Hannes schlichen sich hinter Reymburg durch das große Zimmer. In der Mitte blieb sie plötzlich stocksteif stehen, als habe sie ein Geräusch gehört oder eine Bewegung wahrgenommen. Hannes schaute sich erschrocken um, doch nichts war zu sehen.

„Hannes, du dürftest gar nicht hier sein. Im Schlafzimmer der Abbatissa“, flüsterte Reymburg auf Latein. Verwirrt zuckte Hannes die Schultern. Sie hatte recht. Auch im Trakt der Äbtissin galten die Regeln der Klausur, es sei denn, die Klosterherrin entschied sich, männliche Laien zu empfangen.

„Gertrud Stacius würde es dulden, dass ich euch beschütze!“

„Und schau mich an, mit diesem weltlichen Kleid!“ In Reymburgs Stimme waren Tränen zu hören.

„Kommt es denn auf das Kleid an, Schwester Reymburg, oder auf die Seele?“, fragte er ruhig. „Du musst noch ein wenig durchhalten, bis du in dein altes Leben zurückkehren kannst. Bitte ...“

Sie atmete schwer, ihr Herz raste. „Beim Heiligen Nikolaus, Hannes, du hast recht. Ich stelle mich an. Wichtig ist, dass wir Marie in Sicherheit bringen.“

Sie hockte sich vor ihre kleine Schwester. „Ich möchte dich im Novizinnenzimmer umkleiden, Marie, und dich auf dem Nonnenchor bei den kleinen Mädchen verstecken. Du sollst immer mit ihnen mitlaufen, wie damals, als du hier bei uns gewohnt hast.

Solange du eine der grauen Novizinnenmäuse bist, wird dich keiner finden und mir wieder wegnehmen. Also keine Ausflüge alleine durch das Kloster, versprichst du das?"

Maries Blick sagte, dass ihr bewusst war, dass es um mehr als Wegnehmen ging. Sie kannte die Gefahr und nickte ernsthaft.

Ihre Hände machten das Zeichen für „Versprechen".

„Hannes, du solltest in die Kirche gehen, damit es keinen Skandal gibt. Schleiche dich durch die Seitentür hinein, wenn alle der Musik lauschen. Wir treffen uns nach der Messe bei Willekin."

Sie eilte mit Marie an der Hand den Gang entlang, die Treppe hinunter und um den verwaisten Kreuzgang. In der Novizinnenkammer öffnete sie eine der großen, schwarzen Kleidertruhen und wählte mit sicherer Hand ein Habit in der richtigen Größe für Marie aus. Sie band Marie ein festes Haarband, um die Locken zu zähmen, und knüpfte darüber das Kopftuch fest. Dann liefen die Schwestern hinauf zu Reymburgs Kammer. Sie warf das weltliche Kleid achtlos auf ihr Bett und kleidete sich in das alte Nonnengewand. Jetzt fühlte sie sich besser. Wie der Wind liefen die beiden zurück zum Dormitorium. Noch immer waren sie keiner Menschenseele begegnet. Reymburg kletterte mit Marie die Wendeltreppe zum Nonnenchor hinauf. Leise öffnete sie die Tür, als der Gesang der Schwestern anschwoll. Die beiden stellten sich zu den Singenden, und Reymburg fiel in das Lied ein.

Nach dem Choral zupfte Reymburg die Schulmeisterin am Ärmel und wies auf Marie. Erstaunen, Freude, Tränen zeigten sich im Gesicht der alten Schulmeisternonne. Sie nahm die Kleine an der Hand und setzte sie zu den anderen Klosterkindern. Endlich, endlich fühlte sich Reymburg sicher.

Wie Reymburg ihm geraten hatte, öffnete Hannes die Kirchentür, als laut Musik erklang. Die schmale Harvestehuder Klosterkirche war vollgedrängt mit Laien. Als der Gesang abebbte, wie sich eine Welle ins Meer zurückzieht, sprach der Priester vorne abgewandt einige Worte, die Hannes nicht erreichten. Die Gemeinde kniete nieder. An die gekalkte und bemalte Kirchenwand gedrängt, blieb Hannes stehen. Ganz vorne segnete Willekin die Gemeinde, neben ihm seine beiden Hilfskapläne. Vor seinen Füßen knieten etliche wohlsituierte Bürger und zwei junge Adlige, – Damen mit hohen Hauben und pelzverbrämten Hoyken, Herren mit breiten Zobelkragen über Samtmänteln. Über einigen Überwürfen schimmerte das Gold einer Ratskette.

„Sie sind hier", dachte Hannes. „Die, die um einer guten Sache willen foltern und töten, sind hier." Es schauderte ihn und er sank nieder in die Besinnung, die der Priester verordnete.

„Unwürdig trat ich in dein Haus", sagte Willekin in akzentuiertem Latein. „Herr, ich bin nicht würdig, das du eingehst unter mein Dach, aber sprich nur ein Wort, so wird meine Seele gesund", antworteten die Gläubigen, soweit sie des Lateinischen mächtig waren. Die anderen murmelten irgendeine Verballhornung von etwas, das sie nicht verstanden.

„Selig sind die, die zum heiligen Mahle geladen sind!" Mit sicherer Hand nahm Willekin eine Hostie von der Patene und trank von dem Wein. Er reichte seinen Priesterkollegen vom Heiligen Mahl. Dann hob er eine geweihte Hostie hoch über sein Haupt.

Die beiden Kapläne griffen zu den Ziborien und füllten sie mit geweihten Hostien. In diesem Moment hörte Hannes, wie die Nonnen, geführt von der Äbtissin, vom Chor hinabstiegen. Sie schritten nach vorne, teilten sich rechts und links auf und erwarteten die Speisung. Reymburg ging ganz hinten. Als sie in ihrem Habit an ihm vorbeiglitt, erschauderte Hannes. „Sprich nur ein Wort, und meine Seele ist geheilt!", murmelte er.

Die Nonnen empfingen die Kommunion und traten in Paaren wieder den Rückweg zum Chor an. Hannes schloss die Augen. Wie nah war sie ihm in den weltlichen Kleidern gewesen, wie fern

war sie jetzt. Die vergangene Nacht mit ihren Umarmungen und Abenteuern war nur ein Traum. Die Wahrheit war hier. Reymburg Ryben war eine Braut Jesu. Und er, Hannes, war schuld daran. In trüben Gedanken versunken, verpasste er fast die Speisung der Gemeinde. Gemeinsam mit dem gläubigen Bauernvolk in seinen zerschlissenen Sonntagsgewändern drängte er sich nach vorne, um eine Oblate in den Mund gelegt zu bekommen. Im Umdrehen erkannte er die hohen Herren, die in den ersten Reihen standen. Nicolas Franzoyser und Frau, Johann Miles mitsamt Schwestern und Kindern, Hermann Hardeneck war auch da, ebenso der Klosterstadtvermögensaufseher Biscop. Blitzschnell versuchte er, sich hinter einem breiten Bauernrücken zu verstecken, aber Johann Miles erkannte ihn und hob erstaunt eine Hand zum Gruß. Hannes verschwand in der Menge des Landvolks. Sie knieten alle wieder auf ihren Plätzen nieder, während die Nonnen den nächsten Choral anstimmten. Als der Gesang endete, sprach Willekin vorne das Vaterunser. Dann endlich, zum ersten Mal, drehte sich der Priester zu seiner Gemeinde um und segnete die knienden Menschen. Erneut erscholl der helle Gesang der Nonnen, und die Priester führten den Zug der Gläubigen aus der Kirche. Danach stiegen die Nonnen und Novizinnen singend vom Chor hinab. Hannes war gut zwischen den Landleuten versteckt, aber er sah Franzoyser mit Miles flüstern und ahnte, dass die beiden über seine Rückkehr sprachen.
Alle warteten auf das nächste große Osterwunder.

Die Priorin, die Äbtissin und Reymburg öffneten die Klostertore und traten vor ihr heiliges Haus, gefolgt von schwer beladenen Mägden. Jedem der Laien, hoch oder niedrig, Grafensohn oder Leibeigener, gaben sie ein kleines Brot und ein Ei. Für viele der Armen war das Geschenk der wichtigste Grund, zur Ostermesse zu kommen. Hannes ging gebeugt an Reymburg vorbei. „Franzoyser und Miles wissen, dass ich hier bin“, flüsterte er.

„Und Marie war vollends aufgelöst, als sie die Laien vom Nonnenchor aus gesehen hat. Sie denkt, der Böse sei darunter“, hauchte sie.
„Aber der weiß nicht, dass sie hier ist. Sei beruhigt“, antwortete er und zweifelte, ob er seinen eigenen Worten glauben konnte.
Gertrud Stacius hatte alles angehört und bedachte die beiden mit einem strengen Blick, der Hannes an Susana in ihren schlimmsten Wutanfällen erinnerte. Er schlich schnell zum Eingang von Willekins Haus. Dort wartete er. Es dauerte eine Weile, bis die Eier und Brote verteilt waren. Dann eilte Reymburg durch die Kirche ins Haus des Propstes, entriegelte die Vordertür und zog Hannes am Ärmel hinauf in die Propstkammer.

Die jungen Kapläne waren beim Festmahl der Klostergäste, aßen Reymburgs Leckereien. Doch Willekin beging Ostern auf seine Weise, wie jedes Jahr. Kerzen erhellten den Raum, flackernd und heimelig. Nur einer der Fensterläden war geöffnet, damit der Geistliche sich in Lektüre vertiefen konnte. Er saß im Morgenlicht an seinem Lesepult über einem alten Folianten aus der Klosterbibliothek, aß sein Ei und das Brot und war äußerst überrascht über das Eintreffen der beiden ungebetenen Gäste.
„Hannes Michaelis, du bist zurück, welche Freude! Gesegnete Ostern!“ Hannes nickte zurückhaltend. „Gesegnete Ostern, Vater Willekin! Ich hoffe, dass die Freude anhält, wenn ich von meinen Reisen berichte.“
„Aber sicher, jederzeit ist deine Anwesenheit eine Freude für alle, die dich kennen. Egal, welcher Art die Nachrichten sind. Setz dich, und auch du, Schwester Reymburg!“
Willekin erhob sich, goss Hypocras aus einem Krug in seinen Weinwärmer und setzte sich wieder zu seinen Gästen.
„Dann erzähle!“, forderte er Hannes auf.
„Ich will zuerst absichern, dass Marie in diesem Kloster Aufnahme findet“, sagte Hannes klar.

Hannes stellte die Kanne auf den Tisch und zog die Pakete hinaus. „Dies ist Safran im Wert von drei Häusern, Renten und Braugerechtigkeiten. Das Vermögen der Ryben. Ich schätze es auf ungefähr tausend Mark bei normalen Marktpreisen. Im Moment ist es mehr wert."

„Ah!", machte der alte Priester. „Das war also das Geheimnis des kleinen Domvikars! Klar, dass Biscop, der Narr, den Schatz nicht gefunden hat."

Neugierig zog Willekin die Pakete zu sich, öffnete eines und ließ vorsichtig eine Fingerkuppe hineingleiten. Goldorange bepudert, zog er den Finger wieder heraus.

„Ihr hättet drauf kommen können, nicht wahr?", fragte Hannes ruhig.

„Ich verstehe dich nicht, mein Sohn!"

„Willekin, woher wusstet Ihr, dass eine der Schwestern Ryben das Versteck des Schatzes kannte?"

„Das wusste ich? Ich muss es geraten haben!"

„Nein, Ihr wusstet es genau, denn Ihr wart dabei, als Diederik Ryben diesen Teil seines Geheimnisses preisgab: unter der Folter!"

„Mein lieber Junge, was redest du? Die Kirche darf kein Blut vergießen, das ist Gottes Wille. Und an den habe ich mich immer gehalten."

„Und warum wart Ihr so erschrocken, als Ihr vom Tod des Büttels erfahren habt?"

„Weil mich der Tod eines jeden Menschen erschreckt, sogar der Tod eines Ehrlosen. Doch nun genug der feindseligen Anschuldigungen! Wir sollten am Fest des Lebens lieber zusammen feiern, insbesondere, wo das Kloster durch Maries Rückkehr so viel gewonnen hat!" Er stand auf, verbarg die Päckchen mit dem Safran bis auf zwei wieder in der Kanne und stellte das Gefäß neben den Weinwärmer. „Ich werde der Äbtissin sofort Bericht von Maries Aufnahme im Kloster erstatten. Kommt ihr mit?"

Reymburg und Hannes tauschten misstrauische Blicke aus. Einen Augenblick lang war Hannes versucht, den Alten beim Talar zu packen und zurückzuhalten, doch Willekin war schon auf der Treppe.

Das Osteressen war eine der wenigen großen Feiern im Kloster, zu der auch Laien geladen waren. Nicht etwa, dass die Nonnen und ihre Familien gemeinsam aßen, nein: Die Klosterfrauen speisten, wie gewöhnlich, im Refektorium, aßen die fleischlosen Delikatessen, die Reymburg sorgsam hatte vorbereiten lassen. Wie immer las eine der Nonnen aus gelehrsamen Schriften vor, damit das Essen nicht zur Sinnesfreude geriet, sondern zur Erbauung des Geistes. Als Reymburg hinter Hannes am Refektorium vorbeihuschte, erkannte sie das Matthäusevangelium. Mit ungeahnter Gewalt kam die Sehnsucht, einfach dort bei den Schwestern sitzen zu können, ohne Sorge, den Kopf voller frommer Gedanken. Stattdessen jagte sie schon wieder den Übeltäter. Das sollte sie nicht tun. Trotzdem folgte sie Willekin und Hannes, die durch die Kirche zum Gästehaus gingen. In der großen Halle prasselte ein anheimelndes Feuer im Kamin, vor dem die Reste zweier großer Lammbraten auf Platten warmgehalten wurden. Kurz fragte sich Reymburg, wie die Äbtissin die Braten herbeigeschafft hatte. Dann überwältigten sie der ungewohnte Anblick, die Geräusche und der Duft der Feier. Wertvolle Gläser funkelten im Schein teurer Kerzen auf den Tischen. Ein Lautenspieler zupfte fröhliche Melodien. Die Mägde und Knechte des Klosters hatten neue Gewänder in beige und schwarz angezogen und bedienten die Äbtissin und ihre edlen Gäste bei Tisch. Wein und Bier wurden eingeschenkt, Schüsseln mit vier verschiedenen Gerichten waren aufgetragen, aus denen sich die Feiernden mit ihren eigenen Löffeln auffüllten. Sie häuften zu den kräftigen Lammstücken Gemüse, Ei und Soße auf ihre Brote. Neben Gertrud Stacius war ein Platz frei, auf den sich Willekin

mit einem höflichen Lächeln setzte. Hannes stand kurzfristig ebenso verloren wie Reymburg am Rand, dann sprach er Nicolas Franzoyser und Hermann Hardeneck an, – charmant wie immer, nicht, als sei er auf der Jagd nach einem Mörder. Ein Knecht schob für den Neuankömmling einen Schemel hinzu, Hannes begrüßte unbefangen seinen Freund Johann Miles und setzte sich neben ihn. Keiner schien die zurückhaltende Nonne an der Seite des Raums zu bemerken, so dass sie Willekin gut beobachten konnte. Doch er war ausschließlich ins Gespräch mit Gertrud Stacius vertieft. Und Hannes parlierte mit seinen Geschäftsfreunden, statt etwas zu tun. Dabei war einer dieser Männer der Mörder des Domherren de Beverstede und vermutlich der Folterer und Henker ihres Bruders. Unter den alten Freunden ihrer Familie befand sich ein Verräter. Reymburg presste sich an die Wand und versuchte, so viele Mienen und Gesten wie möglich zu erfassen, als die Äbtissin sich erhob.
„Liebe Freunde, Ostern ist gesegnet, gesegnet durch das Wunder der Wiederkehr des Herrn. Aber dieses Ostern ist gesegnet durch ein Wunder unter uns: Mein Propst hat mir soeben mitgeteilt, dass das totgeglaubte Mädchen Marie Ryben lebendig aufgefunden und in unser Kloster zu ihrer leiblichen Schwester gebracht wurde. Und gemeinsam mit ihr wurde das Vermögen der Ryben zur treuen Vermehrung dem Kloster übergeben. Gesegnet sei der Herr! Lasst uns ein Dankgebet dafür sprechen!"
Alle Gäste standen auf und neigten die Häupter, doch Reymburg erstarrte vor Angst. Willekin hatte durch den Mund der Äbtissin das Kind Marie an den Peiniger verraten! Jetzt wusste der Mann, dass das Mädchen im Kloster zu finden war. Warum hatte sich Gertrud Stacius zum Werkzeug des Bösen machen lassen? Reymburg sah im letzten Moment, wie sich ein Schatten um die Ecke zu den Schlafräumen der Gäste bewegte. Sie sauste hinterher. Der Mann war fort, aber sie hörte Schritte in der Ferne und lief aus dem Gästetrakt vor das Kloster. Wieder ein Bruch ihres Gelübdes.

Sie eilte um das Gebäude herum. Die einzige Möglichkeit, in die Klausur zu gelangen, war der Weg durch die Kirche. Sie rannte wie um ihr Leben. Seitenstiche nahmen ihr den Atem, aber sie riss die Kirchentür auf und lief quer durch den Raum zur Nonnentür. Kein Mensch war im Kreuzgang zu sehen. Sie stürzte wie in Trance ins Novizinnenzimmer, wo sich ihr ein Bild des Schreckens bot. Die Schulmeisterin lag blutend in der Ecke, sie wimmerte leise. Die Mädchen standen wie gelähmt, kein Laut entfuhr ihnen, einigen waren die Schleier abgerissen worden. Sie starrten Reymburg an, als wäre sie ein Geist. „Marie?", fragte Reymburg leise. Ein Mädchen schüttelte den Kopf, dann schrie ein anderes mit allem Mut, den es aufbringen konnte: „Pass auf, hinter der Tür!" Reymburg wurde von hinten gepackt. Eine kalte Klinge setzte sich an ihre Kehle.

Hannes war mit Johann Miles in ein Gespräch über den Mord an Diederik vertieft, als er Reymburgs Verschwinden bemerkte wie einen kalten Lufthauch, das Fehlen von Wärme. Dann sah er den leeren Platz rechts neben Franzoyser und sprang auf. Hardeneck, einer seiner ältesten Geschäftsfreunde! Er fluchte. „Miles, ich muss los", schnaufte er und lief aus der Halle, hinaus vor das Kloster. Wo waren sie, der Missetäter und die Frau, die er liebte? Was sollte daraus werden, wenn Reymburg Hardeneck alleine verfolgte? Er atmete die kühle Frühlingsluft tief ein und dachte kurz nach. Der Hundesohn würde Marie schnappen wollen. Also musste er ins Klosterinnere. Hannes rannte zur Kirche, so schnell, wie es sein verletztes Bein erlaubte. Die Schmerzen rissen an seinen Gliedern, aber er lief weiter durch die Nonnentür in den Kreuzgang und zum Novizinnenzimmer. Einige Meter vor der Tür hielt er inne. Nun schlich er voran. Sein Bein pochte, aber seine Sorge galt der Liebsten. Die absolute Stille machte alles noch schlimmer. Plötzlich hörte er die melodiöse Stimme seines alten Freundes Hardeneck: „Wenn dir das Leben deiner Schwester lieb ist, Marie, dann zeig dich. Nimm den Schleier ab! Ich zähle bis zehn, dann schneide ich ihr die Kehle durch, entscheide dich, du Kröpelchen." Hannes glaubte, den Boden unter den Füßen zu verlieren, dennoch schlich er weiter. Er hörte die Zahlen – eins, zwei, drei, vier –, dann eine klare Mädchenstimme: „Marie ist nicht mehr hier! Die Mutter Äbtissin hat sie geholt! Gleich nach dem Gottesdienst. Schwesterchen, nehmt alle die Schleier ab, damit er es sieht!" Lautlos schob sich Hannes durch die Tür. Braune Locken, blondes Glatthaar, schwarze Zöpfe, ein Rotschopf, aber kein blonder Wuschelkopf. Hardeneck fluchte gotteslästerlich. Da sprang Hannes auf ihn zu. Die Kraft der Liebe gab ihm Mut, denn er wusste, wozu Hardeneck fähig war, und er konnte Reymburg nicht eine Sekunde länger in seinen Händen lassen. Hannes packte den Schwertarm des anderen und drehte ihm die Hand um. Die scharfe Waffe fiel klirrend zu Boden. Reymburg ließ sich nach unten sacken und schnappte das Messer. Hannes hielt Hardeneck so fest, wie er konnte. Doch die Wunde im Arm brach auf, und vor Schmerz ließ sein Griff nach. Als sich Hardeneck befreite, rannte Reymburg mit dem Messer an das andere Ende des Raums. „Schützt mich, kleine Schwestern, schnell!", rief sie. Geistesgegenwärtig liefen die Novizinnen zu ihr. Dreißig Mädchen pressten sich entschlossen um Reymburg. Hardeneck sah, dass das Messer für ihn verloren war, und lief aus dem Zimmer. „Zur Äbtissin!", schrie Reymburg Hannes zu.

„Nein, er rennt zum Propst!", rief Hannes, der Hardeneck hinterherblickte.

„Schwesterchen! Lauft zur Äbtissin! Du erzählst, was los war!" Reymburg zeigte auf das mutige Mädchen, das befohlen hatte, die Schleier abzunehmen.

„Und eine holt die Schwester Infirmaria! Schnell!" Dann sauste sie Hannes hinterher. Die Novizinnen schwärmten wie Elstern über den Hof aus.

CAPUT XIX
Von der Wahrheit

Ihre Glut ist feurig und eine Flamme des HERRN ... (Hohelied Salomos VIII, 6)

Neben dem Weinwärmer stand die Kanne, die das Erbe der Ryben enthielt. Zwei Viertelpfundpakete lagen daneben. Der Raum war von sanftem Kerzenlicht erhellt und duftete nach Bienenwachs. Am Tisch saß Hermann Hardeneck, festgehalten von einem großen Klosterknecht, dessen scharfes Schwert an der Kehle des Ratsherrn lag wie ein eiserner Kragen. Ein zweiter bewaffneter Klosterdiener hielt Willekin am Arm. Sein Dolch zeigte auf das Herz des Geistlichen. Wenn der Ratsherr bei Willekin Asyl erhofft hatte, war er enttäuscht worden. Wenn Willekin gedacht hatte, außerhalb jeden Verdachts zu stehen, hatte er die Äbtissin unterschätzt.

Als Hannes und Reymburg den Raum betraten, trauten sie ihren Augen nicht. Reymburg hatte nicht damit gerechnet, dass Gertrud Stacius mehr tun würde, als Mariechen zu beschützen. Und schon gar nicht hatte sie geglaubt, dass die Äbtissin den eigenen Propst festsetzen ließe. Sie schmunzelte bei dem Gedanken an die alte Klostermutter. In ihr steckte mehr, als man ahnte, wie man ja auch nicht ahnen konnte, dass in ihren Truhen weltliche Kleider steckten. Reymburg setzte sich und faltete die Hände. Stille trat in den Raum, als wäre ein Engel hindurchgeschritten.

„Die fromme und edle Mutter Gertrud hat uns gebeten, mit den beiden hier vorgefundenen Personen auf Euch zu warten, ehrenwerte Schwester Celleraria“, brach einer der Klosterknechte das Schweigen. „Wir sollen sie zur Verfügung halten, und Ihr möchtet nach Eurem Gutdünken über sie entscheiden."

„Ich würde gerne mit beiden reden. Doch eure Seelen sollen nicht mit ihren Sünden belastet werden. Fesselt Hardeneck und lasst den Propst frei“, befahl Reymburg.

Mit einem festen Seil wurde Hardeneck auf seinem Stuhl fixiert, die Hände hinter dem Rücken. Dann verließen die beiden Knechte den Raum: „Wir sind vor der Tür, Herrin!“

Reymburg spürte, dass Willekin sie fragend ansah, doch sie wich seinem Blick aus. Sie sandte ein Stoßgebet zur Heiligen Maria.

„Willekin, wir glauben, dass du große Schuld auf dich geladen hast. Du wusstest Dinge, die mein Bruder nur erzählt haben konnte, als er gefoltert wurde, bis zum Tode gefoltert.“

Der Alte ging zu seinem Weinwärmer und rührte gelassen mit einem Löffel in seinem Würzwein. „Ja, das stimmt. Ich war anwesend, als dein Bruder gefoltert wurde. Aber ich habe ihn nicht sterben sehen.“

Ein Ruck ging durch Hermann Hardeneck, aber sein Freund Hannes griff ihm an die Kehle, und er hielt still. Sein Adamsapfel lag unter Hannes' starkem Daumen. „Schweig, du Hund!“, zischte der Gewürzhändler.

„Ich wollte dem Guten dienen, Schwester Reymburg. Der Domdekan Werner Miles hatte erfahren, dass einer der Vertreter der Stadt in Avignon gekauft werden sollte, mit viel Geld. Mehr hatte er nicht herausbekommen, aber sein Ehrgefühl brachte ihn dazu, seinen Bruder Johann zu warnen. Er hatte unseren Notarius Tyge in Verdacht, käuflich zu sein. Wir wollten unbedingt verhindern, einen Doppelagenten bei der Kurie zu haben, – einen, der gegen die Sache der Stadt arbeitete. Deshalb hörte sich Hermann um. Johann Miles bemerkte, dass dein Bruder nach dem vermeintlichen Tod deiner Schwester das Vermögen zu Geld machte. Er hatte als Bürgermeister die Grundstücksverkäufe besiegelt und war stutzig geworden.“

„Steckt Miles auch mit Euch unter einer Decke?“

„Nein, Hannes. Er ist wie sein geistlicher Bruder Werner: grundehrlich. Lieber untergehen als etwas Unrechtes tun. Natürlich wusste er von Werner, dass unsere Sache gefährdet war, aber nie hätte er das Vertrauen seines Bruders dazu benutzt, jemandem zu schaden. Wir kannten den Ehrgeiz deines Bruders, Reymburg, und seinen Wunsch, Domherr zu werden. Deshalb hatten wir ihn in Verdacht, der Geldbote zu sein. Und wir hatten recht. Hermann versuchte, ihn abzufangen, als er von Lübeck kam. Aber dein Bruder war geschickt, – ein guter Reiter."

Hardeneck bewegte sich, als wollte er etwas sagen, doch Hannes lockerte den Griff nicht.

„Dein Bruder hat Hermann erkannt und verhöhnt. Dass der Rat sich jetzt schon als Straßenräuber verdingen müsste, um seine Sache in Avignon zu finanzieren, fände er passend, hat er geschrien, als er davonritt. Da wurde es uns zu bunt. Wir, Hermann und ich, entschieden, ihn uns vorzunehmen."

Willekin goss warmen Wein in zwei große Becher.

„Ich weiß nicht mehr, wer auf die Idee kam, den Büttel zu verdingen. Ich war aber damit einverstanden, Reymburg. Für die gute Sache sind alle Mittel recht. Alle Schlichtungsversuche, alle Angebote, alle Verhandlungen hat der Dompropst Johann von Kempe ins Leere laufen lassen. Er will uns durch den Prozess in Avignon ruinieren, denn das Domkapitel hat kaum Kosten für Auditoren, Correctoren und Notare. Sie kennen sich mit den Ritualen und Vorgängen des päpstlichen Gerichts aus. In Avignon kann die gute Sache nicht gewinnen, denn wir sind arm geworden. Seit der Pest sind die Kassen der Stadt leer. Unsere Notare in Avignon aber brauchen Geld, um die Herren der Kurie zu schmieren oder auch nur um Schriftstücke verfassen zu lassen. Seit Bugclands Tod kann das keiner mehr. Wir mussten diesen Tyge bezahlen und den teuren Fachnotar Richard Drax, denn eine eigene Gesandtschaft einzurichten, wie einst mit Bucgland, ist zu teuer. Wir können es uns wahrlich nicht leisten, einen Spion als bezahlten Vertreter zu halten. Deshalb mussten wir deinen Bruder zum Sprechen bringen. Unter der Folter hat er gestanden, was er vorhätte und dass seine Schwester wüsste, wo der Schatz der Ryben wäre. Das war mir genug. Ich dachte, ich würde es aus dir herausbringen und das Geld sicherstellen, während man deinen Bruder in

irgendeinem Loch gefangen hielte." Er sah sie direkt an. „Ich will mich nicht reinwaschen. Ich habe der Entführung deines Bruders und der Folter zugestimmt. Ich habe versucht, dich auszufragen, doch du wusstest nichts von dem Geld, das wir für unsere gute Sache, für die Sache der armen, nach Segen und Messe hungernden Bürger brauchten. Deshalb wollte ich, dass Hannes Marie holt. Um an das Geld zu kommen." Er senkte das graue Haupt. „Verzeih mir!"
Dann stellte er für sie und Hannes die Becher mit Wein auf den Tisch. Verwirrt und aufgebracht sah Reymburg dem Propst zu, wie er zwei weitere Becher zubereitete. Ihre Augen füllten sich mit Tränen, in ihr war alles so zerrissen, dass sie die beiden schnellen Handbewegungen des Alten wie in Trance wahrnahm. Er leerte zwei Päckchen Safran in die beiden Becher und rührte um.
„Den Rest der Geschichte erzählt euch bestimmt Hardeneck, doch erst soll er das hier trinken. Sei gnädig, Hannes!"
Hannes ließ die Kehle des Mörders los. Willekin flößte dem Gefesselten den Safranwein ein, und Hardeneck trank in schnellen Schlucken. Reymburg wollte nach dem Becher schlagen, aber sie war wie zu Eis gefroren. Gleich darauf leerte Willekin seinen Becher mit dem goldorangenen Wein in einem Zug.
„O Maria, hilf!", murmelte Reymburg. Alles, was gut wäre, könnte auch töten, hatte ihr Vater vor langer Zeit beim Abmessen des teuren Pulvers gesagt. Safrantod wäre der schönste Tod. Man stürbe in lustvollen Träumen. Aber diesen Tod könnte sich keiner leisten außer heidnische Tyrannen. ‚Und Klosterpröpste, Vater!', ergänzte Reymburg im Geiste. Hannes legte wieder seine Finger an die Kehle des Ratsmannes, aber er drückte nicht zu.
„Dann erzähl du mal, Hardeneck!"
Hardeneck grinste. Sein wohlerzogenes Lächeln gefror zu einer Fratze. Die ruhige Stimme wurde kalt und zynisch: „Dein Bruder war mir zu gefährlich, Nönnchen. Nachdem Willekin gegangen war, haben wir ihn weiter befragt. Da hat er auch zugegeben, dass die

Kleine noch lebt. Aber bevor er verraten hat, wo, wurde er diesem Trottel von Büttel ohnmächtig und konnte nicht mehr aufgeweckt werden!"

Hardeneck kicherte aufgekratzt „Und dann mussten wir ihn hinübergehen lassen. Und den versoffenen Büttel bin ich auch losgeworden, das war nicht schwer. Zwei Fässer Rheinwein und jede Menge Bilsenkraut. Und wie ich dir hinterhergereist bin, Hannes, das war ein Spaß! Du Dummkopf hast mich nicht erkannt mit meinem Bart, nicht? Hat meine alte Mutter schon gesagt: Ein roter Bart schlägt aus der Art!"

Er prustete vor Lachen. „In Hamburg brauchte ich nie eine Verkleidung. Für euch Lämmer reicht Verstellung. Da bin ich der fromme Spendeneintreiber für die gute Sache. Alle haben mir vertraut, alle haben ihr Geld gegeben. Keiner hat auf einer Abrechnung bestanden. So konnte ich mich dafür entschädigen, dass ich als Ratsmann Jahr um Jahr meine Zeit für das Wohl der Stadt verplemperte. Das lohnt sich nämlich nicht. Nur hab ich das nicht gewusst, als ich das Amt übernahm. Da kam mir die Spendenverwalteraufgabe recht. Wenn man um Geld für unsere gute Sache in Avignon bittet, dann schnürt keiner den Beutel zu. Ich brauchte nur der ehrsame, elegante Ratsherr mit der weichen Stimme und dem Verständnis für alle und alles zu sein. Dem traut ja jeder. Nicht wahr, Nönnchen? Das war doch ein tolles Schauspiel, wie ich dir mitleidsvoll den Tod deines Bruders verkündete, den ich selbst einen Tag zuvor in die Hölle befördert hatte. Aber Domherr spielen, das hat mir richtig gefallen, mal auf der anderen Seite stehen. Welche Seite die richtige ist, ist soundso egal, Hannes! So lange man nur gut daran verdient. Das ist gute Kaufmannsart, Hannes. Das ist es, was unseren Beruf ausmacht. Profit heiligt die Mittel! Nur wirst du das nie verstehen. Du mit deiner Liebe zu dem Nönnchen und der braunen Magd im Bett. Hast immer ein schlechtes Gewissen, nicht wahr, Michaelis? Brauchst du eigentlich gar nicht. Ist soundso egal. Gottes Strafe, die gute Sache, das gibt es alles nicht. Gut ist, was für einen selbst gut ist. Und Domherr spielen, das war richtig gut."

Hannes sah Reymburg entsetzt an. So hatte er seinen Freund noch nie erlebt. Reymburgs Augen wiesen Hannes' Blick den Weg zu den leeren Safranpaketen. Er ließ die Kehle seines zum Feind gewordenen Freundes los.

Hardeneck lachte weiter. „Der Domherr war vielleicht ein seltsamer Kerl. Der war nicht Fisch, nicht Fleisch. Hatte ein Schwert bei sich und forderte mich zum ritterlichen Zweikampf um den Balg auf. Im Talar! Als wäre ich mit dem Messer nicht schneller!"

Hannes drehte sich angewidert weg. Jahrelang hatte dieser Mensch so getan, als sei er sein bester Freund. Er sah Willekin in die Augen. „Und Ihr, Vater Willekin? Warum habt Ihr gesündigt, warum habt Ihr Eure Freunde verraten? Sind sie nicht wichtiger als Geld und Vermögen?"

„Das Wichtigste ist das Seelenheil, Hannes. Und das wird den Hamburgern schon zu lange verwehrt. Ich habe in den letzten sechzehn Jahren alles getan, um eine gütliche Einigung herbeizuführen. Der Dank des Domkapitels war die Ketzereianklage. Unsere Sache muss endlich Erfolg haben. Wir brauchten das Geld für die armen Seelen", antwortete Willekin. Seine Zunge war schwer geworden.

„Quatsch!", lallte Hardeneck. „Das Geld hätte ich in den Handel gesteckt. Ich hatte es mir verdient."

„Du hattest versprochen, den Schatz nach Avignon zu schicken!" Willekins Stimme zitterte.

Hardeneck wurde der Kopf schwer. „Aber doch nicht alles, nur einen kleinen Teil. Ich hab nie alles geschickt! Und ihr alle habt mir eure Schillinge gegeben."

Willekin stand schwankend auf. Er musste sich am Tisch festhalten, dann wischte er sich mit der Hand über die Stirn. „O Herr, mit wem hab ich mich eingelassen? Herr, vergib mir", flüsterte er.

„Reymburg, mein Kind, begleite mich in die Kirche und nimm mir die Notbeichte ab. Ich flehe dich an!"

Reymburg schüttelte den Kopf. „Ich darf das nicht, Willekin. Ich bin eine Frau! Hannes, tu du das! Willekin stirbt."

Hannes runzelte die Stirn.

„Bitte!", flüsterte der Alte. „Bitte!", sagte Reymburg.

Hannes warf Reymburg einen vielsagenden Blick zu, hakte Willekin unter, führte ihn die Treppe hinab und begleitete ihn in die Kirche, wo der alte Propst ächzend vor dem Bildnis der Heiligen Jungfrau niederkniete.

Reymburg griff nach ihrem Weinbecher und schüttete dem Mörder die Flüssigkeit ins Gesicht. Hardeneck protestierte: „He, was soll das, Nönnchen?" Er ruckelte ein wenig an seinem Stuhl und ließ dann wieder den Kopf sinken.

„Hardeneck, du stirbst!"

„Quatsch nicht, ich bin nur ein bisschen betrunken. Vorhin, da war ich noch ganz klar. Ich versteh gar nicht, wie so ein Nichtsnutz von Klosterknecht mich festhalten konnte."

„Du stirbst, Schuft. Du hattest zuviel Safran im Wein. Willekin hat dich vergiftet! Also reiß dich zusammen und versenk deinen Geist ins Gebet!"

„Ich würde lieber was ganz anderes versenken, und zwar in dir!", lechzte Hardeneck.

Reymburg setzte sich auf einen Stuhl ihm gegenüber. „Ich biete dir noch einmal an, mit dir zu beten!"

„Ach, Nönnchen, lass dich lieber von mir ins Gebet nehmen! Mir ist so danach! Beim Hannes bist du doch auch nicht so spröde!"

Er grinste und ruckelte an seinem Stuhl, aber die Fesseln hielten.

„Hat Hannes dir erzählt, dass ich das zweite Gesicht habe? Ich sehe die Zukunft. Ich kann dir von deiner berichten", log sie.

Er schaute sie mit glasigen Augen an und grinste: „Das ist mal was Neues. Nun los, Reymburg Ryben, die Erleuchtete!"

Reymburg begann mit gespielter Andacht: „In einer halben Stunde wird dein Geist ganz umnebelt sein, und du wirst nicht einmal mehr merken, dass du ohne Segen und ohne letzte Ölung von der Welt scheidest. Ein Wohlgefühl wird dich erfüllen. Vermutlich wird dein sündiger Lustprügel in deiner dreckigen Hose sich sogar noch regen. Der Herr sei deiner Seele gnädig! Doch das ist nur dein Eintrittsgeld zur Bärenhatz der Hölle, in der du der Bär und Satans Dämonen die Hunde sein werden. Deine Seele, gelöst von deinem stinkend-sündigen Fleisch, wird in taumelnde Schwärze geworfen, zerrissen in einem dauernden Schrei durch Wellen von Verbrennung und eisiger Kälte, bis du auf den mit Spießen durchsetzten Boden der Hölle aufschlägst. Doch nicht der Herr der Finsternis, dieser gefallene Engel, wird sich mit einem Dreckstück von Seele wie dir abgeben, du bist Futter für seine quälfreudigen Untertanen, vielschwänzige, schwarze, schwefelstinkende Dämonen. Sie hängen dich im Dunkel an einen feurigen Haken, so dass deine Haut unendlich gespannt ist und du sie reißen fühlst, langsam, stetig, ewig. Glühende Nadeln werden in deine Hände getrieben, mit denen du gemordet hast, in deine Füße, die den Weg des Verrats gingen, und in deine Männlichkeit, die dich so eitel machte. Hängengelassen wirst du austrocknen, die Zunge wird dir im Maul kleben und der Hals brennen, während vor dir labender Wein steht. Doch du kannst ihn nicht erreichen. Wenn du vor Durst nicht mehr schreien kannst, kommen sie wieder und schneiden dir die vertrocknete Zunge heraus, die lügenhafte. Doch sie wächst nach und wird wieder und wieder herausgerissen. Tausendmal. Wenn du glaubst, in erlösende Ohnmacht zu fallen, wecken sie dich erneut. Mit scharfen Löffeln graben sie deine Augen aus, die das Leid der kleinen Marie nicht sahen, und auch sie wachsen nach, auf dass sich die Torturen wiederholen, täglich, Jahr für Jahr, von Ewigkeit zu Ewigkeit."

Hardenecks Hände zitterten, sein Mund war von Schrecken verzerrt. Der Safran hatte ihm kein jubelndes Wohlgefühl gebracht, sondern seinen Geist den Schreckensbildern geöffnet, die Reymburg ihm verschaffte, den Bildern von Verdammnis, die sie den vielen Höllenbeschreibungen der Klosterbibliothek entnahm: „Und der Anfang deiner Qualen wird sein wie dein nie endendes Ende. Du bist allein. Allein mit den Schmerzen. Es ist dunkel um dich herum, du siehst nichts, hörst nichts. Kein Mensch tritt zu dir, kein Trost wird dir gebracht. Nie wieder wirst du eines Freundes Wort hören, nie wieder eine vertraute Berührung erfahren. Nie wieder, von jetzt an."

Während sie sprach, schloss sie den Fensterladen und blies eine Kerze nach der anderen aus, bis der Raum des Propstes in tiefer Schwärze lag.

„Die Hölle beginnt hier!", flüsterte sie, als sie aus dem Raum schlich. Sie hörte Hardeneck verzweifelt stöhnen.

Hannes hielt die Hand des alten Propstes, der vor dem Abbild der Gottesmutter kniete. „Mein ganzes Leben lang war ich ein Mann des Friedens. Bis vor drei Wochen, als ich der Folter zustimmte. Es war eine schwere Sünde. Schon vor dreißig Jahren wurde ich als Schlichter gerufen, wenn der Erzbischof Streitereien beenden wollte. Immer habe ich Frieden geschaffen. Dem Kloster hier habe ich dennoch gut gedient. Siehst du nicht das schöne Schindeldach?" Zitternd wies er mit dem Finger nach oben. „Überall sind schöne Schindeln. Ich habe dafür gesorgt, dass es nicht mehr brennen kann. Ich sah mich immer als Diener dieses Klosters, aber auch als Jurist, – als Mann, der Mächtige berät. Das war eine Sünde, denn es war Hochmut. Damit fing das Elend an, Hannes. Ich war stets der Vermittler zwischen Domkapitel und Rat. Mir vertraute der Domdekan Werner Miles ebenso wie der Bürgermeister Nicolas Franzoyser. Ich war es, der dem guten, seligen Bucgland die ersten Lektionen im Umgang mit der Kurie gab. Ich wollte nur Gerechtigkeit. Und jetzt dies. Ich hab mein Leben verdorben, meine Seele in den Abgrund geführt.

Ach, hätte ich Hardeneck doch nie zugestimmt. Aber der Vorwurf der Ketzerei gegen alle Bürger Hamburgs und gegen mich, das war zu schlimm."

Tränen rannen über das müde Gesicht. Hannes fehlten die Worte, um den Alten zu trösten.

„Ich wollte Diederiks Tod nicht. Ich wollte nicht, dass Marie entführt wird, und ich wollte auch Reymburgs Vertrauen nicht verletzen. Das hat man davon, wenn man das Ziel über die Mittel stellt. Ich hätte alles getan, um unsere Sache zu retten. Doch nun ist alles verdorben. Das ist die Strafe des Herrn. Wir werden den Spion nie entdecken. Das Domkapitel aber findet immer einen Boten. Alles ist verdorben durch meine Herzlosigkeit. Herr, vergib mir meine Sünden!"

„Nicht alles ist verdorben", begann Hannes vorsichtig. „Marie war nicht in Lilienthal, Willekin. Sie ist an einen Mädchenschänder verkauft worden. Hättest du Diederik nicht zum Sprechen gebracht, wäre niemals nach ihr gesucht worden. Ich möchte mir gar nicht ausdenken, was mit ihr geschehen wäre, wenn ...."

Er brach den Satz ab, denn Willekin hatte seine Hand gepackt und lächelte ihn selig an. „Halleluja!" flüsterte der Alte schwach. Hannes nahm den Propst vorsichtig in den Arm. Unter der Soutane war er nur ein Bündel Haut und Knochen.

„Das hat der Herr getan! Der Herr hat meine schwarze Schlechtigkeit in etwas Gutes gewandelt. Gelobt sei Jesus Christus", wisperte Willekin.

Dann weiteten sich seine Augen, und er lachte.

„Herr, mein Hirte, ich sehe dich! Ich höre dich! Ich folge dir! Halleluja!"

Er rappelte sich auf und schritt mit strahlendem Gesicht auf den Altar zu. „Jesus!", rief er. Dann fiel er auf die Knie.

Hannes dachte, Willekin würde zusammenbrechen, doch der Alte sang ein Ave Maria. Dann stand er auf und drehte sich zu Hannes um. Er lächelte wie ein Kind und nahm den Gewürzhändler zärtlich in den Arm. „Jesus liebt dich, mein Sohn“, sagte er leise. Dann ging er weiter, in die Küche. Er nahm die Lütte auf den Arm und sang ihr ein Lied vor. „Und dich liebt Jesus besonders, und der Heilige Franziskus auch, mein Kind!“ Sie lachte, so sehr steckte Willekins Freude an. Hannes folgte dem Alten auf den Wirtschaftshof. Dort umhalste er jeden der Knechte im Pferdestall und sagte ihnen, wie sehr Jesus sie liebte. Die Männer freuten sich über die Freundlichkeit des Alten, das selige Strahlen in seinen Augen. Er segnete die groben Männer, und ihre Seelen öffneten sich. Sie knieten nieder und sprachen mit dem Propst ein schlichtes Gebet, denn auf seinem Gesicht war das Zeichen der Erleuchtung.

Hannes verstand, was das Angesicht Gottes in dem von Safran geöffneten Geist bewirkt hatte. Willekin war ein Heiliger geworden, denn selig, so spricht der Herr, sind die geistig Armen. Willekin hatte Intrigen, Politik und Juristerei vergessen, er war nur noch Liebe. Hannes nahm den Alten vorsichtig beim Arm und brachte ihn zur Infirmaria.

Caput XX
Von der Nächstenliebe

Denn Liebe ist stark wie der Tod und Leidenschaft unwiderstehlich wie das Totenreich … (Hohelied Salomos VIII, 6)

Reymburg befahl dem Wachmann, in einer Stunde nach dem Gefangenen zu schauen. Dann stieg sie die Treppe hinunter. Die Klosterschwestern traten soeben gut gesättigt aus dem Refektorium. Immer zu zweien, schweigend, den Blick gesenkt, schritten sie um den Kreuzgang zur Kirche. Gehörte sie wirklich dazu? Noch gestern hatte sie sich inspiriert gefühlt, berufen. Und nun war ihr Herz mehr bei Marie, Willekin und Hannes als bei Gott. Sie reihte sich hinten in die Schlange der dreißig Nonnen ein. „Wie geht es der Schulmeisterin?“, flüsterte sie ihrer Vorderfrau zu. „Gut, aber sie ist im Hospital“, signalisierte die mit schnellen Fingern. Dann bog Reymburg in den Verwaltungstrakt ab und stieg die Treppe zum Gemach der Äbtissin hinauf. Die anderen Nonnen umschritten noch zweimal den Kreuzgang, bevor sie sich in die Bibliothek oder die Kirche zur Andacht begaben.

Vor der Tür der Äbtissin saß Metteke mit dem längsten Küchenmesser in der Hand und guckte zwei Klosterknechten beim Würfeln zu.

„Sollst du hier Wache halten, Metteke?“

„Wo zwei Männer würfeln, kann eine Frau mit einem Messer bei der Wache nicht schaden“, sagte die Magd.

„Gottes Segen zu Ostern, Metteke!“, sagte Reymburg und küsste ihrer Magd die Wange.

„Dreimal an die Tür klopfen, dann bis drei zählen, dann noch zwei Mal. Das ist das Zeichen“, sagte Metteke. „Die Herrin wartet schon auf Euch.“

Gertrud Stacius machte die Tür sofort auf. Marie schoss auf Reymburg zu und sprang ihr in die Arme.

„Wir haben mit Maries Liebling gespielt", meinte die Äbtissin und wies auf die graue Klosterkatze, die sich in ein Wollknäuel verkrallt hatte.
„Deine kleine Schwester ist lieb und ausdauernd, sie würde eine gute Nonne werden", sagte die Äbtissin.
Reymburg kuschelte sich an Maries Hals.
„Ich weiß, Mutter. Und sie hat viel Leid erfahren, das ihr im Kloster erspart geblieben wäre. Einige Zeit wird es ihr hier bestimmt sehr gut gehen. Doch wenn sie sich erholt hat, möchte ich ihr die Entscheidung überlassen."
Gertrud Stacius nickte. „Es soll ihr anders ergehen als dir, die du nicht entscheiden durftest. Du kanntest die Welt, bevor du kamst, und hättest dort einen Ort voller Glück gefunden. Deshalb trauerst du manchmal, das verstehe ich. Aber heute war es unser Glück, dass eine so weltgewandte Schwester unter uns ist. Ohne dich wäre dieses Rätsel nicht gelöst worden. Berichte von dem, was Hardeneck und Willekin gestanden haben. Ich liege doch richtig, dass die beiden im Bunde waren?"
Die Äbtissin, die in gepflegtem Latein sprach, so dass Marie nichts verstand, hatte aus Hannes' Bemerkung bei der Kirchentür und aus Willekins Verrat an dem Kind die richtigen Schlüsse gezogen.
Reymburg schaute auf ihre Hände und begann zu erzählen. Von dem Versuch, den großen Streit zu beenden, und der Sucht nach Geld. Ganz zum Schluss berichtete sie von der Vergiftung mit dem Safran und dem Wunsch Willekins, von Hannes in die Kirche gebracht zu werden.
Gertrud Stacius lachte trocken auf. „Sic transit gloria mundi! Zuerst wurde aus Gewürzen der backsteinerne Reichtum der Ryben, dann wurden die Häuser verkauft und zu Gewürz und jetzt füllt es den Bauch von zwei Leichen!"
Reymburg sah betreten zu Boden: „Werdet Ihr Marie hier aufnehmen, auch wenn ein Teil des Erbes fehlt?"

„Mein Propst hat das Gut in Empfang genommen und die Leibrenten dafür versprochen, also werden die Renten vollständig gezahlt werden, bis zu Maries Lebensende, ob sie nun Nonne wird oder nicht. Dass mein Propst einen Gutteil des Safrans verbraucht hat, ist nicht Maries oder deine Angelegenheit."

„Willekin wird schon tot sein", bemerkte Reymburg.

„Lass die Toten die Toten begraben. Ich habe auf dem Fest gesagt, dass Maries Gut bei uns eingegangen ist und dass wir sie ausstatten werden. Dabei bleibe ich. Um Marie mache ich mir keine großen Sorgen. Aber um dich ..."

Reymburg blickte zu ihrer kleinen Schwester. Ihre Augen waren fragend, der Mund zeigte Angst und Trauer. Man musste sich noch Sorgen um sie machen, und zwar lange.

„Mein Ort ist hier, bei Euch und bei meiner Schwester. Ich werde nicht wieder weglaufen. Und schon gar nicht werde ich mit Hannes Michaelis durchbrennen."

„Und wenn ich von allen gottgegebenen Gesetzen absähe und meine Macht überbeanspruchte und dir Dispens erteilte zu gehen, weit fort mit ihm, als sein Eheweib?"

„Als sein Eheweib ..."

Der halbe Satz gab Reymburg einen Stich ins Herz, so tief wie von einem feingeschmiedeten Schwert. Er wühlte ihre Seele um und schmerzte mehr als die Qualen jedes Märtyrers. Doch sie sah in die Augen des Kindes, in die Augen der Äbtissin und schüttelte den Kopf. „Ich verlass Euch nicht!"

„Gut, mein Kind. Das freut mich. Denn selbst nach deinen Eskapaden scheinst du mir unter den Schwestern die Geeignetste, mir nachzufolgen. Und vielleicht sogar wegen deiner Eskapaden bist du berufen, hier Großes zu tun." Die Äbtissin strich Reymburg über den Kopf. Die Celleraria schüttelte zweifelnd ihr Haupt, aber sie war nicht unwillig, ihre Zukunft so zu betrachten. Zumindest hätte sie dann ihre eigene Kammer.

„Komm, Marie, ich zeig dir mal die ersten Osterblumen im Garten“, sagte die Äbtissin und nahm das Mädchen bei der Hand.
„Bleib du noch einen Moment hier!“, befahl sie Reymburg und ging mit dem Kind hinaus.
Reymburg sah aus dem kleinen Fenster. In der Ferne glitzerte hinter den Eichen und Buchen das Wasser der Alster. Feines Grün zeigte sich an den Spitzen der Äste im Park vor dem Kloster. Sie schloss die Augen und dankte Gott für das Licht auf den Zweigen, für das Wunder zu Ostern, für Marie und die Sicherheit, in der sie beide leben würden. Sie hörte kaum, wie die Tür aufging.

Das Licht umgab Reymburg wie ein Heiligenschein. Es erhellte ihre kleine Gestalt, die feinen Hände, die geschlossenen Augen und die Lippen, die sich langsam im Gebet bewegten. Hannes verweilte, gebannt von der Schönheit des Anblicks. Wenn er sein Leben so verbringen könnte – angesichts ihres geheiligten, reinen Körpers, angesichts ihres verwunschenen Antlitzes, ihren feinen, süßen Duft in der Nase, auf der Haut eine Ahnung der Wärme, die ihre Anwesenheit ausstrahlte –, wenn er so sein Leben verbringen könnte, wäre es genug. Sobald er ihren Namen sagte, wäre der Zauber gebrochen, sobald er sich bewegte, würde sie aus dem Licht erwachen. Er verharrte im Glück des Augenblicks.
Reymburg beendete ihr Gebet. Sie wusste um seinen Blick auf ihr und drehte sich langsam um. Sie lächelte. „Ich habe dir noch nicht gesegnete Ostern gewünscht, Hannes“, sagte sie.
„Gesegnete Ostern!“ Er räusperte sich verlegen.
Reymburg schritt auf ihn zu, stellte sich auf die Zehenspitzen und gab ihm einen Kuss auf die Stirn.
„Bleib mir und Marie immer gewogen“, bat sie. Dann nahm sie seine Hand zwischen ihre. „Und such dir ein Eheweib!“
Er lächelte und schüttelte den Kopf. „Ihr reicht mir als Familie, ihr Schwestern, auch aus der Ferne!“

Jetzt schüttelte Reymburg den Kopf. Sie ließ seine Hand los und wies ihm einen Hocker.

„Wie ist Willekin hinübergegangen?“, fragte sie in geschäftsmäßigem Ton.

„Gar nicht. Das ist das Schlimmste. Er lacht, betet und erteilt jedermann den Segen. Er ist wie ein Heiliger. Voller Liebe Gottes, aber ohne Verstand.“

„Selig sind die geistig Armen“, befand Reymburg lächelnd.

„Hardeneck hingegen ist tot. Sie fanden ihn mit angstverzerrtem Gesicht.“

Reymburg nickte. Sie konnte nicht einmal zufrieden sein.

„Armer Willekin. Bestimmt hatte er den Safran aus dem Päckchen, von dem Tybbe sich und ihren Galan ernährt hat! Vielleicht kann ihn die Infirmaria ja kurieren.“

„Ich hoffe, sie kann es nicht. Er hat zu viel Schuld auf sich geladen, um damit weiterzuleben.“

Reymburg wusste nicht, was sie noch sagen sollte. Sie wandte ihren Blick von Hannes ab, der sie mit den Augen zu verschlingen schien. Sie ließ ihn gucken, – aufsaugen, was er nie besitzen würde. Sie genoss es nicht mehr, aber sie wusste, dass sie ihm dieses bisschen liebevolle Nähe schuldete.

Nach endlosen Augenblicken klopfte es dreimal, dann zweimal. Marie kam mit der Äbtissin wieder. Sie freute sich auf Reymburg und die Klosterkatze, die noch irgendwo im Zimmer der Äbtissin stecken musste. Aber dann bemerkte sie Hannes. Marie wollte sich hinter Gertrud Stacius verbergen. Sie mochte Männer nicht. Sie wollten Dinge, die sie nicht wollte, sie zwangen sie dazu. Die Männer auf der dunklen Burg hatten sich über sie lustig gemacht, weil sie stumm war. Das war schlimm. Aber schlimmer war das, was Buck mit ihr gemacht hatte. Ihr wurde übel, wenn sie daran dachte. Aber sie hatte sich gewehrt. Sie hatte ihn gebissen und angespuckt.

Doch er war immer wieder gekommen. Hatte sie gefesselt, gezwungen. Dann hatte sie aufgegeben, hatte sich selbst aufgegeben. Sie war nicht mehr Marie gewesen, sondern das Mädchen in dem weißen Kleid, das er quälen durfte.

Hier war es besser. Hier war sie wieder sie selbst. Marie, die eine große Schwester hatte. Marie, die mit der Klosterkatze spielte. Marie, die lesen und schreiben konnte. Marie, die bald Latein lernte. Marie Ryben. Sie wusste, dass sie im Kloster bei Reymburg sicher war, aber sie fühlte sich schlecht, wenn sich ein Mann im Raum aufhielt. Wie die Klosterkatze, wenn ein großer Hund über den Hof läuft. Verängstigt und kampfbereit zugleich. Im Innern ein Fauchen und gleichzeitig ein Wimmern. Sie kannte Hannes schon seit ewigen Zeiten, und er war immer lieb gewesen, das wusste sie. Hannes hatte sie von Buck weggeholt. Hannes hatte für sie gekämpft. Aber auch er war ein Mann. Sie versuchte, ihr Gesicht im Habit der Äbtissin zu verstecken, doch die Klostermutter holte sie hinter ihren Röcken hervor.

„Marie, du kennst den Herrn Michaelis gut. Nun wisse: Er hat dir das Leben gerettet, er und deine heiligsame Schwester Reymburg. Von nun an werden sie auf ewig dafür in unseren Dankgebeten sein. Gib ihm die Hand. Er ist ein Engel auf Erden. Das kannst du mir glauben."

Marie wusste zwar, dass Hannes und Reymburg sie gerettet hatten, doch konnte ein Mann ein Engel sein?

Sie schaute die Äbtissin an, dann ihre Schwester. Die beiden lächelten. Hannes war ganz ernst, er bewegte sich nicht und blickte zu Boden. Er ging nicht auf sie zu, nahm sich nicht ihre Nähe. Er wartete. Marie atmete tief ein. Sie machte erst einen Schritt, dann zwei, dann streckte sie die Hand aus. Er hielt ihr seine hin. Nur kurz berührte sie die Pranke des Mannes. Er packte nicht zu, er ließ sie gewähren. Seine Hand war nicht gewalttätig und hart, nur weich und warm – wie eine große Frauenhand. Marie sah erst Reymburg an, dann Gertrud Stacius und schließlich Hannes. Sie wagte ein Lächeln.

Avignon, Anno Domini 1353 im Herbste und Winter, sowie Frühjahr des folgenden Jahres des Herrn

Epilog
Vom Stolpern

Der alte Bürgermeister Nicolas Franzoyser kannte den Weg. Doch alles war düsterer als vor fünfzehn Jahren. Die Pest hatte Schneisen der Leere durch die Städte geschlagen und Lücken in die Straßen gerissen. In Brügge waren viermal mehr Häuser verwaist als in Hamburg. Etliche Gasthäuser, die er noch von seiner ersten Reise nach Avignon kannte, waren verfallen. Damals war er guten Mutes mit dem großartigen Bucgland nach Avignon geritten und hatte die Hamburger Gesandtschaft eingerichtet. Jetzt drehte sich ihm angesichts des Papstpalastes auf der anderen Seite der Rhône der Magen um.

Er brachte den hochbegabten Johannes Wunstorp als Prokurator an den päpstlichen Gerichtshof. Der kannte Avignon aus seiner Lehrzeit. Er selbst würde auch bleiben und das erledigen, was schon seit Jahren notwendig war. Der Vorwurf der Ketzerei musste vom Tisch, und Tyge gehörte eine kräftige Lektion verpasst.

In grimmige Gedanken versunken, ritt er über die berühmte Brücke von Avignon. „Hinter uns, in Villeneuf, gibt es guten Wein“, merkte Wunstorp an. „Tyge und Vrackel haben dort etliche Fässer gekauft und dann mit Profit nach Brügge geschickt, als ich noch Scholar war.“

„Macht Tyge immer noch solche Geschäfte?“

Der Jüngere zuckte mit den Schultern: „Warum nicht? Es waren gute Geschäfte.“ Franzoysers Mundwinkel zuckten.

Sie ritten durch die geschmückten Straßen der Stadt. Hier war von der Pest nichts mehr zu merken. Die Stadt barst vor Leben.

Seitdem das höchste Gericht der christlichen Kirche seine Arbeit wieder aufgenommen hatte, waren die Kläger und Angeklagten, die Prokuratoren und Notare, die Parteigänger und Hochstapler zurück und machten jedes Kämmerchen zu einem Goldesel.
Die Hamburger ritten zur Schuhmachergasse. An der Stelle, wo man den Käse verkaufte, lag das Haus Tyges. Natürlich begrüßte er seine Auftraggeber überschwänglich und bewirtete sie fürstlich. Fürstlich war auch die Miete von fünfzig Goldstücken, die er ihnen für die Wohnung in seinem Haus abnahm. Aber Franzoyser zahlte mit einem Lächeln, als wären die Kassen der Stadt zum Bersten voll.
In den nächsten Wochen betrieb er die Sache der Hamburger mit Eifer, aber ebenso die geheime private Angelegenheit. Um Weihnachten herum gewann er das Vertrauen der kleinen Magd im Hause Tyges, eines Mädchens, das immer traurig aussah. Er hatte nicht vergessen, was Johann Miles von der kleinen Marie Ryben erzählt hatte. Und diese kleine Magd war viel zu gut gekleidet, um eine simple Arbeitskraft zu sein. Nach Epiphanias suchte er ihre Eltern. Zu Ostern hatte er sie überzeugt, dass sie ihrer Tochter helfen konnten, und holte die beiden Armen in die Stadt. Am 19. Mai 1354 bekam Heinrich Tyge ein sehr gutes Weinangebot aus Villeneuf. Er eilte über die Brücke auf das andere Ufer. Der Weinhändler dort hatte wunderbarsten Rebensaft zu verkosten und schenkte ihn reichlich aus. Seine Preise waren so niedrig, dass es fast an Dummheit grenzte. Gerne blieb Tyge ein Stündchen. Die Schergen des päpstlichen Gerichts brauchten das Haus nicht zu stürmen. Der seltsame Mieter aus dem Norden mit dem Namen, der so französisch klang, öffnete und zeigte ihnen die geheime Kammer mit dem ausstaffierten Kind. Doch Franzoyser hatte nicht mit der Freundschaft des Sekretärs Dalenborch zu Tyge gerechnet. Der junge Mann lief zur Brücke, um den Notar rechtzeitig abzufangen. Aber Tyge, von sich selbst überzeugt wie kein anderer, ging trotz der Warnungen nach Hause und wurde sofort in Fesseln gelegt.

Eineinhalb Jahre später kam er aus dem Gefängnis, da der Bischof Richard von Sudbury für ihn bürgte. Damit entsprach von Sudbury dem Wunsch des Vorsitzenden der Hamburger Gesandtschaft, Johannes Wunstorp. Wunstorp verhalf Tyge sogar zu einer fadenscheinigen Rehabilitierung, aber er verbot ihm, die Eltern des Kindes zu verklagen. Tyge ließ sich darauf ein. Das Gefängnis hatte einen gebrochenen Mann aus ihm gemacht. Seinem Gemächt entsprang keine Lust mehr, seine Kenntnisse waren veraltet, seine Kontakte eingeschlafen, sein Reichtum zerrann ihm zwischen den Fingern. Da der hochehrsame Rat der Hansestadt jedoch entschieden hatte, diesen Mann, der zu viel über die Sache der Hamburger wusste, mit spärlichen Geldgeschenken zu unterstützen, wurde Tyge zu einem Bettler bei den Hamburgern.

Am 5. August 1355 wurde der große Streit des Hamburger Rats mit seinem Domkapitel durch einen Kompromiss beendet. Im September erreichte diese Nachricht Avignon. Die Gesandtschaft sollte aufgelöst werden. Johannes Wunstorp ärgerte sich, weil er sein großes Weinlager zu einem schlechten Preis schnell abverkaufen musste.

Abgesang der Muse der Geschichtsschreibung oder was wahr und was erfunden ist an dieser Geschichte

... du bist ein verschlossener Garten, eine verschlossene Quelle, ein versiegelter Born ... (Hohelied Salomos VI, 12)

Auch wenn alle Namen in diesem Buch zu jener Zeit in Gebrauch waren, gibt es einige Personen, die gelebt und gewirkt haben, und andere, die der Phantasie der Autorin entsprungen sind. Hannes Michaelis, Marie und Diederik Ryben, die Knochenhauer, die Mägde und Knechte hat es nicht gegeben. Wohl aber Heyne Cletzen, der drei Kinder bekam, dessen Sohn ein schreckliches Schicksal erlitt und dessen Schwiegertochter die mutigste Hamburgerin des fünfzehnten Jahrhunderts war.

Reymburg Ryben lebte und ist in den alten Quellen zu finden: ebenso ihre Mutter und ihr Vater. Sie wurde später Äbtissin des Klosters Harvestehude. Die beiden erwähnten Äbtissinnen sind verbrieft, überdies gab es alle Bürgermeister und alle Ratsherren, die Stader und die Hamburger. Auch Propst Willekin hat gelebt, ebenso wie die benannten hohen Geistlichen vom Domkapitel. Sie alle waren in den Großen Streit, das Ringen um die Finanzen und das Seelenheil der Hamburger, verwickelt. Diesen Streit habe ich nach den alten Quellen und der neuesten Forschung geschildert. Mein kleiner historischer Verstand bürgt auch für die Schilderungen des Straßenlebens, des Klosters, der Reliquien, der Häuser, der Küchen, der Gerichte und der Kleider. Diesen Verstand formte Prof. Dr. Gerhard Theuerkauf. Ohne ihn würde ich nichts von Geschichte verstehen. Ihm sei also Dank, ebenso auch Dr. Jürgen Bohmbach und Dr. Christina Deggim aus Stade und Dr. Peter Gabrielsson, Prof. Dr. Franklin Kopitzsch aus Hamburg sowie Dr. Michael Siefener aus Manderscheid, Eifel. Sie alle spreche ich frei von der Verantwortung an folgendem: Dass mich die wilde Phantasie verleitete, den erfundenen und den in Folianten wiedergefundenen Figuren des Mittelalters eine Stimme und bewegte Herzen zu geben. Aber so ist es halt mit der Geschichte: Wir können nie wissen, wie sie wirklich war. Wir müssen sie dennoch gründlich erforschen. Manchmal allerdings dürfen wir uns erlauben, sie zu träumen – so gut wir können.

Dr. Silke Urbanski, Hamburg 2012

Glossar

Blaffert – kleine Münze mit einem Wert von ungefähr zwei Pfennigen

Celleraria – „Haushaltsmeisterin" des Klosters, hatte die Wirtschaftsführung des Konvents unter sich. Sie war für alle Einkünfte, Ausgaben und die Vorratshaltung verantwortlich sowie auch für die Versorgung der Konventsmitglieder und die Küche. Sie unterstand zwar der Äbtissin, war aber in ökonomischen Fragen die Ansprechpartnerin für Außenstehende.

Donjon – großer Wohnturm einer Burg. Hier befanden sich Vorratsräume, Küchen, ein Saal und Schlafgemächer. Der Donjon ließ sich sogar dann verteidigen, wenn die Außengebäude einer Burg gefallen waren. Viele französische Burgen bildeten sich um einen mächtigen, prachtvollen Wohnturm. Einfache Burgen im Norddeutschen bestanden nur aus einem simplen Wohnturm und einem Wall.

Dormitorium – gemeinschaftlicher Schlafsaal in Klöstern

Eke – längliches Flachbodenschiff aus Eichenholz, das im Binnenverkehr für Last- und Personentransporte benutzt wurde. Eken wurden gerudert oder gestakt.

Ex voti – Mehrzahl von Ex voto, Votivgabe oder Dankesgabe an Gott oder einen Heiligen, ausgestellt in einer Kirche oder Kapelle. Oft ist es ein Bild, auf dem die Gefahrensituation oder die Krankheit dargestellt wird, aus der Gott oder der Heilige den dankbaren Spender errettet hat.

Frohnerei – Im Mittelalter werden die Gefängnisse in Städten oft als Frohnerei bezeichnet.

Frumentum – Getreidebrei

Gekröse – Innereien, oft etwas eklig

Gelichter – unheimliche, gefährliche, gespenstisch wirkende oder wenig vertrauenerweckende Leute, Gesindel

Grape – dreibeiniger, meistens ohne Deckel verwendeter Topf, der in die Glut gestellt wurde, so dass das Essen darin nicht anbrennen konnte

Gugel – Schalmütze. Kleidungsstück, das sowohl den Kopf, als auch Hals und Schultern umschloss. Oft aus ungewaschener Wolle gefertigt, hielt es auch den Regen ab.

Hoyken – Mantel der wohlhabenden Bürgerin im norddeutschen Raum. Sehr weit und wallend geschnitten, bedeckte er mit einer Kapuze die darunter getragene weiße Haube und reichte bis zu den Füßen, so dass die Trägerin völlig von ihrem Hoyken umhüllt war.

Kapitelsdorf – hier ein Dorf, das dem Domkapitel in Hamburg gehörte. Einige Dörfer, die dem Lübecker Domkapitel gehörten, wurden noch bis ins letzte Jahrhundert hinein als Kapitelsdörfer bezeichnet.

Laudes – Stundengebet bei Sonnenaufgang, oft gesungenes Morgenlob

Lot – alte Gewichtsmaßeinheit. Das Lot wog je nach Region zwischen 14 und 18 Gramm.

Macis – falscher Begriff für Muskatblüte, wurde in früheren Zeiten oft mit Safranblüte verwechselt. Macis bezeichnet aber den Samenmantel der Muskatnuss. Dieses Gewürz wird in der bayerischen und niederländischen Küche noch häufig verwendet.

Matutin – Gebet, das in der Nacht beginnt und das Wachen bis zur Morgenröte begleitet

Meretricen – Edelprostituierte, oft bezahlte Gefährtinnen hoher Geistlicher oder Adliger

Mores und virtutes – Anstand und Tugenden, über die eine Person verfügt oder die sie noch lernen muss

Paradieskörner – einerseits Bezeichnung für Guineapfeffer, andererseits Begriff für mit Harz oder Wachs zusammengefügte Gewürzpulver, die auch Drogen enthalten konnten. Sie wurden in wärmende oder beruhigende Speisen und Getränke eingefügt.

Portaria – Pförtnerin eines Klosters. Sie hatte dafür zu sorgen, dass keine unerwünschten Personen das Kloster betraten.

Pram – breites, flaches Binnenlastschiff

Refektorium – Speisesaal im Kloster

Reitediener – fest angestellter Bote des Hamburger Stadtrats, oft mit verantwortungsvollen Aufgaben betraut, gelegentlich auch als bewaffneter Begleiter von reisenden Ratsherren eingesetzt

Ripenfahrer – Kaufmann, der mit der Stadt Ribe in Dänemark Handel treibt

Schnigge – schnelles, einmastiges Segelschiff, das zusätzlich noch mit bis zu vierzig Riemen gerudert werden konnte. Es wurde wegen seiner Schnelligkeit oft als Kriegsschiff oder für Botenfahrten eingesetzt.

Scholar – im Mittelalter verwendeter Ausdruck für einen Gelehrten ohne Universitätsabschluss

Scholaria – Schul- und Ausbildungsmeisterin in einem Nonnenkloster, oft auch für den Chorgesang zuständig

Sic transit gloria mundi! – So vergeht der Ruhm der Welt!

Stentorstimme – sehr laute Männerstimme

Vita activa – das handelnde und gestaltende Leben in der Welt, im Gegensatz zu der vita contemplativa, dem meditativen, nach innen gekehrten Leben im Kloster

Wandschneider – Tuchhändler

Weltgeistlicher – Geistlicher, der nicht zu einer Klosterbrüderschaft gehört. Vikare, Priester, Bischöfe und Kardinäle sind aus dem Blick der Klosterleute Weltgeistliche.

Witten – kleine Münze, oft nur auf einer Seite geprägt und weniger wert als zwei Pfennige

Wollpluvium – weites Obergewand eines Geistlichen, das den Regen abhalten sollte

Ziborien – kelchförmiges Weihgefäß zum Aufbewahren von gesegneten Hostien

Die Küche des Mittelalters

Vor mehr als 500 Jahren wurde in Europa anders gekocht als heute. Es fehlten Kartoffel, Mais und Tomate, Paprika und Vanille. Die Bauern aßen das Fleisch, welches sie erzeugten, nur zu Festtagen, während Adel und Patrizier sieben Fleischgänge am Tag vor sich hatten. An Fastentagen wurde kein Fleisch gegessen. Weißbrot gab es nur zu Hochzeiten, Eier, Gemüse und Brotgerichte bestimmten den Speisezettel. Süßspeisen wurden oft als Heilmittel eingesetzt, der Wein gewürzt und das Bier gesüßt.
Feste Maßangaben gab es nicht. Die seit dem 13. Jahrhundert aus Klöstern und seit dem 15. Jahrhundert aus Patrizierhaushalten überlieferten Rezepte strotzen vor Angaben wie: Nimm ein gut Teil Honig.
Mit ein wenig Geschick und Forscherdrang lässt sich diese leckere alt-europäische Küche dennoch nachkochen. Viel Spaß beim Ausprobieren.

Dr. Silke Urbanski

Rezepte

Heidnischer Kuchen (Caput IV)

Mürbeteig:
2 Eier
50 g Butter
250 g Mehl
1 Prise Salz

Alle Zutaten miteinander verkneten, dann vorsichtig 2–3 EL geeistes Wasser hinzugeben, bis der Teig geschmeidig ist. Eine Stunde ruhen lassen, dann ausrollen.

Füllung:
500 g Schweine- oder Rindergulasch
500 ml Fleischbrühe
100 g Speck
1 Apfel
1 Zwiebel
2 Knoblauchzehen
2 EL Majoran
1 TL Zimt
1 TL Pfeffer
1 TL Salz
2 Eier
1 Eigelb

Das Fleisch in Brühe kochen, dann Speck, Apfel, Zwiebel, Knoblauch und die Gewürze mit dem Fleisch im Mixer zerkleinern und die beiden Eier untermengen.
Füllung auf den Mürbeteig legen und eine Rolle formen. Den Teig gut verschließen, mit Eigelb bestreichen und einer Gabel anstechen.

Bei 200 Grad im Ofen auf der untersten Schiene eine Stunde backen. Die Menge reicht für 4 Personen als Hauptgericht.

Hildegardküchlein (Caput V)

Hildegard von Bingen (1098–1179), Benediktinernonne, Ärztin und Visionärin, empfahl den häufigen Verzehr, um die Bitterkeit des Herzens zu vertreiben. Sie helfen gegen Erkältungen und Schwäche.

4 große Eier
250 g kalte Butter
250 g Rohrzucker
200 g gemahlene Mandeln
Zitronenschalenabrieb
25 g Muskat
25 g Zimt
1 Msp. Nelkenpulver
½ TL geriebene Ingwerwurzel
1 Prise Salz
600 g Dinkelmehl
1 Päckchen Backpulver (heutzutage)

Alle Zutaten kräftig zu einem Teig verkneten. Eventuell Eiswasser zufügen, damit er geschmeidig wird. ½ Stunde ziehen lassen, dick ausrollen, runde Kekse von der Rolle schneiden oder ausstechen. Bei 180 Grad goldgelb backen, ungefähr 15 Minuten lang.

Hypocras (Caput V u. a.)

2 l Rotwein
175 g Rohrzucker
2 TL gemahlenen Zimt
¾ TL geriebene Ingwerwurzel
1 TL gemahlene Nelken
1 TL Muskat
1 TL Majoran
1 TL Kardamom
1 TL schwarzen Pfeffer

Den Rotwein mit den Zutaten erwärmen, 10 Minuten ziehen lassen und dann abfiltern.

Eier in grüner Sauce (Caput VIII)

Grüne Eier sind ein Fastenrezept. Da die Nonnen kein Fleisch essen durften, gab es im Kloster eigentlich nur Fastenspeisen, die aber sehr schmackhaft waren.

8 Eier
1 Bund Petersilie
1 EL Weißwein
2 TL Honig
½ TL Salz
½ TL geriebene Ingwerwurzel
1 gestrichener TL Senf
1 gestrichener TL Pfeffer
1 TL Butter oder Schmalz

Die Eier hartkochen und pellen. Die Petersilie fein hacken, mit Weißwein, Honig und den Gewürzen pürieren. Die Eier im Fett anbraten und dann sofort in der grünen Paste wälzen, bis sie die Farbe annehmen.

(Nach: Trude Ehlert, Das Kochbuch des Mittelalters, Zürich/ München 1990, S. 75)

Rotes Huhn (Caput VIII)

1 Huhn
2 Stiele Petersilie
80 g Schmalz
100 ml Zitronensaft
4 Eier
1 Msp. geriebene Ingwerwurzel
Safran
weißer Pfeffer
Salz

Das Huhn in Stücke zerteilen, salzen und pfeffern. Mit zwei Stielen Petersilie in einen Bräter legen und mit dem Schmalz übergießen. Dann im auf 225 Grad vorgeheizten Ofen 50 Minuten backen. Im Anschluss die Knochen entfernen. Das Hühnerfleisch mit dem Zitronensaft beträufeln und in eine Auflaufform legen. Die Eier trennen. Das Eiweiß zu steifem Schnee schlagen, dabei mit Ingwer, Safran, weißem Pfeffer und Salz vermischen. Die Eigelbe verrühren und das Eiweiß vorsichtig unterheben. Die Mischung über das Fleisch verteilen und bei 180 Grad 20 Minuten backen.

(Nach: Trude Ehlert, Das Kochbuch des Mittelalters, Zürich/ München 1990, S. 130)

Grüne Torte (Caput VIII)

Für den Teig:

250 g Mehl

2 Eier

25 g Schmalz

Die Zutaten mit 2–3 EL Wasser verrühren, bis der Teig glatt ist. 2 Stunden kühl stellen. Dann eine gefettete Form damit auslegen, 2 cm Rand lassen. Bei 200 Grad blindbacken, eventuell mit Erbsen beschwert.

Für den Belag:

200 g Blattspinat

100 g Rosinen

100 g Butter

100 g Parmesan

4 Eier

¼ l Sahne

1 TL Salz

Pfeffer

Muskatnuss

Während der Teig backt, den Blattspinat vorbereiten. Die Rosinen in der Butter andünsten, den Spinat dazugeben, salzen und pfeffern, zum Schluss den Parmesan untermischen. Den Belag auf dem Teig verteilen. Darüber einen Guss aus den Eiern und der Sahne, abgeschmeckt mit Salz, Pfeffer und Muskatnuss geben. 25 Minuten bei 200 Grad backen.

(Nach: Trude Ehlert, Das Kochbuch des Mittelalters, Zürich/München 1990, S. 99)

Käsebällchen (Caput XV)

200 g fein geriebener Gouda
4 Eier
100 g Semmelbrösel

Alle Zutaten vermengen und kräftig durchkneten. Von der Masse Kugeln in Fleischklößchengröße formen und bei 200 Grad 10 Minuten backen.

(Nach: Trude Ehlert, Das Kochbuch des Mittelalters, Zürich/München 1990, S. 211)

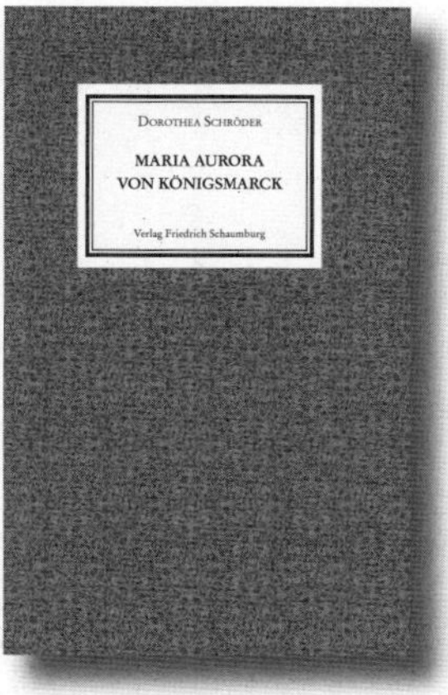

Dorothea Schröder:

MARIA AURORA VON KÖNIGSMARCK.

Eine schwedische Gräfin aus Stade

80 Seiten, 7 farbige und 5 s/w Abbildungen,
farbiger Vorsatz mit den Lebensstationen der Gräfin, Zeittafel,
Literatur- und Bildquellenverzeichnis,
Stammbaum der Familie Königsmarck auf dem Nachsatz,
Fadenheftung, fester Einband
ISBN 978-3-87697-100-1

Die bibliophil gestaltete, unterhaltsame Lebens- und Epochenskizze vollzieht die weitreichenden Verbindungen der berühmten und hoch verehrten schwedischen Gräfin in Nord- und Mitteleuropa nach.

Am 28. April 1662 in Stade geboren, stand Maria Aurora durch ihre Schönheit und vielfältige Begabung schon als Jugendliche häufig im Mittelpunkt gesellschaftlicher und künstlerischer Ereignisse. Nach einer ungewöhnlichen Anhäufung von Schicksalsschlägen – Entführung und Mord inbegriffen –, die die Familie vor allem durch die Liebesabenteuer von Maria Auroras Brüdern hinnehmen musste, wurde sie selbst 1694 die Mätresse Augusts des Starken. Aus dieser Verbindung ging Moritz Graf von Sachsen hervor, der, ganz in Königsmarckscher Manier, als Feldherr zu Ruhm gelangen und durch seine Affäre mit einer Sängerin der Urgroßvater von George Sand werden sollte.